KB188598

바람의 질주 1

바람의 질주 1

지은이 | 정情
펴낸이 | 이형기
펴낸곳 | 도서출판 가하

초판인쇄 | 2010년 11월 19일
초판발행 | 2010년 11월 24일
출판등록 | 2008년 10월 15일 제318-2008-00100호

주 소 | 서울 영등포구 당산동5가 33-1 한강포스빌 1209호
전 화 | (02) 2631-2846
팩 스 | (02) 2631-1846
www.gahabooks.com

ISBN 978-89-93883-38-1 04810
     978-89-93883-37-4 04810 (set)
값 9,000원

바람의 질주

Rush of Wind

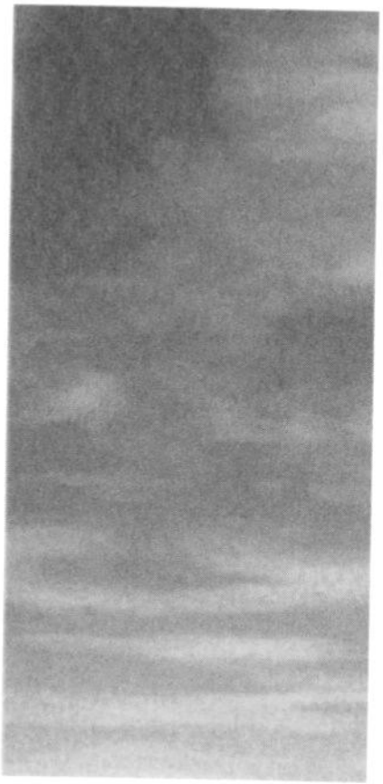

❶

정
情

장편소설

가하

contents

눈이 온다.

삭막해 보이는 목초지의 여린 풀들에게조차 가혹하게 불어 대던 바람이 평온히 잠든 듯 사위가 고요해졌다. 흩날리던 눈발 은 점점 굵어져 소리 없이 대지를 하얗게 덮어갔다. 안개로 덮 인 한라산은 허리 밑동만 사람들의 시선을 허용할 뿐, 꼿꼿한 정상은 흰 구름 사이로 숨겨버렸다.

휘이잉!

심술이 났는지 잠시 잠들었던 바람이 고요하게 쌓이는 눈발 을 헤집고 지나갔다.

하얀 눈이 내리는 중산간의 도로를, 추위에 먹이를 찾으러 내 려온 노루 몇 마리가 가로질러 지나갔다. 빠르게 산에서 민가 쪽으로 껑충껑충 뛰어가고 있다. 그 뒤를 쫓듯 한 소녀가 머리 에 하얗게 눈을 뒤집어쓰고 급히 걸어가고 있었다. 외투도 없이 도톰한 셔츠와 청바지를 입고 걸어가는 모습이 위태로워 보여, 지나가던 차량 하나가 속도를 늦추며 그녀와 속도를 맞췄다.

"태워줄까?"

지이잉, 차창이 내려가고 걱정이 담긴 눈빛을 내보인 사내가 후한 인심을 보였지만 소녀는 대답도 없이 고개를 숙인 채 묵묵히 앞만 향해 걸었다. 걱정을 보였던 차도 소녀의 냉담한 반응에 차창을 올리며 서서히 속도를 높였다. 멀어져가는 호의를 물리치고도 안타까움이나 아쉬움이 전혀 깃들지 않은 소녀의 눈길은 남은 거리를 가늠하듯 들려져 정면을 주시하다 다시 숙여졌다.

얼마나 걸었을까. 외로운 성처럼 꼿꼿하게 서 있던 성당의 웅장한 건물이 뿌옇게 날리는 눈발 사이로 보였다. 시린 손을 주머니에 넣지도 않고 급한 일이 있는 듯 허겁지겁 걸어왔던 발길이 우뚝 멈춰졌다. 하! 가쁜 숨을 내쉬자 숨결을 타고 하얀 입김이 터져 나왔지만 내리는 눈발에 금세 흩어졌다.

이시돌 성당.

갑자기 눈앞이 뿌옇게 흐려졌다. 공기도, 조용하게 내리는 눈도, 그리고 현실도…… 모두가 차갑기만 한데, 눈 속에 고인 뜨거운 것 때문에 울컥 목이 메어버렸다. 아랑곳하지 않고 멈췄던 다리를 기계적으로 움직였다.

아직은 울 때가 아니야.

터지려는 울음을 가까스로 참아내며 그녀는 눈을 부릅떴다. 멀리 보이는 십자가를 바라보며 그 말만 옹골차게 되뇌었다. 눈이 소복하게 쌓인 길을 따라 걷다 보니, 하얀 십자가에 달린 예수님의 석고상이 성당 입구를 알리듯 서 있었다.

잘 정돈된 길, 소복하게 쌓인 눈 위에 급한 발자국이 찍혀갔다. 아버지를 쫓아 왔던 곳이었지만, 그때의 목적지는 성당이 아닌 목장이었다. 드넓은 목장의 목초지, 자유롭게 뛰노는 말들, 수녀님들의 담소! 성당이라기보다는 자유로운 낙원에 온 듯했다. 그리고 보게 된 성당의 웅장한 건물은 그녀를 탄성 짓게 했다.

목장인 줄 알고 따라와 처음 봤던 성 이시돌 성당의 모습이 강하게 뇌리에 박혀 있던 것일까. 벼랑 끝에 다다르자 무작정 생각나는 곳이 여기였다. 절대자가 정말 존재한다면, 간절하게 부탁하고 애원할 마음 하나를 가지고 무작정 찾아온 곳.

회색 수녀복을 입은 수녀가 성당 안으로 들어가는 것을 길 끝에서 바라보다 천천히 발길을 안으로 들였다. 성당 본당 입구 앞에 하얀 성모마리아상이 온화한 표정으로 양 팔을 벌리고 있었다. 마치 그녀가 이곳에 온 이유를 알기라도 하듯 위로의 미소를 머금고. 크리스마스 행사를 미리 준비한 듯 누군가 성모상 밑에 놓아둔 강보의 인형이 그녀의 시선을 흔들었다.

채원은 거침없이 성모마리아상으로 다가갔다. 간절하게 무릎을 꿇었고, 평생 모아보지 않았던 손을 기꺼이 마주 댔다. 외투조차 걸치지 않은 그녀의 가는 몸에 멈췄던 바람이 그 순간 사납게 휘몰아쳤다. 길게 내린 머리가 채찍처럼 얼굴을 후려쳤지만 그녀의 모든 감각은 온화한 표정의 성모상에만 고정되었다.

흔들리지 않는 눈동자는 성모상의 인자한 표정에 모든 것을 건 듯 간절하기만 했다.

"기도할 줄 몰라요."

기어들어가는 목소리였지만, 애처로워 듣는 이를 돌아보게 할 정도의 애절함이 가득했다.

"하지만, 이렇게 빌게요. 우리 아버지…… 우리 목장…… 살려주세요."

참고 참았던 눈물이 허망하게 툭 떨어졌다. 그 자리를 메우기라도 하듯 뜨거운 눈물은 눈동자 사이에 빠르게 스며들었고, 중력의 법칙을 인정하듯 밑으로 툭 떨어졌다. 왜 이곳으로 왔는지 모르겠다. 그저 절박했다. 아버지는 고혈압으로 고생하긴 했지만 건강한 분이었다. 하루아침에 쓰러져 의식도 없이 호흡기에 의존해 삶을 연명해가는 아버지의 모습은 현실처럼 느껴지지 않았다. 심장마비! 언제 돌아가실지 모른다는 주위 사람들의 수군거림은 그녀를 불안감이라는 울타리에 던져버렸다. 목장에 쳐들어와 돈 내놓으라며 욕설을 퍼붓는 사람들의 야차 같은 모습도 겨우 고등학교 2학년인 그녀가 감당하기 힘든 현실이었다. 간절하게 모은 손끝에 뜨거운 눈물이 닿았다 흘러내린다. 바닥에 스며들듯 떨어진 그녀의 슬픔의 증거는 순식간에 흔적도 없이 사라졌다.

"혹시……"

뒤에서 들리는 목소리에 채원은 가슴이 쿵 내려앉았다. 이런 모습…… 누구에게도 보여주고 싶지 않았다. 별것도 아닌 자존심이 이유의 전부라면 당장이라도 땅바닥에 집어던질 수 있다. 하지만 그녀의 절박한 행동을 다른 이들이 오해하게도, 동정하게도 만들고 싶지 않았다. 좁은 지역사회, 그 안에서 평온하게 생활할 때는 아무런 문제가 되지 않았지만, 막상 힘든 일에 부딪히자 안면이 있는 사람들의 입줄이 세상 어느 것보다 잔인하고 모질다는 것을 알게 되어서였다.

"채……원 언니?"

언제까지 아는 척하는 사람을 등지고 버틸 수는 없다. 채원은 담담한 표정을 지은 채, 물기로 인해 더욱 차가워진 볼을 팔등으로 쓱 문질러 닦았다. 아무런 의미도 없는 것처럼 태연한, 물 흐르듯 자연스러운 행동이었다.

"언니 맞네."

목소리가 귀에 익다 싶었는데, 초점에 맺힌 얼굴은 배진형 마필관리사의 딸이었다. 웃어 보일 여유까지는 없는 채원이었기에 인사를 하듯 고개만 살짝 끄덕거렸다.

"추운데 여기서 기도해요?"

"……그냥."

썩 친하다고 말하기도 뭐한 사이. 배진형 마필관리사야 목장에서 늘 보던 가족 같은 분이었지만 그분의 가족들과의 교류는 별로 없었다. 지나친 관심에 서먹하게 고개를 돌리며 자리에서 일어나려는 순간.

"참, 잘됐다면서요?"

"응?"

다짜고짜 묻는 말에 채원은 어리둥절한 표정으로 배영은을 바라보다 무릎을 펴고 몸을 세웠다. 영은이 뭘 말하는지 모르겠다. 요즘 그녀의 일상에 잘됐다는 긍정적인 말을 들을 만한 일이 있던가! 하루가 어떻게 지나가는지 모를 정도로 고저를 한꺼번에 오가는 느낌, 마치 롤러코스터를 타는 것 같아 정신이 하나도 없어 무심결에 지나친 것이 있는지 일상을 곱씹었다.

"한국 호텔에서 목장 인수한다면서요?"

"한……국 호텔?"

"못 들었어요? 다들 잘됐다고 안심하던데."

샐쭉한 표정으로 얘기하던 영은의 입가에 뜻 모를 미소가 떠올랐다. 하지만 채원은 그 표정을 미처 보지도 못한 채, 멍하니 간절하게 기도를 올렸던 성모상 쪽으로 고개를 돌렸다. 처음 듣는 얘기였다. 누구도 그녀에게 목장에 관한 얘기를 진지하게 해준 적이 없다. 걱정을 해주며 동정의 눈빛을 보일 뿐.

"최 회장님이 목장 식구들에게 많은 것을 약속하신 모양이에요. 그냥 망하는 것보다 최 회장님처럼 부자가 목장을 인수하시면 모든 사람에게 좋죠. 아마 언니 아버지 병원비도 잘 해결해주실 걸요? 언니 잘된 것 맞죠?"

영은의 말에 그녀는 다리의 맥이 툭 풀리는 기분이었다. 잘된 것이냐고 묻는 말이 마치 빈정거림처럼 들린다. 목장은 아버지의 전부였고, 그녀에게는 어릴 때 돌아가신 엄마 품처럼 익숙한 곳이었다. 그런 곳이 최 회장에게 모두 넘어간다는데 좋다고 웃을 기분은 아니었다. 아니 이런 상실감조차 사치일까.

"최 회장님께서 언니 네를 굉장히 불쌍하게 생각하셨으니 다행이지, 안 그럼 완전히 깡통 차는 일만 남았던 거잖아요. 언니도 이젠 현실을 인정하는 것이 좋지 않나요? 건휘 오빠한테도 쌀쌀맞게 굴더니, 조금은 후회되시죠?"

건휘?

아…….

한 사람의 인영이 눈앞을 아득하게 스쳐지나갔다. 갓 제대해 성인남자의 모습으로 나타났었던 그……. 영은의 말처럼 그에게 특별히 쌀쌀맞게 굴었다는 생각은 들지 않는다. 그녀에게는 그저 낯선 이방인일 뿐, 그 외에 특별한 의미를 가지지 않았다. 굳이 해명하고 싶은 생각은 없어 잠자코 들려오는 얘기에 귀를 기울였다.

"다들 최 회장님이 목장주가 된다는 사실을 기뻐한다는 것만 알아주세요."

"……너도 좋니?"

"네?"

"다들 좋아한다고 하니 다행이네. 미사 드리고 가는 길이라고 했지? 그럼 가봐."

"어, 언니!"

당황한 영은의 음성이 바람소리에 묻혀버렸다. 그저 누군가에게 자신의 절박한 심정을 말하고 애원하고 싶어 온 성당인데……. 끝이 보이지 않을 것만 같은 현실이 이미 종지부를 찍은 것 같았다.

사람들이 최 회장을 반긴다는 말은 서운하기만 했고, 아버지의 자리가 사라진 것 같은 허무함이 그녀의 표정을 굳게 만들었다. 기도 따위에 연연해서 여기까지 찾아온 저가 못나 보였다. 현실은 녹록치 않은데 절대자의 힘을 빌려 벗어나려 했던가. 안 하던 짓까지 해서 바득바득 현실을 이겨내고 싶었는데, 허망하게 발로 걷어차인 느낌이다. 채원은 그녀를 바라보고 있는 영은을 외면하며 성모마리아상을 등지고 걸어 나왔다.

　"먼저 간다."

　"……웃겨."

　저 아이에게 공연한 화풀이를 한 건가! 그런 생각에 채원은 영은의 입에서 나온 작은 말 한 마디를 놓치고 말았다.

　이미 성당을 나선 발길을 멈추고 싶지는 않았다. 타박, 타박, 올 때와 달리 성당을 빠져나가는 걸음은 추를 매단 듯 무겁기만 했다. 짙은 회색빛으로 내려앉은 하늘, 고요히 잠을 자고 있던 바람이 사납게 대지를 휩쓸었다. 심술을 부리듯 살짝살짝 포효를 하더니 이제는 기지개를 켠 듯, 쌓인 눈을 일제히 일으켰다. 뿌연 시야, 한 치도 보이지 않는 길은 내려갈 일을 막막하게 했다.

　제주의 바람은 거세다. 그 위력을 보여주듯 눈 폭풍을 일으키는 바람의 위세는 그녀의 어린 인생에도 꽤나 모질게 영향을 미칠 것만 같았다. 채원은 제 몸을 감싸 안은 채, 걸어왔던 길을 하염없이 내려가기 시작했다.

　출전마들이 대기하고 있는 마구간에는 아무나 함부로 들어
갈 수 없다. 경주마들의 컨디션을 조절하기 위해, 더 나은 성적
을 내기 위해 가장 공을 들이는 시간이기도 했기에 마구간에
들어가는 채원의 움직임 역시 조심스러웠다. 경주를 위해 감량
한 말들은 극도로 민감했고, 그건 기수 역시 마찬가지였다. 체
구가 작은 남자 기수들은 제가 탈 말들을 꼼꼼히 살폈다. 각자
의 컨디션을 조절하기 위해 대기실로 향하는 그들의 모습에는
칼로 벼린 듯한 날카로움이 서려 있었다. 말들이 대기하고 있는
마구간으로 들어가는 입구에는 마필관리사, 조교사, 그리고 경
주보조자들이 오늘 있을 경주를 위해 분주히 오가고 있었다.
간혹 안면이 익은 사람을 만나면 간단한 눈인사를 건넸다.

　마주를 대신한다는 이유가 아니라면 채원 역시 출전을 앞둔
바람을 볼 생각조차 하지 못했을 것이다. 아직까지 그녀가 최

회장의 곁을 떠나지 못하는 이유는 바로 바람이를 볼 수 있다는 미련 때문이었다. 아버지가 아끼던 말, 그리고 하늘 목장에서 태어난 말이 최 회장의 수중에 있는 한, 그녀는 떠날 수가 없었다. 아버지가 교배해서 태어나게 한 말이 성장해 이뤄내는 짜릿한 승리의 기쁨은 현재 채원에게는 가장 큰 낙이었다. 물론 바람의 성적이 요즘 들어 저조해 근심을 하고 있었지만, 오늘 경주에서는 잘 해주길 응원하는 마음으로 이른 새벽부터 경마장을 찾았다.

채원은 문을 밀고 마구간으로 들어갔다. 칸칸이 나뉘어 있는 공간마다 경주에 출전할 말들이 있었고, 중간쯤 애타게 보고 싶었던 바람이 허허롭게 서 있어 그녀의 눈길을 끌었다. 채원의 눈동자에 반가움이 서렸다. 소리에 민감하고, 겁도 많은 짐승이 말이라 발걸음소리가 나지 않도록 조심하며 바람의 앞에 섰다.

"바람아!"

"히이이잉."

12제곱미터 남짓 공간인 마방에 들어서며 나직이 제 이름을 부르자, 바람이 기가 막히게 알아듣고 반가움을 표현한다. 윤기가 흐르는 밝은 갈색의 몸을 부르르 털며 고개를 까딱이는 모습은 채원을 반기는 바람의 몸짓이었다. 기품이 있는 바람의 외모를 바라보며 혈통이 뛰어난 녀석이 오늘은 꼭 승리하길 채원은 온 마음으로 빌었다.

전 세계에 약 200여 종의 말이 분포되어 있지만 경마에서 뛰는 말은 서러브레드(Thoroughbred)종이 대부분이다. 서러브레드는 17세기 영국에서 경주 능력이 우수한 말을 개량 발굴하기 위해 영국 재래 암말에 아랍 수말을 교배시켜 만든 품종으로 300여 년간 경주 능력이 우수한 말끼리 교배시켜 번식시켜 왔다. 바람의 부모인 임펙트와 퍼블리싱 역시 서러브레드종이었다. 바람에게도 우수한 혈통은 자연스럽게 이어졌고, 경마에 투입되자마자 바람은 제 능력을 뽐냈다. 제 부모가 서러브레드 혈통서를 가지고 있다면 바람이도 혈통서를 가지고 있었다. 한국에서 1998년 '한국공인혈통서' 국제공인을 획득하게 되었고 바람의 이름이 그 안에 쓰여 있었다. 노후한 나이가 아니라면 바람은 아직도 경주마로서 펄펄 날아다니며 승률을 높일 텐데, 채원의 눈동자에 아쉬움이 스며들었다.

"잘 있었어?"

그녀는 바람의 앞에 서서 눈을 맞췄다. 경주가 있는 주말, 경마장에는 비장한 긴장감이 감돌았다. 승률에 의해 철저히 순위가 매겨지고, 대우가 달라지는 것이 경주마의 운명이다.

오늘 바람의 성적은 그 어느 때보다 중요하다. 벌써 아홉 살, 경주마로서는 노쇠한 나이가 되었으니, 성적이 좋지 않으면 바람의 운명도 풍전등화와 마찬가지였다. 최 회장이 그런 바람이를 용납할 부드러운 성정이 아니었기에 그녀의 마음은 불안감으로 초조했다. 조금만 넉넉한 분이었다면…… 얼마나 좋았을까. 일희일비하는 경주의 세계에서 승률을 초월하기는 힘들었겠지만 채원의 내심은 최 회장의 아량을 바랐다. 진심으로.

"채원이 왔냐?"

등 뒤에서 들리는 소리에도 극도로 민감해진 말을 자극할까
봐 움직이지 못하고 채원은 바람에게만 시선을 고정시켰다. 반
가운 음성이었지만 호들갑을 떠는 성격도 아니었기에 나직하게
감정을 누른 목소리로 인사를 했다.

"많이 바쁘시죠? 아저씨부터 뵈어야 하는데, 바람이가 눈에
밟혀서 여기 먼저 들렀어요. 죄송해요."

채원은 바람의 몸을 한 번 쓸어보고 싶었지만 말이 경주를
앞둔 터라 예민해진 것을 알기에 공중에 올리던 허전한 손을
힘없이 내렸다. 배진형 마필관리사가 채원의 옆으로 와 예리한
눈초리로 바람의 컨디션을 살폈다.

"오늘 성적이 좋아야 할 텐데 걱정이다. 이른 아침부터 어쩐
일이야? 혹시 회장님께 무슨 말 들었어?"

채원은 바람의 맑은 눈동자를 바라보다 고개를 저었다. 들은
말은 있지만 바람이 앞에서 잔인한 말을 차마 전할 수가 없었
다. 경주마는 경마장 트랙을 돌 때만 쓸 데가 있다. 기수를 태우
고 빠른 속도로 우승을 했을 때에만 사람들의 주목을 받고, 경
주마로서 최고의 대우를 받는다.

늙고 노쇠한 말들의 최후는……. 성정이 차갑고, 인정사정없
는 최 회장은 승률이 낮은 말에게는 잔인하기 짝이 없었다. 헐
값을 받고 팔아치우든가 그도 아니면 제 부모와 같은 종마가
될 수도 있다. 최악의 경우는 도살장으로 끌려가……. 채원은
눈을 질끈 감았다 떴다.

"기수 컨디션은 어떤 것 같아요?"

"남 기수야 어디 실수를 하는 사람인가. 다만 이번에 오 사장 쪽에서 새로 구입한 말이 첫 출전을 한다는데 기록이 좋을 것 같다고 하더라. 바람이를 타는 것이 마땅치 않은지 계속 기분이 저조해."

"바람이 잘할 거예요."

"그럼 더 바랄 것도 없지."

배진형 마필 관리사의 말에 채원의 얼굴빛이 흐려졌다. 임펙트와 퍼블리싱의 교배로 태어난 자식이 바람이었다. 첫해에는 교배를 해도 수정이 되지 않았던 임펙트가 다음 해에 다행히도 임신을 했다. 그리고 지금의 바람이 태어났다.

"말이라고 다 경주마가 되는 것은 아니다."

채원은 아버지의 말씀을 떠올렸다. 망아지였던 바람이는 한 살이 넘어가자 제 어미밖에 몰랐던 관심을 다른 곳으로 돌렸다. 어미 곁에서 떨어지기도 하고, 한눈을 팔기 시작하자 아버지는 바람이를 임펙트와 떨어뜨려 놓았다. 그게 경주마로서 첫 걸음을 떼는 훈련이라는 것을 그때 알았다. 어미를 찾아 울부짖는 바람이를 보며 채원은 아버지를 원망하기도 했다. 너무 가혹해 보이는 처사에 항의했지만 아버지는 사람 좋은 미소를 지은 채, 서서히 바람이를 길들이기 시작했다. 사람들의 손길에 익숙하게 만들고, 재갈을 물렸다. 안장 얹기를 시작해 익숙해지자, 바로 조마삭에 들어갔다. 조마삭은 말고삐에 긴 끈을 매달아 사람이 제자리에 서서 말을 원형으로 돌리는 것으로 근육을 강화하는 훈련이었다. 조마삭으로 바람의 근육은 사람이 타도 좋은 형태로 바뀌고 기승훈련으로 들어갔다.

아버지로부터 철저하게 경주마훈련을 받은 후, 바람이는 귀하게 얻은 최고의 명마의 후손답게 경마장에 첫 출전을 하자마자 2등으로 선전을 했다. 최 회장의 기대는 점점 높아졌고, 바람은 승률로 그의 기대에 부응했다.

하지만 나이는 어쩔 수 없는 모양이다. 질주본능을 제어하지 못하고 선행마조차 젖힌 채 승리를 연거푸 했던 4~7살 때 최고의 전성기를 누린 바람은 2년 동안 중간 성적에 머물렀다. 도주마로 불리며 게이트가 열리면 튕기듯 달려나가 우승을 거머쥐던 바람의 모습이 그리웠다. 도주마는 선행마의 특성이 있어 지구력이 우승을 좌우하는데, 바람의 최근 기록은 초반의 탄력도 많이 부족했다. 완만한 하향곡선을 그리며 성적을 내는 것 때문에 그녀의 애가 탔다.

"오늘 VIP들 모인다고 하지 않았냐?"

특별경주, 마사회의 창립기념일을 기념하기 위한 경주가 있는 날이었다. 다른 날과 달리 마주들이나 조교사, 기수들에게는 단 한 번의 승리로 많은 상금을 거머쥘 수 있는 날이기도 했고, 고배당이 일어날 수 있는 확률이 높은 날이기도 했다. 매주 있는 경주와 달리 경마장 안을 흐르는 긴장감이 여느 때와 다른 이유이기도 하다.

"네."

"정말 걱정이네."

배 마필관리사의 말에 채원은 대답 없이 바람을 쳐다보았다. 아직은 이렇게 늠름하고 멋있는 말인데……. 바람이가 태어나고 제주도의 목장에서 자유롭게 달리던 때가 떠올랐다. 성적을 생각하지 않고 제멋대로 초원을 누비던 바람이. 아버지와 함께 훈련을 하던 그 모습이 아직도 생생한데……. 하지만 지금은 사람들의 열광적인 함성에 맞춰 기수를 태우고 좋은 성적을 내야 한다.

"바람아, 힘내."

겨우 할 수 있는 말이 이거라니.

채원의 말에 배진형이 바람의 목덜미를 투박한 손길로 툭툭 쳤다. 고개를 흔들며 거침없이 포효를 하는 바람의 모습에 채원은 안타까움을 참지 못하며 입술을 깨물고 말았다.

나오지 말라는 채원의 말에도 배진형 마필관리사는 뒷짐을 지고 따라 나왔다. 경주가 있는 날이라 신경 쓰이지 않게 해줘야 하는데, 채원은 미안한 마음을 지울 수가 없었다. 채원은 좀처럼 안으로 들어가지 않고 뒤따라오는 배 마필관리사의 느린 걸음에 제 걸음을 맞췄다. 한참을 말없이 걷던 배 마필관리사가 미안한 기색을 가득 담아 그녀에게 얘기를 건넸다.

"졸업식에 못 가서 미안하다."

"별 말씀을 다하세요. 그냥 형식적인 행사인데요, 뭘."

채원은 아직은 어둑한 하늘을 올려다보며 말을 했다. 졸업식이 있었던 날도 벌써 한 달 가까이 지났다. 잊은 줄 알았는데 졸업장을 받아들고 대학문을 홀로 나서던 외로움이 문득 떠올랐다. 괜찮다고, 이런 일쯤은 아무것도 아니라며 씩씩한 척은 혼자 다했는데 배 마필관리사의 말 한 마디에 울컥 감정이 치올랐다.

'아직도 기대하는 것이 있니?'

올라오는 감정을 꾹 삼키며 채원은 스스로를 이죽거렸다. 감정적 사치, 맞다. 우울함이나 외로움 따위에 신경 쓸 여력이 있던가. 남에게 신세를 져야 하는 처지가 되어버린 것을 잊으면 안 되는데. 지금까지 받은 것을 갚으려면 자기연민 따위는 거추장스럽기만 하다는 것을 다시금 마음에 새겼다. 투정을 부리면 끝도 없다는 생각에 채원은 부러 표정을 갈무리하며 말머리를 돌렸다.

"바람이…… 오늘 성적 무척 중요해요. 아시죠?"

"그래, 알지. 채원아 그런데 너 정말 최 회장 밑에서 일을 하려는 거냐? 내 생각에는…… 아니다."

매번 반복되는 말이지만 항상 끝을 맺지 못하고 얼버무려지는 말이기도 했다. 최 회장의 밑에 있는 것을 매우 못마땅하게 생각하는 것이 아닌가 생각이 들 정도로 배 마필관리사는 늘 찜찜한 표정을 지었다. 오갈 데 없는 저를 거두어주신 분에게 지을 표정치고는 뭔가 이상하다는 생각이 들었다.

하늘 목장이 아버지에게서 최 회장의 수중으로 넘어간 후,

모두 다 잘된 일이라고 했다. 그녀 역시 아버지의 부재와 하늘 목장이 망했다는 현실을 인정하고 최 회장의 도움을 기꺼이 받았기에 더는 묻지 않았다.

"신세를 졌으면 갚아야 도리죠."

"신세라……."

배 마필관리사가 말을 흐렸다. 어릴 때부터 한집에서 거의 식구처럼 지냈던 배진형이었다. 아버지와 그녀, 그리고 배 마필관리사와 제주도 목장식구들……. 하늘 목장이 최 회장의 수중으로 넘어간 후 소식을 전하는 이도 있었지만 연락이 끊긴 이도 있었다. 그 모든 일의 중심에는 바로 아버지의 죽음이 자리를 했다. 아침부터 허허로운 마음이 진해져 기어코 한숨이 입술을 비집고 흘러나왔다.

"목장 명의는 완전히 넘어간 거야?"

"그럼요."

"집도?"

"후훗, 목장 빚만 해도 엄청나다는데 집은 건져서 뭐 해요. 차라리 잘됐죠."

"……내가 면목이 없다."

"아저씨가 왜요! 그런 말씀 하지 마세요."

배 마필관리사가 힘없이 고개를 숙이며 말을 하자 차분히 허공을 바라보던 채원이 다급하게 외쳤다. 목장 관리는 어디까지나 아버지의 몫이었다. 배진형 마필관리사의 월급조차 제대로 주지 못했다는 말을 최 회장에게 들었는데 그녀가 받을 사과가 아니었다. 오히려 그녀가 미안하다고 해야 하는데, 적반하장 격으로 배진형 관리사가 고개를 숙이자 채원의 마음이 무겁게 가라앉았다.

"내가 여길 오는 것이 아니었어. 그냥 목장에서……."

"그럼 바람이는요? 아저씨가 계셨으니까 지금까지 경주에서 뛸 수 있었던 거예요. 그런 마음 가지지 마세요. 제가 고개를 들 수 없잖아요. 누구의 잘못도 아니고, 신세를 진 것을 갚기에도 숨이 턱에 닿는데 아저씨까지 그러실 필요 없어요."

채원은 냉정하게 상황을 정리했다. 제주도 목장의 마필관리 사로 있던 배진형이 최 회장을 따라 과천으로 오자, 주변 사람 들이 수군거렸다. 최 회장의 소개로 조교사와 계약을 맺어 마 필관리사로 일을 하게 된 배진형을 욕할 이유는 전혀 없었음에 도 채원 역시 기댈 곳 없이 홀로 남겨져 배 마필관리사를 원망 한 적도 있었다. 고2, 가장 예민할 시기였다. 고3을 얼마 남겨두 지 않고 갑자기 돌아가신 아버지, 집에 있는 가구와 가전, 그리 고 마구간에 있던 조랑말까지도 차압딱지가 붙여졌다.

하루아침에 하늘 목장의 고명딸에서 빚쟁이로 전락한 그 시 기, 그녀의 주변에는 아무도 없었다. 제주도는 철저한 지역사회 였다. 누구의 집에 숟가락이 몇 개가 있는지 알 정도로 친밀했 던 사람들도 하늘 목장의 몰락 앞에서는 냉정했다. 아버지의 친구들, 지인들의 발걸음으로 분주하던 하늘 목장은 이 목장주 의 장례 이후 인적이 뚝 끊겼다. 철저히 홀로 남아 외로웠던 그 녀를 구제해준 사람이 바로 한국 호텔의 최 회장이었다.

채원이 육체적으로 가해지는 폭력에 겁을 집어먹게 된 것도 그때였다. 겨우 고2인 여자아이에게 가해진 무자비한 욕설, 삿대질, 그리고 옷이 찢어질 때까지 파고들던 타인의 손길들……. 누군가 그녀를 만지려고 할 때마다 소스라치게 된 것도 그때의 일 때문이다. 아직도 과거의 트라우마에서 벗어나지 못한 스스로가 바보 같지만, 악몽은 아직까지 이어지고 있는 중이었다. 최 회장의 도움으로 채원은 제주를 벗어났다. 대학에 진학하고, 졸업하기도 전에 한국 그룹에 입사를 하게 되었지만 큰 불만은 없었다. 아니 정확하게 말을 하자면 불평할 처지가 아니었다.

그녀뿐만 아니라 하늘 목장과 현재 그곳에 상주하고 있는 사람들 역시 최 회장의 도움을 받고 있다. 그러니 특별하게 배진형 관리사가 욕을 먹을 이유 따위는 없었다. 오히려 그녀가 미안해해야 할 사람이었다.

과거라고는 하지만 아직 모두의 상처가 아물 수 있는 충분한 시간은 지나지 않은 모양이다. 배 마필관리사나 그녀 모두 어두운 표정이었으니까. 아직은 더 세월이 지나야 웃는 얼굴로 과거를 회상할 수 있으려나……. 채원은 한 뼘은 내려앉은 어깨에 힘을 주었다. 우울한 기분으로 하루를 망치고 싶지 않았다. 그녀는 괜찮지만, 승률을 올려야 하는 배 마필관리사의 기분까지 그녀가 상하게 한 것 같아 얼른 다른 이야기를 꺼냈다.

"오늘 기수가 만형 씨 맞죠?"

"아직 모르겠다. 만형이도 바람을 타려고 하지 않아서 말이야. 기수 교체를 했으면 좋겠다고 툴툴대던데."

"VIP들 베팅하신답니다. 만형 씨한테 잘 말해주세요. 오늘은 바람이도 꼭 잘 달려줄 거예요. 그러니까 아저씨가 잘 설득해주세요. 어차피 바람이와 중량도 맞췄을 테니까 잘 부탁한다고 전해주세요."

"말을 들으면 다행이지."

기수도 승률에 따라 대우가 다르다. 그녀에겐 바람이 특별하지만, 기수에게는 타기에 마땅하지 않을 수도 있다. 거기다 최근 바람의 승률은 만형이 투덜거릴 만큼 점점 기록이 나빠지고 있으니 기수만 탓할 일도 아니었다. 하지만 채원은 욕심을 버릴 수가 없었다. 마주인 최 회장 밑에는 4명의 기수가 있지만 그 중 가장 승률이 높은 만형이기에 채원의 말투가 절박해졌다.

오늘 결전에서 바람이 승률을 더한다면 최 회장의 강퍅한 마음도 돌릴 수가 있지 않을까. 종마로 쓰겠다며 얼마 전부터 동광그룹의 마 회장이 바람이를 눈독들이고 있다는 얘기는 공공연하게 돌고 있다. 거기다 요즘 부쩍 청우실업의 오 회장까지 바람에 대한 관심을 보였다. 문제는 최 회장의 결정만 남았다는 것이다. 둘 중 누구에게라도 최 회장이 바람이를 보내기로 결심한다면…….

"얼굴이 많이 축났네. 한번 밖에서 만나자. 밥이라도 사주마."

"잘 먹고 다니니까, 아저씨나…… 관리사님이나 잘 챙겨 드세요. 참, 영은이도 이번에 졸업하지 않았나요? 취업……했죠?"

워낙 어수선한 상황이라 미처 챙기지 못한 미안함을 담아 채원이 배 마필관리사에게 물었다. 그녀와 두 살 차이가 나는 영은은 호텔경영학과에 다녔기에 취업에 큰 무리는 없을 것 같다고 짐작했다. 야무진 성격에 예쁘장한 외모인 터라 실례인줄은 알지만 큰 걱정 없이 취직 문제를 입에 담았다.

"······한국 호텔에 입사했어."

"잘됐네요."

채원은 진심으로 축하를 했다. 냉혹하다는 주변의 평가에도 불구하고 하늘 목장에 관련된 사람들을 일일이 챙겨주는 최회장에게 그녀는 더 감사한 마음이 들었다. 한 식구 같은 분위기에 배 마필관리사가 잘되는 일은 자신이 잘되는 것처럼 기뻤다.

"면목이······ 없다."

"아저씨도, 참! 별말씀을 다 하세요. 아저씨, 오늘 바람이 잘 부탁드려요. 저는 이만 가볼게요."

"벌써 가려고?"

"벌써요. 날도 다 밝았는데."

과천까지 차를 몰고 온 것은 새벽 4시 경이었는데 벌써 6시가 넘어가고 있다. 출근 시간대와 맞물려 서울로 돌아가려면 고생을 하겠지만 채원은 한결 가벼운 마음으로 돌아설 수 있었다. 바람이······. 아버지가 직접 교배를 시켜 힘들게 얻은 경주마였다. 제 부모의 혈통을 이어받아 우승도 한 녀석이기에 그녀의 걱정이 기우이길 바라는 마음뿐이다. 배 마필관리사가 만형을 설득해줄 것이라 생각하며 그녀는 애써 발길을 돌렸다.

"차 가지고 왔어?"

"네."

"운전 조심하고."

"그럼요."

채원은 부드러운 미소를 머금고 인사를 했다. 주차장까지 한 참을 걸어가야 했지만 새벽의 상쾌한 공기 때문인지 걸음이 가벼웠다. 문득 뒤돌아보니 아직도 배진형 마필관리사가 뒷짐을 진 채 그녀를 배웅하며 서 있었다. 채원은 손을 높이 들어 흔들었다. 경마가 있는 날이면 어김없이 오는 곳이지만 늘 최 회장의 곁에서 있어야 하기에 배 마필관리사를 아는 척하기도 그랬다.

"들어가세요."

먼발치에 선 배 마필관리사의 모습에 아버지의 모습이 겹쳐보였다. 제주도 목장에서 학교에 가려고 나서는 그녀를 배웅하던 아버지도 배 마필관리사처럼 늘 뒷짐을 지고 서서 그녀가 멀어질 때까지 눈길을 떼지 않았다. 채원은 손을 내리고 상념을 털어내듯 걸음을 빨리했다. 안개마저 낀 길목에 그녀의 모습이 점점 작아졌다.

검은 양복에 하얀 와이셔츠, 거기에 금빛으로 만들어진 이름표에 검은 글씨로 쓰인 최건휘. 건휘는 이름표를 양복에 달지 않고 책상 한쪽에 내려놓았다. 아직 출근 전이라는 것을 상기

시키기라도 하듯.

과하지도 덜하지도 않은 점잖은 회색 넥타이를 맨 건휘는 거울에 비치는 자신의 모습을 꼼꼼하게 살폈다. 머리카락 한 올 내려오지 않게 단정하게 빗어 올린 그의 모습은 호텔리어로서 당당한 모습이었다. 182센티미터의 장신, 요즘은 190에 가까운 남자들도 많지만 그들과 상대를 해도 전혀 꿀리지 않을 정도의 당당함이 그의 키를 더 커보이게 했다.

전무, 최건휘.

7년 만인가? 아니 햇수로는 8년 만이다.

이틀 전 한국에 돌아와 바로 호텔을 돌아보기 위해 준비하는 그의 낯빛은 밝지 않았다. 외삼촌의 횡령으로 호텔의 자금력이 위태로울 정도였지만 아버지인 최 회장은 호텔은 나 몰라라 한 채 경마에만 매달리고 있다. 마주지만 도박에 미친 남자, 그 사람이 바로 그의 부친이었다. 부친과 지독하게도 닮은 외양이 맘에 들지 않아 눈살을 찌푸리며 건휘는 거울에서 눈을 뗐다.

"건휘야, 준비 다 했니?"

노크도 없이 문이 벌컥 열리며 모친인 조은숙 여사가 들어오자, 그의 미간이 보일 듯 말 듯 찌푸려졌다. 집을 비웠던 아들을 환대하는 모친의 마음은 이해하지만, 혼자 생활하는 데 익숙했던 그에게는 불편한 일이기도 했다. 독립을 하겠다는 그에게 절대 안 된다며 집으로 끌어들인 장본인은 연신 싱글벙글이었다. 그의 기분과 상반된 모친의 얼굴을 바라보며 그는 못마땅함으로 굳어진 표정을 풀지 않았다.

"아침 먹고 출근해야지?"

"호텔 가서 먹을게요."

"밖의 밥이 살이 되겠어? 안 그래도 너 너무 야위어서 내 맘이 안 좋다. 얼른 나오너라. 아버지도 기다리고 계셔."

야위다니!

마른 편이기는 하지만 야위었다는 말에는 동조를 할 수 없어 그의 입가가 삐딱하게 올라갔다. 거기다 아버지를 대면하고 아침식사를 하라고? 출근 전 호텔에 미리 들러 체크를 하려던 계획에 산통을 깨려 작정을 하신 모양이다.

체해서 나가란 말이군.

건휘는 속으로 비아냥댔다. 태연한 척 노력도 않지만 속에서는 부글부글 끓는 화 때문에 얼굴이 더 딱딱하게 굳어졌다.

"얼른 내려와라. 네가 오니까 집안이 꽉 찬 것처럼 흐뭇하고 좋아."

연신 웃고 있는 모친의 얼굴을 보며 언제까지 뚱한 모습을 보여줄 수 없어 건휘는 시선을 밑으로 내렸다. 그리고 습관적으로 굳어진 사무적인 목소리로 낮게 뇌까렸다.

"먼저 내려가세요."

"그래."

문이 닫힐 동안 모친 대신 거울을 응시하던 그가 싸늘히 등을 돌렸다. 토요일, 아침 7시에 일어나 식사를 할 정도로 부친이 부지런하던가? 의아한 생각도 잠시, 경마가 늘 주말에 열린다는 사실을 떠올리자 비릿한 미소가 그의 입가를 스쳤다.

"호텔을 저 모양으로 만들어 놓고 다시 도박을 하시겠다?"

겉보기에 최 회장은 대한 호텔의 주인이자, 실질적인 운영을 하는 경영인으로 보인다. 물론 속내를 아는 사람은 몇 안 된다는 것이 다행이라면 다행일 것이다. 안 그래도 적자가 쌓이는데, 아버지의 실제 상황을 타인이 안다면 호텔을 단숨에 삼키려고 달려들 것이다. 한국 호텔의 이미지는 아직도 국내에서 최고급으로 통하니 인지도만 믿고 달려드는 자들에게는 지금이 더할 수 없는 호기이기 때문이다. 아직까지는 호텔에서 낸 수익과 면세점의 이익으로 최 회장의 사치와 일탈을 충당하고 있지만 언제까지 버텨낼 수 있을지 누구도 장담하지 못하기 때문에 그의 얼굴에 어두운 그림자가 스치고 지나갔다.

스위스 호텔에서 실습을 마치고 그곳에서 커리어를 쌓고 있던 그를 아버지가 급하게 불러들인 이유도 호텔의 위기 때문이었다. 국내 최고의 호텔이라는 명성은 과거가 되어 버릴 위기에서야 그를 부르다니.

빌어먹을.

그는 쓴웃음을 짓다 레인코트를 팔에 걸고 방을 나섰다. 넉살좋게 부친과 함께 식사를 할 생각은 없었다. 설사 굶게 되더라도…… 반들반들 윤이 나는 계단 난간을 지나 막 거실에 내려오려는 순간, 그의 눈동자가 한곳에 멈춰졌다.

저 여자는?

신발을 벗고 선 상태지만 여자치고는 상당히 큰 키였다. 얌전하게 머리를 빗어 망사 안에 넣어 정수리 근처에서 정리를 하고 베이지색의 투피스 정장 차림으로 선 여자는 낯이 익었다. 그가 뚫어질 정도로 쳐다보고 있는 줄도 모르고, 여자는 고개를 숙인 채 제 발만 쳐다보았다. 햇빛을 전혀 보지 못한 사람처럼 창백한 인상, 거실의 밝은 불빛이 얼굴에 작은 그림자를 만들고 있었지만 여자의 미모는 꽤 뛰어났다.

"이채원 씨 왔어? 회장님 아직 식사 전이라 한참은 기다려야 할 텐데, 앉든가."

"감사합니다, 사모님."

이채원이라는 말에 그의 눈동자가 굳어버렸다.

이채원, 저 여자가 이채원이라고?

제주도 목장에서 천지분간을 못 하고 뛰어다니던 여자아이. 가끔 스위스에서 잔디밭을 볼 때면 푸른 목초지에서 말과 함께 뛰어다니던 그녀가 떠올랐다. 고3 때 처음 만나 대학 방학 때면 그의 발길을 제주로 돌리게 만들었던 여자애가 눈앞에 있다는 것이 믿기지 않았다. 음울한 기운이 그가 선 곳까지 훅 끼치는 것 같아 눈살이 가늘게 좁혀졌다.

"왜 그러고 서 있어? 얼른 들어가서 식사하자."

조 여사는 냉정하게 채원을 대하고는 전혀 다른 음성으로 그를 대하며 식당으로 가길 권했다. 적의마저 묻어나는 조 여사의 모습에 건휘의 눈동자가 가늘게 흔들렸다. 무안할 만도 한데 여자는 전혀 동요하지 않고 처음과 같은 모습 그대로였다. 당하는 그녀보다 오히려 지켜보는 그의 얼굴이 다 화끈할 지경이었다.

"집에 온 손님인데 차라도 주시죠?"

"손님은 무슨. 회장님 밑에서 하찮은 심부름이나 하는 애인데."

"어머니!"

멀쩡히 사람을 앞에 두고 할 소리는 아니었다. 무안한 듯 채원은 고개를 틀고 그들을 외면한 채 어정쩡한 자세로 서 있었다. 과거 까무잡잡하던 피부는 허물을 벗은 듯 창백했다. 그리고 그 하얀 피부가 새파랗게 질려 벌겋게 물들어가고 있다. 아마도 수치심 때문이리라. 그녀가 입술을 슬그머니 무는 것을 보자, 그의 마음이 더 언짢아졌다.

"아주머니!"

건휘는 높지도 낮지도 않은 소리로 일하는 아주머니를 불렀다. 조 여사가 그에게 다가왔지만 그의 시선은 채원에게 고정된 채 전혀 움직임이 없었다. 어려움이 묻은 듯 주방에서 달려 나온 아주머니가 그의 눈치를 살피며 조그맣게 대답했다.

"부르셨어요?"

"손님 차 대접하세요."

그의 말에 채원이 처음으로 그와 시선을 마주쳤다. 늘 생기에 넘치고, 감정이 고스란히 내비치던 맑은 눈동자는 숨이 꺼진 것처럼 까맣기만 했다. 그리고 그 안에는 모른 척하라는 단호한 경고가 한눈에 알아볼 정도로 명확하게 드리워 있었다.

그냥 지나치세요!

그녀의 눈빛이 말하는 경고를 알아듣고 말았다. 어릴 때 천방지축 목초지를 뛰놀던 소녀의 맑은 눈빛이 아니었다. 그 경고가 어쩐지 그의 가슴을 시리게 만들었다. 왜, 이런 모습으로 우리 집에 서 있는 거냐! 묻고 싶었다. 이 목장주의 금지옥엽 외동딸이 그의 집과 무슨 연관으로……. 허공에서 부딪친 눈길은 묘한 분위기를 자아낸 채, 찰나의 순간을 지나고 있었다.

"차는 필요 없습니다, 아주머니."

작지만 단호한 거부.

채원의 말에 아주머니는 안절부절못하고 그의 눈치를 살폈다. 채원이 순간 입 끝을 올리는 모습이 보였다.

너!

가슴이 먹먹했다. 무표정한 얼굴, 메마른 눈동자로 그를 바라보는 채원은 예전 그가 알던 아이가 아니었다. 그녀는 마네킹처럼 변해 있었다. 감정을 전혀 드러내지 않고 기계처럼 서 있는 그녀의 모습이 그에게는 충격이었다.

후훗!

기가 막혔다. 무참함을 느껴야 하는 순간에 비식 터져 나온 웃음이라니. 대놓고 빈정거리는 조은숙의 말은 꾸둑꾸둑 굳었던 가슴에 짙은 생채기를 남기는데, 아픔은 느껴지지 않는다. 아마도 굳은살이 천형처럼 가슴을 가득 메우고 있어서 그럴지도 모르겠다. 그저 이 시간이 너무도 천천히 흘러 고역스럽다는 느낌뿐.

"앉아. 아버지 나오시려면 좀 걸릴 거다."

배려해주는 목소리가 분명함에도 고맙지는 않았다. 경고를 했음에도 모른 척 지나치지 않는 남자의 지나친 간섭이 귀찮을 뿐이었다. 차라리 조은숙의 날카로운 목소리가 한결 마음을 편하게 해준다는 것을 모르나.

"감사합니다만, 됐습니다. 밖에서 기다리고 있을게요."

그녀를 보며 인상을 쓰고 있는 남자를 향해 차분히 고개를 숙였다. 뭔가 할 말이 있는 듯 움직이는 입술의 움직임을 끝으로 보고 그녀는 몸을 돌렸다. 뚜렷하게 느껴지는 시선이 찰랑거리는 머리카락 속까지 파고들어 헤집는 기분이다. 몇 년 만에 만났음에도 단박에 알아볼 수 있는 남자, 최건휘. 한국에 돌아온다는 얘기를 들었지만 자신과는 아무런 상관이 없다고 여겼다. 이렇게 만나 어색하고 서먹한 눈길을 주고받는 것은 사양이었다. 살피는 조 여사의 눈길이 성가셔 피하고 보자는 마음에 내뱉은 말을 몸이 따를 뿐이었다.

"잘 생각했어. 여기서 벌 서는 것보다 윤 기사와 함께 차에서 회장님 기다리는 것이 낫겠네. 건휘 너는 어서 식사해라. 한시가 아까운 사람…… 쯧쯧."

신발을 신고 나서는데 조은숙에게 건휘가 언성을 높이는 소리가 들렸다. 온몸에 시선이 보태져 더 뜨끈해진다.

"어머니, 사람 면전에 두고 그런 말이 어디 있습니까?"

낮지만 거부할 수 없는 힘이 담긴 목소리가 그녀의 뒤통수를 따라왔다. 어렴풋이 떠오르는 잔상…… 이제 막 어른이 된 것처럼 커다랗던 사람, 그리고 드넓었던 초원.

그때나 지금이나 눈에 띄는 사람이구나.

누군가 편을 들어준다는 느낌이 새삼스럽다. 채원은 슬그머니 현관문을 밀고 나와 유난히 안개가 짙은 허공을 바라보았다.

최건휘.

호텔 학교에 다닌다는 소리는 이 집안을 들락거리며 수없이 들었다. 조은숙의 자랑이자, 최 회장의 믿음직한 후계자로 알려진 사람의 얼굴을 봤지만 특별한 감정은 들지 않았다. 오히려 군대에 간 건휘의 동생 최건영과 안면이 익다. 그렇다고 최건영과 친한 것은 아니었다. 그녀를 아버지의 비서로만 친절하게 대하는 건영이나, 손님이라는 말을 하는 건휘나 그녀에게는 그저 무관한 타인일 따름이었다.

상관은 없지만 최건휘의 앞날은 예상할 수 있었다. 회장 비서실에 있으니 당연한 일이겠지만. 스위스에 있는 호텔 학교까지 유학을 갔다 실습을 마치고 거기서 취업까지 한 최건휘를 불러들인 이유는 당연히 호텔을 맡기기 위함이었다. 곧 출근을 할 테고, 그녀의 행동반경과는 무관한 사람일지라도 공적인 업무는 어찌될지 장담할 수 없었다. 호텔이라는 말에 아침에 만났던 배진형의 말이 떠올랐다. 영은이 최 회장의 도움으로 호텔에 입사를 했다고 했으니 그녀와 함께 일을 할 수도 있겠구나, 하는 뒤늦은 생각이 들었다고나 할까.

현관을 나서며 일정한 보폭으로 걸어 대문을 나섰다. 조은숙의 말처럼 차에 들어가 최 회장을 기다려야 할지, 아니면 머리가 축축해질 정도로 하얀 안개 속에서 기다려야 할지 갈피를 잡지 못하고 있는 터에 들려오는 윤 기사의 목소리가 얕은 상념을 깼다.

"채원 씨 왔어요?"

"안녕하세요. 벌써 나오셨네요."

"회장님 벌써 나오세요?"

바짝 긴장을 한 채, 그녀의 뒤를 살피던 윤 기사의 시선을 알아채고는 채원은 가볍게 고개를 흔들었다.

"아뇨. 식사하고 나오실 거예요."

"그런데 왜 여기서…… 아! 차에서 음악이라도 들으실래요?"

"감사합니다."

거절을 할까 하다가 최 회장이 언제 나올지 몰라 윤 기사의 뒤를 따랐다. 검은색, 먼지 한 톨 묻어나지 않는 윤기 나는 차문을 윤 기사가 열어주자, 괜스레 황송한 기분이 들었다. 대접을 받는 기분은 우울했던 기분을 조금이나마 상쇄시켜주는 듯했다. 그녀보다 네 살이 많다고 했나. 정확한 이름도 모르고 그저 윤 기사라는 호칭만 들으며 안면을 익힌 터라 가끔 말을 섞기는 하지만 친하다고 하기에는 무리가 있는 사람의 배려가 고마웠다.

차에 오르자 윤 기사는 어색하게 운전석에 앉고는 라디오 버튼을 이리저리 눌렀다. 그녀의 취향을 모르니 채널을 바꾸느라 룸미러로 눈치까지 봐주며 신경 써주는 모습이 미안하기도 하고 고맙기도 했다.

"특별히 좋아하는 음악이라도……."

채원은 가만히 눈동자를 굴리다 망설이는 목소리로 대답했다.

"뽕짝, 트로트 좋아해요."

"네? 풋…… 하하. 저도 뽕짝 좋아합니다. 전 채원 씨가 클래식 같은 음악을 좋아할까 봐 꽤나 긴장을 했는데……."

"클래식…… 싫어해요."

싸늘하게 표정이 식은 채 그녀의 무미건조한 말투는 어느 때보다 여물게 튀어나왔다. 과거의 상념에 허우적대는 것은 사양이다. 마구간에 울려 퍼지던 클래식의 부드러운 선율을 단호하게 거절했다. 냉담한 반응에 놀랐는지 윤 기사가 머리를 갸웃거리고는 음악을 바꾸었다. 까무룩 내려앉은 그녀의 가슴과 달리 차 안에는 흥겨운 남자가수의 추임새가 고조되고 있었다.

대문을 손끝으로 밀자, 시동을 걸고 기다리는 최 회장의 승용차가 문 밖 바로 앞에 정차되어 있었다. 사람이 안에 있는지 알아볼 수 없는 짙은 선팅을 파고들듯 그의 눈길이 집요하게 한곳을 응시했다.

이채원.

그 여자가 왜 여기에 있나.

식사를 하는 내내 궁금증이 가시지 않았다. 부친과 식사를 함께하지 않겠다는 다짐을 잊을 만큼. 더 먹으라는 모친의 지나친 간섭도 모른 척하며 부친과 함께 어깨를 나란히 하며 집을 나선 이유이기도 했다.

모친인 조은숙 앞에서는 드러내지 못하던 궁금증이 부친의 차를 보고 불현듯 터질 것처럼 팽창했다. 스위스에서 돌아오기 전까지는 제가 배워야 하는 모든 것을 익히느라 한국에 관심을 쏟을 수 없었다. 정직하게 말하자면 한국의 일에는 귀를 닫고 살았다. 회사와 상관없는 반경의 얘기들은 거침없이 걸러냈다. 존경까지는 아니더라도 애정을 가져야 하는 관계에 있는 사람들을 미워하는 일만큼 감정을 지치게 하는 것은 없기에. 그들의 생활에 관심을 가지는 것은 어렵지 않다. 다만 복잡한 것이 귀찮았을 뿐이고 알면 알수록 실망감이 커진다는 것이 문제였다.

"첫 출근은 며칠 뒤 아니냐?"

"네. 잠시 둘러볼 데가 있어서요."

몇 년 새에 뱃살이 늘어난 최 회장의 묵직한 음성에 그는 냉랭하게 대답했다. 살가운 혈육의 정 따위를 느낄 감정은 없다. 누구는 철철 넘치는 감정을 주체하지 못해 삶의 재미를 다른 곳에서 찾지만 말이다. 이채원이라는 여자에 대한 궁금증이 아니라면 나란히 서 있을 일도 없을 테지만, 이유를 대놓고 드러내지 않았다.

"같이 가자."

차로 향하며 최 회장이 지나가는 말처럼 툭 던진 말에 싫다는 말이 나오지 않았다. 시선은 여전히 검정색 대형 승용차에 고정되어 있었고, 때를 놓친 대답이 입에서 나올 때였다.

"전⋯⋯."

따로 가겠다는 말을 하려는 순간 정차했던 차 문이 열리고 운전사와 그녀가 차에서 내렸다. 얌전한 베이지색 투피스 정장 아래로 부러질 듯 얇은 발목이 제일 먼저 그의 시선을 끌었다. 그리고 많이 걸어 다니는지 약간은 닳고 허름한 신발에 그의 매서운 눈길이 머물다 떨어졌다.

"가자."

최 회장은 고집스런 표정으로 건휘를 향해 살이 두툼하게 붙은 턱을 까딱였다. 그의 말에 토를 달지 말라는 권위적인 무언의 압력은 새로울 것도 없었다. 건휘는 최 회장과 채원을 번갈아 바라보다 담담하게 부친이 원하는 대답을 내놓았다.

"네."

"채원이 왔구나."

최 회장의 말에 그녀는 소리 없이 인사만 꾸벅했다. 사무적인 태도라고 생각하면서도 전혀 흔들림 없는 눈동자의 모습이 그냥 지나쳐지지 않았다. 수많은 감정을 담고 거리낌 없이 감정을 표출하던 여자였다. 몇 년이 훨씬도 넘은 일이었지만 마치 어제 일처럼 또렷하게 기억났다. 그런데 왜 종잇장처럼 맥을 놓고 있나!

"회장님, 오전 회의시간에 맞추시려면 지금 가셔야 합니다."

채원의 사무적인 말에 그의 상념이 깨진 유리조각처럼 퍼져 버렸다.

"빈틈없긴. 알았어. 출발하지."

기사가 차에 올라도 뒷자리 차 문을 잡고 선 여자의 투명한 손을 바라보며 건휘의 입술이 비틀렸다. 분명 안면이 있고 그녀가 자신을 안다는 확신이 드는데도 타인을 대하듯 무감각한 그녀를 책망하듯 눈썹을 까딱 올려붙였다. 몰라보는 척하는 거야, 정말 모르는 거냐!

아까부터 묻고 싶었다. 그에게로는 눈조차 돌리지 않는 차가운 여자가 신경 쓰였다. 넓은 목장에서 개구쟁이처럼 햇살을 머금고 천방지축 뛰어다니던 아이와 같은 이름을 쓰는 성인이 된 여자의 모습이 몹시도 거슬렸다.

"회장님께서 외산경주마 구입하시기 위해 곧 나가는 것 채원 언니도 아세요?"

"어디서 들었어?"

출근을 하자마자 입고 있던 재킷을 벗어 걸다 말고 유은혜의 말에 채원은 몸을 돌렸다. 바람의 성적 때문에 안 그래도 곤두서 있던 신경 끝이 파르르 떨리는 기분이었다. 지나가는 말투로 얘기했던 은혜 역시 채원이 관심을 보이자, 열의를 띠며 말을 이어갔다.

"오 사장님의 새로 구입한 경주마가 오늘 출전한다면서요. 아마도 신경이 쓰이겠죠. 두 분 경쟁심은 이 바닥에서도 소문이 파다하잖아요. 승부욕 강한 우리 회장님께서 그냥 지나치시겠어요? 나가서 다른 말이라도 구입해 와야 대외적인 체면이 설

것 아니에요? 명색이 마주협회 회장님이신데."

최 회장의 승부욕은 그녀도 잘 알고 있다. 욕심이 나는 것이라면 무슨 수를 쓰더라도 자신의 소유로 만들어야 직성이 풀리는 사람이었다. 오 사장이 외산경주마를 구입해 왔다니, 구입이 손쉬운 국산경주마는 눈에 들어오지도 않을 것이다. 회사의 자금 사정은 생각하지 않고 지금쯤이면 어디에서 어떤 말을 사올까, 그 생각에 사로잡혀 다른 것은 염두에도 두지 않을 것이 뻔했다.

'바람이는 어쩌지!'

안 그래도 맘이 놓이지 않아 새벽같이 과천에 다녀온 길인데…….

그녀의 심각한 표정은 눈에 들어오지 않는지 은혜는 다시 수다보따리를 풀어놓았다. 커피를 준비하는 손길처럼 입도 분주하게 움직였다.

"회장님 아드님이 호텔에 들어오신대요. 굉장히 잘생기셨다는 소문이 파다한데, 혹시 언니도 보셨어요?"

회사 내에서도 가십의 여왕이라는 호칭이 붙을 정도로 소문에 밝은 은혜는 목소리를 낮출 생각도 않고 떠들었다. 한국 호텔에 새로 출근하는 회장의 아들이라면 은혜가 군침을 흘리며 떠들 만도 하다는 생각에 채원은 기계적으로 고개를 끄덕였다.

"어? 어."

"정말 잘생겼어요?"

쪼르르 달려와 턱밑에 얼굴을 들이미는 은혜의 모습이 밉지만은 않았다. 회장 일가에 대한 얘기는 조심하라고 말하려던 입이 닫힐 정도로 호기심이 가득한 눈동자에는 관심이 깊게 드리워져 있었다. 그녀는 허탈한 웃음을 짓고는 대답만 기다리는 은혜를 향해 몸을 살짝 기울였다.

"은혜 씨 내 눈 믿어?"

"네?"

"내 눈에는 우리 바람이가 가장 잘생긴 것 같은데?"

"에? 아휴, 언니!"

바람 빠지는 소리를 하던 은혜는 고개를 절레절레 저었다. 아마도 조금 있으면 언니가 그래서 남자친구도 없는 거라고요! 라는 거친 항변이 나올지도 모른다. 아무튼 채원에게는 최 회장이나 그의 아들은 지금 안중에도 없었다.

최 회장의 출국 얘기가 은혜의 귀까지 왔다는 것은 기정사실과 다름이 없다는 말이다. 그녀가 미리 알지 못했다는 자책보다는 바람의 운명이 더 걱정이 되었다. 파다하게 퍼진 소문조차 이제야 듣고 있는 제 처지가 한심할 따름이었다.

대체 뭘 했던 것일까.

최 회장이 소유하고 있는 열 마리의 말 중, 점점 성적이 하락하고 있는 말은 바람이뿐이었다. 가장 우려했던 일이 눈앞에 닥친 것 같아 그녀의 입가에 지어졌던 미소도 어느덧 흐릿해졌다.

"언니 오늘은 과천에서 퇴근하실 거죠?"

"응."

"또 고생하시겠다."

"고생은! 은혜 씨, 회장님 방에 차부터 가져다 드릴래? 난 밀린 서류 좀 처리해야겠다. 미안."

"미안은요. 알았어요. 언니!"

막 내린 커피를 들고 회장실로 들어가는 은혜의 상냥한 대답을 듣고, 그녀는 자신의 자리로 향했다. 오후에 경마가 있으니, 최 회장의 점심약속은 경마장 근처에서 이뤄질 확률이 높았다. 아직 스케줄에는 약속이 잡혀 있지 않았지만.

토요일, 주 5일제에 의해 다른 부서는 출근을 하지 않는 날이지만 이곳 사정은 달랐다. 비서실은 오히려 주말이 더 바쁘다. 황 비서실장과 그녀, 그리고 은혜까지 비서 셋이 경마장을 향할 최 회장을 보필하는 것이 오늘의 주요 임무였다. 아직 출근을 하지 않았는지 황 실장의 자리가 비어 있어 의아함이 들었지만, 워낙 최 회장의 수족처럼 움직이는 사람이라 신경을 쓰지 않았다.

그나저나 외산경주마를 도입한다면 바람의 위치는 더욱 애매해진다. 외산말의 성적이 상향선을 그린다면……. 걱정이 꼬리에 꼬리를 물며 그녀의 표정을 더욱 어둡게 만들었다. 그녀에게 남은 단 하나의 위안마저 없어진다면…… 바람은 그녀에게 경주마 이상의 존재였기에 수심이 더욱 깊어졌다.

정말 최 회장이 바람이를 버리고 외산경주마를 구입할까! 마주협회장 자리를 오매불망 기웃거리는 오 회장의 입지를 줄이기 위해서라도 최 회장은 외산경주마를 구입할 승산이 크다. 회사의 자금 사정은 생각지도 않은 채.

외산경주마는 국내 경주마보다 절차가 복잡했다. 일단 현지에서 구매를 한 후, 항공편으로 말을 수송해야 한다. 경주마의 경우 워낙 예민해서 수송을 하는 과정이 가장 중요하다고 봐도 무방하다. 국내로 들어와도 까다로운 검역 절차를 밟아야 하고, 통관과 경주마가 있을 곳까지 운송을 하는 과정 역시 쉽지 않을 터였다.

종자에 따라서는 상상을 초월하는 경주마의 가격을 차치하고서라도 최 회장의 승부욕을 그녀는 이해할 수가 없었다. 제주에 목장까지 가지고 있으면서 국내말의 교배와 경주마 육성에 힘쓰지 않고 왜 마주협회장인 그가 앞장서 외산경주마를 들여오지 못해 안달인지도.

그리고…… 제주 목장은 어떤 모습으로 변해 있을까. 상념은 돌고 돌아 제주 목장에서 멈춰버렸다. 그녀의 가장 행복했던 시간, 가장 사랑하던 사람이 있던 그곳으로.

채원은 어느새 촉촉하게 젖어든 눈가를 얼른 닦아내며 고개를 숙였다. 이곳은 한국 그룹 본사의 비서실이다. 그녀가 한가롭게 울고 있을 곳이 아니었다. 치열하게 살아남은 이유를 다시 가슴에 새겼다. 채원은 고개를 들고 모니터를 바라보았다. 오늘 있을 경주에 참가하는 경주마들과 기수들을 소개한 사진을 뚫어지게 쳐다보며 객관적인 승률을 점쳤다. 거기에 바람이를 생각하는 애틋함이 더해졌지만 모니터를 들여다보는 눈길은 어느 때보다 냉혹하게 빛났다. 이는 경마에 빠져드는 도박꾼들의 번들거리는 눈빛이 아니었다. 냉철하게 결과를 예상하는 그녀의 눈동자에서는 온기가 차츰 사라졌다.

호텔 입구에 들어서는 건휘를 알아보는 이는 없었다. 상냥한 웃음을 지으며 손님들을 맞이하는 프런트의 여직원을 살피다, 이른 시간이지만 꽤 손님이 들어 있는 커피숍으로 향했다. 호텔에 발령을 받았지만, 정식 출근은 며칠 후였기에 굳이 사무실이 아닌 호텔 곳곳을 살피기 위해 일부러 나온 길이기도 했다.

사적인 얘기를 나눌 수 있는 호젓한 분위기에는 맞지 않게 어수선하게 배치된 테이블과 의자를 바라보며 그는 눈살을 찌푸렸다. 커피숍은 로비와 가까운 곳에 위치해 있어 어느 곳보다 고객들의 시선이 가장 먼저 닿는 곳이기도 했고, 가장 많은 내방객이 오가는 곳이기도 했기에 그는 눈을 예리하게 빛냈다. 어지러운 동선과 함께 효율적이지 못한 자리배치까지 그는 바꿔야 할 것들을 꼼꼼히 뇌리에 챙겼다.

"주문하시겠습니까?"

단정한 유니폼에 상냥한 목소리이긴 했지만, 물도 가져오기도 전에 주문부터 받는 무성의함이 다시 그의 눈에 거슬렸다.

"물부터 가져다주시겠습니까?"

"바로 가져다드리겠습니다."

대답은 했지만 서서 주문을 기다리는 태도는 여전했다. 아마 주문을 받고 물을 가져다줄 마음인 것 같았다. 주인이 다른 곳에 빠져 호텔을 제대로 관리하지 않으니, 종업원들까지 친절과는 거리가 멀다. 어머니의 남동생인 조 총지배인이 호텔은 알아서 관리한다고 하더니 점점 이전의 명성과는 거리가 멀어지게 낙후하는 이유를 알 수 있었다. 서비스의 생명인 친절이 결여된 것이 한눈에도 적나라하게 보였다.

"아메리카노."

맘에 들지는 않지만 내색하지 않고 주문을 마치고 주변을 살폈다. 온라인에서 먼저 한국 호텔을 검색해보고는 대충 서비스의 질을 짐작은 하고 있었지만, 생각보다 더 엉망이었다. 전체적으로 리모델링을 해서 객실과 호텔 내부는 깨끗해져 있다지만 고객들이 원하는 친절과 서비스는 너무도 미흡하고 부족했다. 불친절하다고 네티즌들이 써놓은 평점들이 다시 생각나 건휘는 미간을 찌푸렸다.

한국 그룹은 호텔과 면세점 등 서비스업을 필두로 사세를 확장한 기업이었다. 최 회장이 열의를 다해 호텔을 키우고 면세점의 영업망을 넓힐 때만 하더라도 국내에서 최고의 서비스와 질을 자랑하던 곳이었다. 그런데 지금은…… 호텔과 면세점에서 현금을 확보해 엉뚱한 곳에 쏟아 붓고 있다. 물론 주 5일제의 보급으로 여가생활을 즐기는 고객들에게 경마가 나쁘다는 것은 결코 아니다. 건전한 스포츠로, 재미삼아 베팅을 하는 것으로 끝이 난다면 건휘도 적극적으로 찬성할 수 있다. 하지만 지금의 최 회장과 한국의 경마 시장은 스포츠가 아닌 도박으로 변질되어 있다는 것이 그의 판단이었고, 그는 자신을 믿었다.

"커피 나왔습니다."

주문을 받았던 여직원은 하얀 도기를 내려놓으며 바로 자리를 떴다. 달라고 했던 물 잔은 어디에도 보이지 않는다. 서빙을 마친 여직원이 쟁반을 든 채 동료와 잡담을 나누는 모습이 보이자, 그의 입매가 꿈틀거렸다. 갑자기 떠오른 한 여자와 너무도 상반된 모습이 아닌가. 손님을 앞에 두고도 제 감정에 취해 농담 따먹기나 하는 종업원과 달리 그녀는 철저하게 감정과 말을 숨겼다.

이채원.

상념은 돌고 돌아 다시 채원에게로 향했다. 부러질 듯 마른 몸에 조막만 한 얼굴, 더 인상적인 것은 표정이 없다는 것이다. 반짝반짝 빛이 나던 그녀의 모습이 아직도 눈앞에 생생했다. 햇살을 닮은 웃음, 까르르 튀어나오던 웃음소리가 귓가에 들릴 듯한데 성인이 된 그녀는 완전히 다른 사람이 되어 그의 앞에 나타났다. 어린 시절 몇 번의 만남이 있었지만, 아예 그는 기억조차 못 하는 것처럼 무심히 흘려보내듯 쳐다보는 눈길에서 그는 뭔지 모를 상실감을 느꼈다. 그럴 이유가 전혀 없음에도 말이다.

까만 얼굴, 얼굴의 반이나 차지할 것만큼이나 컸던 눈, 그리고 또 까만 눈동자. 그 눈동자에는 항상 행복이 담겨 있었다. 행복해하는 그녀를 보며 그는 부러움을 느끼기도 했다. 그보다 한참이나 어린 그녀에게.

성의 없이 누구에게나 보이던 종업원의 웃음과 달리, 남에게까지 행복함을 전해주던 웃음은 먼지처럼 사라지고, 삭막한 사막모래가 켜켜이 쌓여 있던 고적한 눈동자가 자꾸 그를 신경 쓰이게 했다.

'무슨 일이 있었던 거냐? 그리고 왜 네가 아침부터 어머니에게 핀잔을 들어야 하며, 왜 네가 제주의 목장이 아닌 여기에 있는 거냐!'

그렇게 묻고 싶었다.

전혀 동요하지 않는 그녀의 가는 어깨를 잡아 흔들고서라도 대답을 듣고 싶은 충동을 억지로 참아냈다. 그리고 차를 타고 호텔까지 오는 내내 그녀의 뒤통수에서 시선을 떼지 않았다. 분명 그가 보는 것을 알면서도 미동조차 하지 않던 고집스러운 모습이라니…… 한 자세로 있는 것이 힘들어 작은 움직임이라도 할 테지, 하던 그의 생각을 여지없이 깨버리고 말았다.

건휘는 한국을 떠난 시간이 길었지만, 이곳 소식에 아예 귀를 닫은 것은 아니었다. 아버지가 회사 공금을 어떤 식으로 유용하는지 촉각을 곤두세우고 지냈던 나날이었다. 아버지의 주변 인물들에 대한 보고를 나름대로 받아오고 있었는데 누구도 그에게 이채원에 대한 말은 전해주지 않았다. 그만큼 중요한 인물은 아니기 때문이겠지만 언짢은 마음은 어떻게 설명해야 할지 모르겠다. 아버지의 비서라……

고작 알아낸 것이 아버지의 비서라는 사실 하나뿐이라는 것이 우스울 뿐이었다. 가슴을 밀고 올라오던 수많은 물음 중 하나도 제대로 묻지 못했다.

함께 차를 타고 오면서도 말 한 마디 하지 않고 부러질 듯 허리를 세우며 앞자리에 앉아 있던 여자의 뒷모습이 떠올랐다. 자

그마한 뒤통수, 하얀 목덜미에 자꾸만 눈길이 갔고, 그가 내리자 따라 내려 공손하게 목례를 하는 모습에 하마터면 손을 내밀어 얼굴을 만질 뻔했다. 밀랍처럼 하얀 얼굴이 바라질 것만 같아 쉽사리 눈을 뗄 수가 없었다.

젠장!

호텔의 미흡한 구석을 찾기 위해 일부러 발걸음을 했던 것뿐인데, 생각의 중심에는 그녀가 위치하고 있다는 것이 못마땅했다.

"여기 계셨네요, 한참을 찾았는데."

묵직한 남자의 목소리와 함께 그의 테이블 위로 옅은 그림자가 졌다. 잔을 뚫어지게 쳐다보고 있던 건휘의 고개가 천천히 위로 올려졌다. 그리고 어릴 때부터 무수하게 봐왔던 아버지의 측근인 황 실장의 얼굴을 보고는 피식 조소를 지었다. 여전히 아버지의 밑에서 수족처럼 움직이며 제 이익을 약삭빠르게 챙기는 자. 한국 호텔에 온 것도 우연이 아닌 계획된 일이 틀림없었다.

"어쩐 일이십니까, 황 실장님?"

"회장님께서 모셔오라고 하셨습니다. 어차피 정식 출근은 다음 주인데, 여기서 이럴 것이 아니라 본사로 들르시라고요."

"제가 거기 따라야 합니까?"

"전 회장님께서 지시하는 일을 전하는 것뿐입니다."

앉지도 않고 속사포처럼 쏟아내는 상대방의 말에 그는 대답을 않고 커피 잔을 만지작거렸다. 까만 액체가 찰랑거리며 하얀 도자기 안에 흔적을 남겼다. 마치 그의 마음속에 앙금처럼 자리 잡은 한 여자의 잔상처럼.

"절 오라고 하셨다고요?"

"네, 오 사장님께서 점심 초대를 하셨습니다. 한국에 들어오셨으니 함께 인사를 드리자고 하시네요. 그리고 오후 시간에는 과천에 함께 가시자고 말씀 전하라 하셨습니다. 오 사장님께서도 동행을 원하시고요."

"과천?"

"네, 경마장에 법인 소유의 말이 출전을 합니다."

"한국에 갓 들어온 아들 데리고 베팅부터 가르치시려나 보군요."

건휘의 삐딱한 말에도 황 실장의 표정은 변함이 없었다. 충직한 신하, 하지만 곳간에서 야금야금 곡식을 빼내는 영악한 쥐새끼. 황 실장의 겉모습에 속기보다는 속내를 파악하기 위해 건휘의 영민한 눈동자가 빠르게 움직였다.

"오늘 경주는 아주 흥미로울 겁니다. 하늘 목장에서 보신 적이 있을 거라고……. 바람이라고, 마지막 경주가 될지 모른다고 하면 반드시 보겠다고 하실 거라며 회장님께서 오시라고 하셨습니다."

하늘 목장, 바람?

조랑말들 사이로 꽤 아끼는 말이라며 자랑하듯 조잘거리던 여자 아이의 모습이 선명하게 떠올랐다. 그리고 스위스로 떠나기 전 마지막 들렀던 하늘 목장에서 아버지가 제 동생을 만들어줬다며 자랑하던 말, 하늘.

그걸 아버지가 소유했다고?

그는 고개를 비틀어 황 실장을 바라보았다. 여전히 속을 알 수 없는 표정을 짓고 있는 그는 아버지와도 무척 닮아 보였다. 황 실장이 아버지에 대해서 모르는 것은 거의 없다고 봐도 무방했다. 아버지의 수족이었으니까. 그리고 이채원이 왜 아버지의 비서가 되었는지에 대해서도 누구보다 정확하게 알고 있을 자. 하지만 그는 이자에게 채원에 대한 것을 물을 수가 없었다.

'대체 무슨 짓을 저지르신 겁니까?'

건휘는 생기를 잃고 거실에 서 있던 여자를 떠올리며 이마를 꿈틀거렸다. 그녀의 변한 모습에 왜 아버지가 개입되었다는 생각이 자꾸 드는 것일까.

'아니, 섣부른 판단은 금물이야.'

건휘는 끝내 커피에는 입도 대지 않고 일어났다. 초대를 했으니 응해주겠다. 그리고 궁금하던 것들을 알아내면 되겠지. 성가신 것은 질색이었지만 궁금한 것도 짜증난다. 남에게 듣는 것보다 자신의 눈으로, 귀로 파악하는 것이 빠를 것 같다. 황 실장이 흡족한 듯 미소를 지었지만 건휘는 이를 모른 척하며 계산서를 들고 카운터로 향했다.

'다시 보겠지.'

어쩌면 변한 여자를 다시 보는 것도 나쁠 것이 없다. 그게 성가신 일이든, 호기심을 자아내는 일이든.

　타인의 눈길이 집요하게 자신을 향하는 것은 반갑지 않은 일이다. 그게 호감의 표현이든, 한 인간을 발가벗기는 것처럼 강렬한 것이든.

　눈으로는 하얀 테이블보를 내려다보면서도 집요하게 달라붙어 떨어지지 않는 시선에 온몸의 감각이 촉을 세운다. 상대방에게 불편하다는 것을 내색하는 것은 쉽다. 물론 상대편에서 고맙게도 먼저 관심을 끊어준다면 더 좋겠지만. 그녀의 곤란한 상황에도 아랑곳없이 식사를 기다리는 테이블에는 화기애애한 분위기가 만연했다.

　"최 회장은 자식 농사 잘 지었네, 그려."

　"그렇습니까?"

　자부심이 들어 있는 최 회장의 거만한 말투에도 그녀는 미동조차 하지 않았다. 식사가 준비되는 동안 이들을 경호하듯 서서 지루한 시간을 보내는 일만큼 고역도 없다. 되도록 식사가 빨리 나오기를 속으로 바랐다.

"건휘 군은 바로 호텔로 출근하는 거지? 젊은 인재들이 경마에 관심을 가지고 투자를 한다면 한국 경마도 눈부신 발전을 할 수 있을 텐데, 그쪽으로는 관심이 없는 건가? 아버지 곁에서 꽤 많은 지식을 터득했을 텐데?"

오 회장의 말에 건휘는 채원에게 고정되어 있던 시선을 뗐다. 오 회장의 살피는 눈초리가 꽤 매서웠지만 그에게는 별로 위협이 되지 않았다. 오늘 만남의 이유가 떠보기 위해서인가? 차기 마주협회장으로 나오기 위해 노력 중이라는 말이 공공연하게 떠돌고 있으니, 아마도 그의 위세를 확고하게 하기 위한 발언으로 간주되었다.

"전 경마에 관심이 없습니다."

"부친이 마주협회장인데, 그래서야 쓰나!"

"취미는 다를 수 있으니까요."

"지금 경마를 취미 따위라고 무시하는 건가?"

긍지와 자부심을 가지고 있는 오 회장의 심기를 건드린 것인가. 하긴 외국에서는 마주들에 대한 이미지가 굉장히 좋았다. 존경과 경외까지 받는 자리, 말을 소유하고 있다는 사실만으로도 충분히 사회적인 지위가 높다고 인정을 받는 자리이긴 했다. 물론 국내에서도 말을 소유하고 있는 마주들의 재정력은 높이 산다. 경외와 존경을 받는 것은 제외한다고 한다면, 부를 자랑하기에는 더할 수 없이 좋은 길이기도 했다.

"제 말이 그렇게 들렸다면 죄송합니다."

"흐흠."

사과를 했음에도 여전히 불쾌한 심기를 감추지 않는 오 회장을 보며 그는 이 자리에 온 것을 후회했다. 바람이 경주를 한다는 말에 황 실장의 뒤를 좇아온 것이 실수였다. 제주에서 봤던 조랑말이 어떻게 컸는지도 궁금했지만, 그 연장선에는 이채원이라는 여자가 있었다. 병풍처럼 각자가 데리고 온 비서들을 앞에 두고 식사를 기다리는 노친네들의 여흥에 끼어드는 취미 따위는 가지고 있지 않은 탓에 당장이라도 자리를 박차고 일어나고 싶은 충동만 뺀다면 그럭저럭 견딜 만했다.

"오 회장이 이해하세요, 이 녀석이 외국에서 오래 생활해와서 예의에 벗어나는 실례를 범했습니다. 그나저나 왜 이렇게 식사가 늦지?"

최 회장은 채원을 질책하는 눈으로 모든 책임을 그녀에게 지우듯 노골적으로 바라보았다. 그림처럼 서 있던 채원은 최 회장의 언짢음을 눈치 채고 바로 룸을 나갔다. 마치 주인의 말에 복종하는 하는 것처럼. 건휘는 이유 없는 짜증이 치솟았다.

비서로서 당연히 해야 하는 행동이지만, 그 주체가 이채원이라는 것이 못마땅했다. 그녀가 아버지의 그늘 밑에 있다는 것도, 하필이면 비서라는 것도.

"그러고 보니 건휘 군도 이제 결혼할 나이가 아닌가? 호텔에서 중책을 맡으려면 아무래도 혼인을 해서 무게감을 갖는 것도 괜찮지 않나?"

"아직은 생각이 없습니다."

그는 짧은 대답만 내놓은 채 입매를 굳혔다. 자신의 사생활까지 이 자리에서 언급되게 하고 싶지 않았다. 하지만 오 회장은 무슨 꿍꿍이인지, 부친인 최 회장에게 말을 건네며 얘기를 이어갔다.

"최 회장, 사돈 맺자는 곳 많지?"

"허허, 그렇죠."

"하긴, 수려한 용모에 한국 호텔, 거기다 마주협회장직을 몇 년이나 역임하는 집안에 딸을 주려는 집안이 숱하겠지."

"과찬이십니다."

"과찬은! 사실이구먼."

"그러는 오 회장님의 차녀도 이번에 귀국을 하셨다고요?"

가만히 둘의 얘기를 듣던 건휘의 안색이 바뀌었다. 얘기가 이상한 곳으로 치닫는다고 느꼈다. 경마꾼인 부친에 대해 누구보다 잘 알고 있는 오 회장이 나서서 이런 얘기를 꺼낸 것에는 그만한 이유가 있을 것이다. 그리고 그 이유는 너무도 노골적으로 표면에 드러나고 있다.

"자식 자랑은 팔불출이라고 하지만, 우리 딸 참 조신하게 잘 컸어. 아마 최 회장도 보면 탐이 날걸?"

"그렇습니까? 그럼 언제 한번 자리를 만드시죠?"

"그럴까?"

흡족하게 웃는 오 회장과, 음흉한 눈길로 자신을 바라보고 있는 부친. 결코 반갑지 않은 그들의 대화에 자신의 일이 화두가 되는 것이 불편했다. 부친은 이런 속셈을 미리 포석으로 깔고 황 실장을 보내 그를 불러낸 것이다. 테이블 밑으로 쥐었다 푸는 건휘의 주먹에는 혈관이 도드라져 있었다. 아침도, 점심도…… 그에게는 결코 편한 자리가 아니었다.

똑똑똑.

규칙적인 노크 소리와 함께 문이 열리고 채원이 안으로 들어왔다. 곱게 서서 그들을 향해 고개를 숙이는 채원의 모습은 불쾌했던 마음을 더 무겁게 만들고 있었다.

"식사 들일까요?"

"이제 준비된 건가?"

"네, 회장님."

"어서 들이게. 오 회장님 허기지시겠네."

전형적인 비서의 모습을 한 채원이 몸을 비키자, 뒤에 있던 종업원이 트레이를 끌고 안으로 들어왔다. 티끌조차 묻지 않은 하얀 접시들이 테이블에 올려지고, 세팅이 된 냅킨을 오 회장이 풀자, 식사는 조용하게 시작되었다.

문을 지키고 섰던 비서들이 조용히 자리를 비켜주었고, 본격적으로 오 회장과 최 회장의 담소가 이어졌지만 건휘는 음식 맛을 느낄 수가 없었다. 충동에 끌려 행동을 할 만큼 어리지도 않은데, 불편을 사서 하다니.

이채원.

그를 흔들어 놓고도 평정을 유지하는 여자의 뒷모습이 아직도 속을 답답하게 했다. 한국에 들어와 아버지와의 반목은 예상했지만, 이런 혼란을 느낄 줄은 미처 몰랐다. 그에게 오 회장이 몇 가지 질문을 더 했지만, 단답형의 대답 외에는 침묵으로 고수했다. 지루한 식사는 계속되었고, 신경을 긁는 말들도 쉼 없이 이어졌다. 건휘의 눈빛이 어둑하게 가라앉았다.

마음은 벌써 경마장에 가 있지만, 몸은 룸 밖에 묶여 있다. 후식이 들어간 지 한참이 흘렀지만 안에서는 나올 기색이 보이지 않는다. 마음만 급해진 채원은 좁은 유리창을 통해 보이는 화창한 날씨를 기웃거렸다.

"배 안 고프세요?"

"괜찮아요."

그녀의 옆에 똑같은 신세로 있는 오건주, 청우실업의 회장 비서인 이태진이 슬그머니 말을 붙였다. 마주협회장과 마주로 있는 상관의 위치 때문일까, 잦은 만남으로 인해 눈인사는 하고 지나치는 사이라 주고받는 말이 영 어색하지는 않았다.

"저는 아주 죽겠습니다. 어제 늦게까지 술을 마셨는데 해장도 못하고 나와…… 점심은 건너뛰게 생겼고, 이러다 저녁이나 먹을지 모르겠어요. 속은 쓰리고 하필이면 오늘 경마가 있어서 아주 짜증 지대로라니까요."

"……네."

뭐라고 해줄 말이 없었다. 술을 마시지 못하니 쓰린 속이 어떤지 가늠이 되지 않았고, 아침 점심 꼬박꼬박 챙겨먹지 않은 것은 그녀 역시 마찬가지지만 그리 허기짐을 느끼지 못해 동질감을 느낄 수도 없다. 이럴 때는 그의 말에 수긍해주면서 그냥 저냥 넘겨버리는 것이 그녀의 처세술이라고나 할까.

"역시 오늘도 쏘쿨하시네요."

"제가요?"

쿨하다는 말을 대놓고 하는 사람도 처음이고, 그리 친한 사람도 아닌데 격의 없이 말을 건네는 탓에 오히려 채원이 더 당황하고 말았다. 슬쩍 몸을 기울이며 작게 속삭이는 말에 얼굴까지 빨개지고 말았다.

"농담인데, 진짜로 믿네요. 하하하."

"그게……."

뭐라고 말을 해야 할지 몰라 뺨에 손을 대고 화끈한 열기를 달래는 순간, 굳게 닫혀 있던 문이 열렸다. 안에서 나오던 건휘가 밖에서 대기하고 있던 그들의 모습을 보고는 놀란 듯 눈을 치켜떴다. 옆에 붙어 있던 이태진도 건휘의 행동에 놀랐는지 얼떨결에 몸을 움직여 그녀에게 거리를 두며 떨어졌다.

"한가한가 보군."

"죄송합니다."

이태진과 채원은 동시에 대답을 하고는 멋쩍은 표정을 지었다. 그의 뒤에 섰던 회장들이 의아한 듯 밖을 내다보고 있었다.

"뭔가?"

"아무것도 아닙니다."

"가지."

오 회장과 최 회장이 건휘를 지나 앞장서 걷자, 이태진이 바로 뒤를 따랐다. 채원도 최 회장의 뒤를 쫓기 위해 움직이는 순간, 팔을 강하게 조이는 힘을 느꼈다.

"놔주시죠."

"저 작자랑 친한가?"

"아닙니다."

"아니라…… 거짓말도 하고, 능청도 늘었군."

채원은 건휘의 입에서 나오는 말에 놀라고 말았다. 시비조로 내뱉는 말이 기분을 상하게 했다. 최 회장의 비서일 뿐, 최건휘와는 아무런 상관도 없는 사람인데 뜬금없는 비난은 이쪽에서 사양이었다. 채원은 잡혀 있던 팔을 힘주어 뿌리쳤다.

"먼저 가보겠습니다."

끝까지 사무적인 어조로 말을 하고는 최 회장의 뒤를 급히 따랐다. 뒤에서 꿈쩍도 하지 않고 지켜보는 눈길이 느껴졌지만, 그녀에게 미칠 영향은 전혀 없다.

"유유상종이네."

밑에 있는 사람에게 무작정 휘두르며 찍어 누르려는 성미를 가진 조 여사가 떠올라, 그녀는 시니컬한 어조로 중얼거린 후 건휘와의 거리를 늘려갔다. 더는 그의 시선이 닿지 않은 곳으로 피하고 싶었다. 성가신 것은 딱 질색이었다. 신세를 지고 있는 최 회장과 연결된 고리라는 것은 더더욱.

경마공원에 들어서면 제일 먼저 눈에 띄는 곳이 예시장이다. 예시장은 경주에 출전하는 경주마들의 상태를 미리 볼 수 있는 곳으로, 예시원의 인도에 따라 타원형으로 빙빙 도는 경주마들의 상태를 볼 수 있는 곳이기도 했다.

황 실장의 안내에 따라 당도한 예시장에서도 건휘는 시큰둥한 표정을 지우지 못했다. 제주 목장에서 마음대로 달리는 말들과 달리 사람들의 시선 아래 갇혀 뛰지도 못하며 좁은 보폭으로 타원형의 예시장을 도는 말들은 왠지 측은함마저 자아냈다. 인간의 욕구에 철저히 이용당하는 모습에 다른 사람들은 환호성을 질러댔다.

"저 말이 바람입니다."

황 실장이 가리키는 곳에 숫자를 크게 쓴 천을 두른 말이 움직이고 있었다. 어릴 때 봤던 조랑말은 이미 잘 훈련된 경주마로 장성해 제 모습을 뽐내듯 기품 있게 트랙을 돌았다.

"바람이에 관한 것은 채원 씨가 더 잘 알 텐데, 제가 이쪽으로 채원 씨를 보내겠습니다. 설명 들으시면 경마에 대한 흥미가 생기실 겁니다."

건휘는 황 실장의 말에도 대답을 하지 않았다. 빈틈없이 갖춰 입고 호텔을 순시하려던 계획을 무산시키고 곧 있을 경마에 대한 기대감으로 소리를 지르는 곳에 와 있다는 것이 짜증 났다. 누구보다 경마에 대한 감정이 안 좋은 그였는데, 겨우 이채원이라는 여자의 설명 하나로 흥미가 생길 것이라고 말을 하는 황 실장의 무모한 믿음이 우스웠다. 어릴 때부터 그를 봐왔던 사람인데, 아직까지 그를 모른다.

"어, 난데 예시장으로 바로 오지. 회장님은 별일 없으신가?

……VIP베팅은 내가 알아서 챙길 테니까 어서 오기나 하라고."

짜증이 가득 담긴 어조로 휴대전화를 하던 황 실장의 시선은 경마장 가장 높은 곳, 투명한 유리창으로 된 VIP실로 고정되어 있었다.

"그만 가보시죠? 볼일이 있으신 것 같은데?"

"그래도 채원 씨가 올 때까지는 제가 곁에 있어 드려야죠. 경마장은 처음이시고, 또 이런 분위기를 즐기시는 분도 아닌데."

"마치 저에 대해 다 아는 것처럼 말씀하시네요, 황 실장님?"

"아, 아니…… 그런 것은 아닙니다."

하긴 그도 부친의 곁에 눈을 심어두었는데, 최 회장이라고 그를 가만히 놔두었을 리가 만무했다. 호텔 학교부터 한국 호텔 내 건휘에게 호의적인 인사들의 배후를 캐기 위해 아무래도 황 실장이 눈에 불을 켜고 다녔을 것이 뻔했다. 서로 모른 척을 할 뿐, 부모 자식 이전에 사업가의 타고난 힘겨루기에서 우위를 차지하기 위한 줄다리기는 이미 시작이 되었는지도 모르겠다.

"이쪽으로 안 오고 뭘 그렇게 꾸물거려? 채원 씨, 바람이에 대해 자세히 설명 드리고, 오늘은 작은 금액으로 베팅하는 방법부터 알려드려. 난 VIP실에 가 볼 테니까."

1미터 정도 떨어져 서 있는 채원을 질책하는 눈길로 바라보며 황 실장이 제 임무를 쉽게 떠넘겼다. 상사라고 할지라도 기분 나쁠 정도의 언행인데 채원은 별다른 말 없이 질책을 감수하며 서 있었다. 아까 자신에게 했던 똑부러지는 말투는 어디에도 없이.

"그럼 전 가보겠습니다."

"그러세요."

시큰둥한 어투로 대답을 하자, 기다렸다는 듯 황 실장은 급한 걸음으로 예시장을 빠져나갔다. 아직도 그와 거리를 두고 선 채원이 크게 한숨을 쉬는 모습이 보였다. 내키지 않는다는 것을 얼굴에 그대로 드러낸 채, 그녀가 다가왔다.

"제주에서 봤던 말인가, 저 말이?"

"바람이에요."

"꽤 컸군."

바지 주머니에 한 손을 찌른 채, 그는 아직도 예시장을 돌고 있는 바람이에게 시선을 주었다. 그의 곁에 서 있는 것이 못마땅한 듯 약간 거리를 두고 선 채원의 눈길이 부드럽게 풀어진 것은 그때였다.

"오늘 잘해야 한다, 바람아."

커다랗게 소리를 지른 것도 아닌데, 왠지 간절한 소망을 담은 듯 진실한 음성은 이상하게도 가슴에 콱 박혀버렸다. 다정다감한 음성에는 경주마에게 하는 말이라고는 믿을 수 없을 만큼 감정이 듬뿍 담겼다.

"저거 네 말 아니었나?"

"……최 회장님의 소유입니다."

"팔았나 보군."

떠보려고 한 말인데 채원의 긴 눈썹이 가파르게 파닥거렸다. 마치 그의 말에 소리 없는 항변을 하듯. 그의 몸은 이제 예시장의 바람이 아닌 이채원을 향해 틀어졌다. 고집스럽게 경주마만 쳐다보고 있는 그녀의 모습을 세세하게 눈으로 훑어 내렸다. 감질나게 흑단 같은 머릿결의 뒤통수만 바라보고 있을 때와 달리, 얼굴에 난 솜털까지 자세히 살폈다.

"예시원이 경주마를 데리고 트랙을 도는 이유는 경주를 즐기는 사람들에게 말의 컨디션을 보여주기 위해서입니다. 말들의 갈기, 털의 윤기, 바닥을 짚을 때마다 드러나는 튼튼한 근육을 보면서 자신이 베팅할 경주마를 선택하는 것이죠. 승률을 높이기 위해서는 제가 아닌 트랙을 돌고 있는 경주마를 보는 것이 나을 겁니다. 돈을 날리지 않으려면요."

"내 돈 걱정을 해주는 건가?"

"아뇨, 회장님께서 최건휘 씨를 여기로 부른 이유를 알기 때문에 충고를 드리는 겁니다. 아마도 타고난 감각을 테스트하시려고 부르신 것 아닐까요?"

"훗, 도박에 감이 있는지를 테스트하려고 여기까지 불렀다고 하던가? 대단하신 최 회장님께서?"

그는 도발을 하듯 채원에게서 시선을 떼지 않고 물었다. 굳이 부친에게 가진 반감을 숨기지 않은 채, 주머니에 넣었던 손을 천천히 빼냈다. 채원의 어깨를 칠 것 같이 뒤에서 급하게 다가오는 남자를 응시한 채, 그녀의 팔을 잡아당겼다.

"어맛!"

힘을 주어 당긴 채원의 몸은 힘없이 그의 몸에 부딪쳤다. 그녀의 고함은 어느덧 사람들의 환호성에 묻혀버렸지만, 품에서

느껴지는 따뜻하고 보드라운 여체를 단단한 가슴이 짜릿할 정
도로 인지하고 말았다.

"이게 무슨 짓……."

건휘는 바동거리며 품에서 빠져나가려는 채원을 힘주어 잡
았다. 경마가 임박하자 사람들이 일제히 관람대 쪽으로 이동을
시작했기 때문이었다.

"가만히 있어."

"놔주셔도 괜찮습니다. 제 한 몸 건사하지 못할 정도로 약하
진 않으니까요."

그녀가 두 손으로 그의 가슴을 힘껏 밀었다. 틈 하나도 없이
밀착되어 있던 몸이 떼어지고, 그녀가 멀어졌다.

"관람대로 곧바로 가시려면 안내해드리겠습니다만, 혹시 마
권을 사실 계획이시라면 설명해드릴……테니……."

"날 관람대에 데려다 놓고 어딜 갈 생각이지?"

"그게 무슨 말씀이신지 잘 모르겠습니다."

"이채원 씨 말을 듣다보니 보고서를 듣는 것 같군. 지나치게
딱딱하고 지나치게 거리를 두는 느낌, 별로 좋지 않아."

"저는 지시받은 대로……."

"로봇인가? 편하게 해. 경마가 끝나려면 꽤 시간이 지나야 할
텐데, 듣는 나도 신경 쓰이고, 행동하는 사람도 부자유스러우
면 서로 곤혹스러운 시간만 되지 않을까?"

그는 아직까지 잡고 있던 채원의 팔을 놓아주며 부드럽게 말
을 건넸다. 아까 다른 남자와 있을 때는 웃기도 하고, 꽤 친근한

모습을 보이더니 그의 앞에서는 여지없이 굳어지는 모습이 유쾌하지 않았다.

어릴 때처럼 굴면 안 되는 건가?

그렇게 말을 하고 싶었다. 도도할 정도로 자존심이 세고, 행복한 웃음을 짓던 그때처럼 자신에게 훈계도 하고 또박또박 제 의견을 피력했으면 좋겠다. 움츠러들어 수동적으로 움직이는 그녀의 모습이 안타까울 정도로 그의 신경을 건드렸다.

"마권을 사시겠습니까? 회장님께서는 소액이라도 베팅을 하시라고 전하셨습니다."

"고집은 여전하군."

"최건휘 씨!"

"내 이름은 아직 잊지 않아 다행이라고 해야 하나?"

놀리는 것처럼 말이 가볍게 흘러나왔다. 그녀가 아무리 사무적으로 대해도 그가 말려들지 않자 약이 오른 듯 채원은 이마에 가볍게 흘러내린 머리카락을 입 바람으로 불어 올렸다. 나폴 허공을 날았던 머리카락은 다시 앙증맞고 귀여운 이마로 내려앉았다. 의도한 것도 아닌데 무의식적으로 그의 손이 그녀의 이마로 향했다. 살짝 닿은 머리카락의 느낌을 음미할 새도 없이 그녀가 발작적으로 뒤로 물러섰다.

"제, 몸에 손대지 마세요."

커진 눈에는 경악과 공포가 공존하고 있었다. 사소한 손길에 너무도 민감하게 반응하는 채원을 보며 그 역시 놀라고 말았다. 안색이 파리하게 질려 치미는 감정을 누르듯 채원은 눈을 감고 있었다. 작은 가슴이 들썩거릴 정도로 몇 번의 숨을 들이마시고 내뱉기를 반복한 채원이 눈을 뜨고 그를 응시했다. 격하게 내보였던 반응은 어느새 사라지고 그녀의 눈동자는 짙게 가라앉아 있었다.

"죄송합니다. 마권 사는 곳으로 안내하겠습니다."

"왜 그러지?"

"아무것도 아닙니다."

무슨 일이 있었던 거냐, 너!

처음 봤을 때의 채원과 지금의 채원은 달라도 너무나 달랐다. 그의 눈길과 부딪친 채원의 눈동자 역시 과거의 해후가 생각난 듯 어지럽게 이지러졌다.

쫙 펼친 손가락 사이에 스며든 바람의 감촉, 시리도록 눈을 파고드는 넓은 목초지, 고개를 한껏 젖히면 푸른 물이 뚝뚝 떨어질 것 같은 맑은 하늘…… . 채원은 빙긋 웃음을 지었다. 애월 봉상리 중산간에 위치한 하늘 목장의 전경을 바라보다 폐부 깊숙이 깨끗한 공기를 들이마셨다. 푸릇하게 솟은 풀냄새가 코끝을 간질였다. 좋다, 참말로 좋다. 이 농장의 모든 것이 그녀는 좋았다.

콩.

머리 위에 가해진 미약한 충격이 아니었다면 아무리 봐도 질리지 않는 자연을 언제나처럼 물끄러미 바라봤을 것이다. 채원이 삐딱하게 고개를 틀어 제 몸을 가린 그림자의 주인을 찾았다.

"애늙은이."

"누가요!"

그는 발끈 대꾸를 하는 채원이 밉지도 않은지 빙그레 웃음을 지었다. 검은 얼굴에 유독 하얀 치아가 도드라졌다.

" '누가' 하는 너."

채원은 약이 잔뜩 올라 콧잔등에 자잘한 주름이 지어졌다. 마필관리사인 진형이 귀여운 듯 인상을 쓰고 있는 채원의 머리를 투박한 손으로 쓱쓱 문질렀다. 진형은 이번에 새로이 들어온 말의 고삐를 쥔 채, 목장에 풀어놓은 다른 말들을 바라보고 있었다. 푸른 잔디로 뒤덮인 목초지에 노니는 말들의 모습이 평화롭기만 하다.

"순해요?"

채원은 맑은 눈동자로 저를 응시하는 말을 바라보며 진형에게 물었다. 새롭게 들어온 말들은 목장에서 한동안 위탁관리를 한다. 마주(馬主)가 외국에 나가 종마(種馬)를 사왔다는 말은 들었지만 직접적으로 본 적은 없기에 채원의 눈에는 깊은 호기심이 서려 있었다. 그녀의 미숙한 눈에도 눈앞에 있는 말은 굉장한 녀석으로 보였다.

"순하긴! 너 잘못 보였다가는 이 녀석이 뒷발로 인정사정없이 차 버릴걸? 이 녀석 지금은 노쇠했지만 한때는 두바이 월드컵에서 3등까지 한 놈이야. 질주본능은 절대 죽지 않지. 종마소에서도 얼마나 눈독을 들이는지, 이놈을 본 것만으로도 영광이야. 그러니까 절대 까불 생각하지 마라. 알았냐?"

"그렇게 대단해요?"

진형의 말에 채원의 눈이 호기심으로 동그래졌다. 입상경력은 물론이거니와, 두바이 월드컵의 등수만으로도 채원의 눈이 화등잔만 하게

벌어질 만했다. 국내에서 이런 말을 볼 기회란 흔하지 않다는 것을 직
감적으로 알아차린 것이다.

"그럼."

"와, 영광이라고 생각해야겠죠?"

"인심 썼다. 한번 만져볼 테냐?"

"네."

채원의 기뻐하는 음성에 진형은 으스대듯 어깨를 추켜올렸다. 목장
에 울려 퍼지는 웃음소리가 말의 경쾌한 발짓처럼 가벼웠다.

과천경마장에서 기수와 한 몸이 되어 사람들의 환호성을 받던 임펙
트를 제주의 한 목장으로 보낸 지가 벌써 1년 전이었다. 다리 하나를
다친 말은 경마에서 쓸데없는 존재로 변했고, 쇠락한 말에 대해 사람
들은 관심을 갖지 않는다. 기수를 태우고 최고의 속도를 내던 임펙트
가 이제는 교배용으로 전락하고 만 것인가. 경마를 좋아한다는 아버지
의 취향은 존중했지만 생명을 대하는 저속한 태도는 질색이었다.

하긴 잡아먹지 않는 것이 다행이지.

호텔사업을 하는 아버지가 경마에 흥미를 느낀 것은 그가 고등학교
에 들어가서부터였다. 경제계에서 친분을 가진 한 사람의 권유로 말을
산 것이 시초였고, 그 이후로는 회사의 공금까지 유용해 외국의 유명
말을 수집하는 지경에까지 이르렀다. 마주(馬主)라는 위치를 이용해 거
액의 베팅을 하는 도박에 미쳐 사업에서 손을 떼는 지경에 이르러서도
아직 경마를 포기하지 못하는 부친을 건휘는 당최 이해할 수가 없었다.
외삼촌에게 호텔의 경영을 맡기고 외국을 드나들며 사온 말을 보여주

겠다며 금쪽같은 그의 시간을 빼앗은 것 역시.

"호텔로 모실까요?"

운전기사 옆에 탄 황 실장의 말에 최 회장은 고개를 홰홰 저었다. 다급함이 묻은 목소리가 바로 원하는 목적지를 말했다.

"하늘 목장으로 가게."

"네, 회장님."

"건휘 너도 눈을 뗄 수 없을 게다."

최 회장은 자신 있게 말을 했다. 경주마에 대해서 아는 것이라고는 영화와 억지로 끌려가서 봤던 경마장의 광경이 전부였다. 가끔 귀에 들리는 말로 현재 아버지의 상황을 파악하기만 할 뿐, 딱히 궁금증이나 호기심을 느낄 수도 없었다. 건휘는 시큰둥한 표정을 지우지 못한 채, 차창 밖으로 한 무리의 단체 여행객 무리에게 무의미하게 시선을 두었다.

차는 유유하게 공항을 빠져나갔다. 제주도에 왔다는 것을 실감 나게 해주듯 공항 앞 도로에는 야자수 나무가 군데군데 보였고, 현무암으로 조각해놓은 돌하르방을 건휘는 시큰둥하게 바라보다 차 시트에 목을 기댔다.

가다 서다를 반복하는 서울의 도로와 달리 신호등을 제외하고는 차는 거침없이 중산간을 향해 달려갔다. 경주마는 과천경마장에서 관리를 받고 있지만, 아직 경마에 투입되지 않는 말들은 하늘 농장에서 위탁 관리를 받고 있다는 말을 들었다. 과천 경마장에는 몇 번 가서 경마를 보긴 했지만 제주의 목장까지 직접 온 것은 처음이다. 건휘의 얼굴에는 귀찮음 말고는 어떤 감정도 스며 있지 않았다.

"너도 보면 반할 거다. 퍼블리싱이라는 놈인데, 아주 종자가 좋은 놈이지. 아마 교배소에서도 돈다발을 싸들고 와서 나한테 사정을 할걸? 도원의 문 회장도 제가 가지고 있는 말과 우리 퍼블리싱의 교배를 원한다고 사정을 하는데 얼마나 통쾌했는지. 잘만 된다면 한몫 제대로 잡을 거다. 돈은 이렇게 버는 거지. 너도 시큰둥하게 대하지 말고 이제 슬슬 말에 대해서 관심도 가져봐."

"됐어요."

"호텔 사업보다 훨씬 큰 수익이 되는 일인데 말귀를 못 알아듣다니. 네 동생이 온다는 것 겨우 떼어놓고 널 데리고 왔는데도 이럴 거냐?"

최 회장이 언성을 높여 그를 질책했지만 건휘는 눈을 감고 고개를 모로 틀었다. 차라리 말에 관심이 있는 건영이를 데려오시지! 최 회장이 그와 함께 제주의 목장에 가겠다고 나서자 어머니는 미간을 찌푸렸다. 건영이도 데리고 가시지! 미약한 소리가 집을 나오던 건휘의 발목을 잡았지만, 최 회장은 끝내 못 들은 척했다. 아직 어린 건영은 어머니의 뒤에서 상처 입은 눈빛으로 그들을 지켜보고 있었다. 아버지와 함께하는 모습을 보일 때마다 어머니와 건영이의 시선이 신경 쓰이는 이유는 뭘까. 늘 과도한 친절은 사람들 있을 때뿐이고, 아버지를 제외한 식구들끼리 있을 때면 건영과 달리 그는 물에 뜬 기름 같은 존재처럼 느꼈다. 아버지와 내키지 않는 외출 때문인지, 아니면 뒤에 달라붙어 떨어지지 않았던 눈빛 때문인지 모처럼의 여행을 하면서도 기분은 저조했다.

"경마의 재미에 빠지면 너도 날 이해할 거다."

"평생 그런 날은 오지 않을 겁니다."

건휘는 단호히 얘기를 하며 눈을 감았다. 마권을 사서 경마에 인생을 탕진하는 사람들을 아버지를 따라간 경마장에서 수 없이 봐왔다. 뭔가에 빠져 번들거리는 붉은 눈, 마권이 맞지 않으면 욕설을 하면서 체념하는 모습, 다시 희망을 놓지 못하고 긴 줄을 서 마권을 손에 쥐는 모습까지 그로서는 전혀 다른 세상의 일들을 무감각하게 바라만 볼 수는 없었다. 아버지의 최후도 저렇지 않을까 걱정이 되었다. 경마장 앞에서 진을 치고 달리는 말을 향해 번들거리는 욕심의 눈빛을 흘리는 사람들, 경마는 도박이다. 말 자체에 대한 관심은 있지만 경마에 대해서는 관여하고 싶지 않다. 그에게는 이미 정해진 진로에 대한 것 외에는 다 쓸데없는 일로만 생각되었다.

"속도를 더 내봐. 한시라도 빨리 보고 싶어 마음이 급해지네."

기사를 향해 말을 하자, 부릉 엔진음이 들리더니 차의 속도는 더욱 빨라졌다. 귀찮은 듯 건휘의 입술이 살짝 일그러졌다.

하늘 목장.

끝이 보이지 않는 커다란 벌판에 말들이 한가로이 거닐고 있었다. 우리에 가둔 것이 아닌 제멋대로 벌판을 누비고 있는 말들의 모습에서 건휘는 자유라는 단어를 떠올렸다. 늘 자유롭고 싶다는 생각은 했지만, 실질적으로 자유라는 의미에 대해서는 깊은 의미를 두지 않고 살았기에 가슴이 확 트이는 기분이었다.

굵은 나무 한 그루와 넓은 초원, 그곳에 눈에 띄는 근육질의 경주마들이 드문드문 무리를 지어 있었다. 눈이 시원해지는 평화로운 광경을 바라보며 건휘는 제주에 도착해 처음으로 미소 비슷한 것을 지었다. 하늘 목장이라는 표지판을 보고도 한 5분 남짓을 달려 건물이 있는 곳에 도착해서도 그는 초원에서 눈을 뗄 수가 없었다.

"내리자."

최 회장의 말에 얼른 차 문을 열고 내려서자, 향긋한 풀 냄새가 제일 먼저 그를 맞이했다. 서울의 공기가 특별히 나쁘다고 생각하지 않았는데 가슴을 뚫고 들어오는 시린 공기에 머리끝까지 상쾌해졌다. 그는 크게 숨을 들이마셨다 뱉기를 반복했다. 차가 도착한 것을 봤는지 건물 안에서 중년의 남자가 서둘러 나왔다.

"회장님 오셨습니까!"

"이 사장, 퍼블리싱은 어디 있습니까?"

최 회장이 목장 건물 여기저기를 살피며 다급하게 묻자, 이 목장주는 넉넉한 웃음을 지으며 대답을 했다.

"배 마필관리사가 아마 산책시켜주러 나갔을 겁니다. 한국으로 옮겨오는 과정에서 스트레스가 쌓였는지 아직 예민한 상태라서요. 곧 적응을 할 겁니다. 회장님의 말 보시는 안목은 역시 대단합니다. 어, 저기 오네요."

이 목장주의 말에 최 회장은 말과 함께 다가오는 남자를 향해 급히 걸음을 떼었다. 어지간히 급했는지 평소에는 운동도 싫어하는 사람이 뜀박질을 하듯 급한 걸음으로 달려가는 모습을 보자니 건휘의 입가가 시니컬하게 치켜졌다. 어떤 일이든 저토록 열정을 가지고 임하는 모습을 본 적이 없는데, 어지간히도 맘에 드는 놈인가 보다. 그 역시 부친이 빠르게 다가가고 있는 말로 시선을 돌렸다.

'가족보다는 말이 우선이군. 아니 돈인가?'

자식들에게조차 다정한 눈길을 보이지 않는 분이다. 냉정한 성격의 부친이지만 예외가 있다면 명마를 봤을 때뿐이었다. 호텔과 면세점, 거기다 유통까지 손을 뻗고 있지만 외삼촌에게 경영을 거의 대부분 맡겨둔 채 경마에 미친 아버지. 도박꾼은 손을 잘라도 도박을 한다는데, 아버지를 보면 딱 맞는 말이 아닌가 생각하곤 했다.

"허허허, 이 녀석!"

부친의 웃음소리가 바람을 타고 들려왔다. 건휘는 바지 주머니에 손을 찌른 채, 부친을 흥분시키는 말을 향해 천천히 움직였다. 마필관리사라는 남자가 고삐를 쥐고 있고, 최 회장은 상기된 표정으로 육중한 몸이 흔들릴 정도로 커다란 웃음을 짓고 있었다.

"만지지 마세요."

어라?

최 회장이 손을 올려 급하게 말갈기를 쓰다듬으려 하자, 앙칼진 여자아이의 음성이 들려왔다. 건휘의 눈매가 살짝 올라갔다. 겨우 중학생이나 됐을까. 귀 밑까지 자른 단발의 여자애가 최 회장을 고집스러운 표정으로 도전적으로 응시하고 있다. 앙큼해 보일 만큼 당당한 모습에 건휘의 입귀가 흥미로움으로 살짝 비틀렸다.

"뭐라고?"

"아직 민감하다고 했어요. 말을 흥분시키면 위험하단 말이에요. 그러니까 만지지 마시고 그냥 보기만 하세요."

최 회장은 멍한 표정으로 여자아이의 말을 듣다가 곧 입술을 씰룩거렸다. 감히 마주(馬主)에게 명령을 하다니, 괘씸한! 딱 그 표정이었다.

워낙 인상도 안 좋은 양반이 인상까지 쓰고 있으니 주눅이 들 만도 한데 조그만 여자아이는 당돌할 정도로 시선을 피하지 않는다. 말보다 작은 계집아이가 그의 흥미를 더 유발시켰다. 조막만 한 여자아이에게 당하고 당황해하는 부친의 모습이 뱃속까지 통쾌함을 자아냈다.

쿡.

그의 입술이 열리고 엷은 웃음이 터졌다. 하얀 피부를 가진 도시의 여자아이들과 달리 까무잡잡한 피부에 또랑또랑한 눈동자를 가진 여자아이의 도발이라……. 흥미로웠다. 아니 무척이나 맘에 들었다.

"채원아, 마주셔. 그러는 것 아니야."

마필관리사라는 남자가 말렸지만 여자 아이는 마치 퍼블리싱의 주인이 마치 저인 듯 물러서지 않았다. 결연한 의지를 다지는 모습은 저보다 한참 어린 여자아이였지만 건휘의 마음에 썩 들었다. 눈을 뗄 수 없을 만큼.

"우리 바람돌이는 시간이 필요해요. 사람들하고 친해질 시간이요. 그러니까, 그냥 보세요. 보는 것은 허락할게요."

"하하하."

건휘는 배를 잡고 크게 웃고 말았다. 선심을 쓰듯 말을 하던 아이가 웃음소리를 들었는지 그를 쳐다보았다. 허공에서 두 사람의 눈빛이 스치듯 마주쳤다. 웃느라 곱게 휜 그와 달리 뭐가 우습냐는 듯 따지는 아이의 눈빛이.

"채원이 이리 와라. 최 회장님께 버릇없이……. 인사부터 드려라. 바람돌……, 아니 퍼블리싱의 주인이시다."

입술이 대번 뾰족하게 튀어나온 채 제 아버지의 말을 따르는 모습은 영락없는 아이의 모습이었다. 건휘는 느긋하게 팔짱을 끼고 여자아이를 바라보았다. 채원이라…… 굳이 이름을 외우려는 의도가 아님에도 이미 머리에 깊숙이 각인이 되어버렸다.

"제 여식입니다. 버릇없이 굴어 죄송합니다, 회장님."

"그럴 수도 있죠. 그런데 이 사장님, 우리 퍼블리싱 근처에는 다른 사람의 접근은 막아주셨으면 합니다. 아무한테나 보여줄 말은 아니지 않습니까."

최 회장의 말속에는 뼈가 담겨 있었다. 겨우 여자애 따위에게 보이려고 40억 가까운 돈을 들인 것이 아니니 말 간수 잘하라는 엄포였다. 마주는 자신이고, 하늘 목장은 말을 위탁관리해주는 곳이라는 선을 분명하게 긋는 말이었다.

"죄송합니다."

"어디보자, 퍼블리싱. 이탈리아에서 봤을 때보다 조금 마른 것은 아닌가?"

관리사를 옥죄듯 쏘아보는 최 회장의 눈길에는 날선 질책이 강했다. 혹시나 고가로 구입한 말에 흠집이라도 생겼을까 전전긍긍하는 태도가 경박스러워 보일 정도였다. 마주로서의 품위는 찾아보려야 찾아볼 수가 없다. 다들 사람들의 이목에는 아랑곳하지 않고 못마땅함을 드러내는 최 회장을 다독거리듯 관리사는 바로 말문을 열었다.

"여행 때문에 좀 말랐지만 곧 회복을 할 겁니다. 사료도 잘 먹고 적응도 빠른 편이니까 크게 걱정하지 않으셔도 될 겁니다."

"퍼블리싱이 머무는 마구간 좀 보죠."

"네, 회장님."

최 회장은 거금을 들여 사온 종마를 이리저리 꼼꼼히 살피며 마필관리사와 함께 마구간으로 향했다.

"심퉁이 같아."

"어허, 채원아!"

이 목장주가 뒤에 서 있는 건휘를 흘끔 보더니 얼른 딸의 말을 막았다. 건휘는 골이 난 표정으로 툴툴거리던 여자애를 바라보며 이 목장주를 향해 말을 했다. 웃음기가 어렸던 얼굴은 싸늘하게 굳어졌고, 마구간을 향해 턱을 까딱였다.

"따라가보시죠. 아버지 트집이 여간 아닐 텐데."

"아⋯⋯. 큰 아드님인가?"

"네."

건휘의 대답에 채원이 힐끔 보더니 못마땅한 표정을 지었다. 제 아버지를 향해 입술로 뭔가를 중얼거렸지만, 그는 알아듣지 못할 암호처럼 재빠른 행동이었다.

"그럼 좀 둘러보고 있게. 채원이 넌 사고 치지 말고."

"아버지는! 사고는 제가 아니라 다른 사람들이 치고 있거든요. 보시고도 그러네. 전 사고와는 연관이 없는 사람이랍니다."

"이 녀석, 오늘은 조용히 좀 보내자, 응?"

"알았어요."

이 사장은 애정이 듬뿍 담긴 눈길로 채원을 보고는 서둘러 마구간으로 향했다. 넓은 초원, 기울어가는 저녁노을, 그리고 대치를 하듯 서로를 못마땅하게 바라보고 있는 남자와 소녀. 건휘는 팔짱을 풀고 손가락 하나를 까딱 움직였다.

어쩌라고?

채원 역시 시건방진 표정으로 턱을 치켜 올리며 혀를 날름 내밀었다. 어리기는 하지만 보통 내기는 아닌 듯 보이는 여자의 모습에 건휘는 싱그러운 웃음을 지었다. 역시 첫인상처럼 쉬운 녀석은 아닌 것 같아 맘이 흡족했다.

"꼬맹아, 자주 보자."

"웩!"

경마, 목장, 그에게는 전혀 관심이 없는 일이었는데 저 꼬마를 보니 흥미가 생긴다. 제 말도 아닌데 나서서 퍼블리싱을 옹호하는 모습은 돈과 도박에 목을 매는 아버지와는 전혀 딴 판이었다.

"자주 볼 것 같은데, 어쩌지?"

그는 들릴 듯 말 듯 조용히 읊조렸다. 어쩌면 말보다 저 여자애가 더 흥미로운지도 모르겠다는 생각이 들었다.

배낭 하나를 달랑 메고 초원을 거닐었다. 군대에서 제대를 하고 돌아온 직후, 집이 아닌 제주도의 목장을 찾은 것은 충동적인 선택이었다. 아마 집에서는 한바탕 난리가 났을 것이고, 꺼놓은 휴대전화에는 꽤 많은 문자들이 쌓일 것이다. 제대를 하고 바로 스위스 호텔 학교로 나갈 예정이었기에 오늘이 아니면 또 언제 여기로 올지 장담할 수가 없었다. 충동적으로 온 곳이었지만 마음만은 온전한 평화를 누리고 있는 지금이 만족스러웠다.

"누구…… 세요?"

겨우 중학생 남짓 됐을까?

목장을 천방지축으로 오가던 채원이보다 훨씬 어려 보이는 여자아이가 그를 향해 다가오며 물었다. 마치 이 목장의 주인처럼 당당한 모습은 채원의 첫 모습을 생각나게 할 만큼 흡사해 보였다.

"넌 누구냐?"

"난, 배영은이에요."

"배영은? 이 목장주는 이 씨 아닌가?"

여자 아이는 모욕감을 느낀 듯 입술을 질끈 물었다. 못 할 말을 꺼냈나 싶어 후회가 드는 찰나, 화가 난 듯 보인 아이는 의외로 싱글거리며 그에게 더 다가왔다.

"목장은 우리 것이 아니지만, 말들은 우리 아빠 꺼나 다름이 없어요. 다 우리 아빠의 손에서 조련을 받았으니까."

"아, 조련사 딸인가 보네?"

"마필관리사예요. 정확한 명칭은. 오빠는 서울 회장님 아들이죠?"

"뭐?"

"나도 알아요. 바람돌이가 오빠네 말이죠. 되게 되게 부잣집 아들, 맞죠?"

마치 그에 대해서는 다 안다는 듯한 아이의 말에 눈살이 찌푸려졌다. 한가롭게 목장을 거닐며 미래에 대한 구상을 하고 싶다는 생각을 침범당한 것 같은 불쾌감이랄까. 차라리 재잘거리는 것이 채원이었다면 이런 감정이 들지 않을 것 같다는 묘한 생각이 들었다.

"누가 그래?"

"우리 아버지가 그랬어요. 이 목장의 말들 중에 서울 부자 회장님 말이라고. 그 아들도 가끔 온다고 했어요. 오빠 서울에서 온 회장님 아들 맞죠?"

"아니야."

딱 잘라 말을 하고는 미련 없이 여자아이를 지나쳐 걸었다.

"맞잖아요!"

귀찮게 뒤따라오며 말을 거는 여자아이 때문에 짜증이 치솟았다. 이대로 서울로 갈까 하는 생각을 하며 목장지의 끝을 향해 걷는데, 울타리 위에 앉아 있는 또 하나의 소녀가 보였다. 그의 얼굴이 스르르 펴졌다.

"어이, 이채원!"

우렁찬 목소리와 함께 그의 걸음이 빨라졌다. 울타리에 앉아 유유자적 다리를 흔들던 채원이 뭐가 못마땅한지 잔뜩 얼굴을 찌푸리는 모습이 보였다. 코에 접힌 주름이 보이자, 그의 얼굴에 샐쭉 웃음이 진해졌다.

"오라버니를 봤으면 인사라도 해야 할 것 아니야? 우리가 초면도 아니고 구면인데, 예의범절이 없구나?"

"웃기셔."

촐랑거리며 흔들던 발 때문에 잠깐 균형을 잃고 몸이 비틀거렸지만, 용케 다시 울타리에 걸터앉은 채원이 툴툴거리듯 말을 하고는 새침한 표정을 지었다. 저런 동생 하나 있으면 좋겠다는 생각을 했던 터라, 그는 어깨에 메고 있던 가방을 아무렇게나 집어던지고는 울타리에 훌쩍 올라앉았다.

"떨어져요. 남녀 칠세 부동석이라는 말도 몰라욧!"

"웃긴다. 너 여자였냐?"

붉으락푸르락 옆에 앉은 채원의 얼굴색이 자동적으로 변하는 것이 눈에 보일 듯 선명하게 짐작되었다. 아마도 악악대는 소리를 질러대겠지. 기대를 품고 정면을 응시하며 속으로 숫자를 셌다. 하나, 둘, 셋……. 속으로 몇까지 셌을까? 의외로 옆에 앉은 채원은 숨소리조차 내지 않고 조용했다.

"왜 암말도 안 해?"

"내가 어린앤가? 맘껏 떠들다 지치면 관두겠지."

"오! 좀 컸다 이건가?"

그의 아버지 앞에서도 전혀 꿀림 없이 대들던 아이가 제법 어른 티를 낸다. 그래봤자, 겨우 고등학교 일학년 주제에. 군대까지 다녀온 그에게 비하면 아직 애가 분명한데 깝치는 채원이 더 귀여웠다.

"학교 다녀왔냐?"

"그러는 댁은 군대에서 막 제대?"

"보는 눈이 꽤 야무진데?"

"군복에 모자 삐딱하게 쓰고 배낭까지 메고 왔는데 그것도 못 알아보면 해태 눈이지. 밥은 먹었어요?"

"왜 안 먹었으면 먹여주려고?"

"웩!"

토하는 시늉을 하는 모습에는 아직까지 어린애의 모습이 고스란히 잔재되어 있었다. 가끔 군대에서 취침을 할 때 이 녀석이 생각나곤 했다. 한가로운 목장을 노니는 잘빠진 말들과, 그 옆에서 태양의 빛에 새까맣게 탄 채, 빛나는 미소를 짓고 있던 녀석을 떠올릴 때면 웃음기가 부족했던 입가가 나른하게 늘어졌다.

"보아하니 집에도 안 들른 것 같고?"

"맞습니다요."

"불효자네."

"역시 불효녀라 단박에 불효자를 알아보는 센스하고?"

"누가 불효녀예요? 나 같은 효녀는 세상에 없다고 우리 아빠가 얼마나 자랑을 하고 다니는데!"

바락 소리를 지르며 울타리에서 내린 채원이 그의 앞에 섰다. 그의 가슴에나 미칠까. 아직은 덜 자란 소녀의 얼굴을 자세히 들여다보았다. 크면 꽤 남자들이 따라올 것 같은 외모에 당당한 성격까지! 옆에서 두고 보지 못하는 것이 아쉬울 정도로 기대가 되는 녀석이다.

"언니~!"

아직 안 갔군.

따라다니며 귀찮게 조잘대던 여자아이가 그들 근처로 다가와, 조심스럽게 채원을 불렀다. 별로 친한 사이는 아닌지, 채원은 흘끔 뒤를 돌아보고는 인상을 굳혔다.

"아저씨 못 만났니?"

"……어. 근데 아는 오빠야?"

"넌 언제 봤다고 오빠냐? 딱 보면 아저씨 포스가 줄줄 흐르는고만."

"이렇게 잘생긴 아저씨가 어디 있어? 회장님 아들 맞지? 바람돌이, 주인 말이야. 저 오빠는 아니라고 하는데, 내가 봤을 때 딱이거든."

여자애의 물음에 채원은 그를 가만히 바라보았다. 왜 아니라고 했냐는 질문처럼 맑은 눈동자는 한동안 그에게 머물다 떨어졌다.

"본인이 아니라고 했다면서. 그럼 아니겠지."

"정말…… 아니야?"

의심도 많네, 쪼그만 아가씨가.

건휘는 말없이 두 소녀가 하는 양을 지켜보았다. 비슷한 또래로 보였지만 확실히 똑부러지는 면은 채원이 강했다.

"아저씨, 저기 있네. 볼일 있어서 왔다며, 가봐."

그만 가보라는 말도 시니컬하게 잘하고.

"잘난 척은. 흥."

쪼그만 여자애는 기분이 상한 듯 냉담한 말을 하고 돌아섰다. 그러거나 말거나 채원은 여전히 관심이 없는 듯 이마 근처에 손으로 차양을 만들고 목장을 둘러보았다. 그림 같은 풍경은 여전했고, 그 안을 채우고 있는 채원의 모습은 복잡했던 그의 심경을 맑게 정화시켜주는 것 같았다.

"꼬맹이."

"우씨, 나 꼬맹이 아니거든요? 괴이나 된 꼬맹이 봤어요?"

"응. 너."

"암튼 말이 안 통해."

건드리는 대로 발끈하는 채원과 시시덕거리는 말장난을 하는 것이 즐거웠다. 누르면 누르는 대로 반응을 보이는 곰 인형 같다고나 할까.

"이 오빠가 서울 가면 바로 스위스로 가야 하거든."

"그럼 다시 안 와요?"

목장을 바라보던 채원이 그에게 고개를 돌리더니 화색이 깃든 음성으로 되물었다. 서운했다. 고국을 떠나 외국으로 간다는데 잘 다녀오라는 인사는 못할망정, 아쉬운 기색 하나 없이 오히려 기뻐하는 모습이라니.

"왜, 내가 오는 것 싫어?"

"싫은 것은 아닌데, 우리 바람이 빼앗아갈까 봐요."

"바람이?"

"퍼블리싱하고 임펙트 교배해서 난 새끼요. 내 것이라고 우기고 싶은데 소유권은 서울 사장님한테 있으니까…… 언젠가는 아빠가 꼭 내 것으로 해준다고 했어요."

"교배에 성공했어?"

"네."

"실패했다는 말은 들었는데, 새끼가 태어났다는 말은 금시초문이다. 보여줄 수 있어?"

"빼앗아가지 않겠다는 약속만 하면!"

"오케이."

녀석은 굉장한 오해를 하고 있었다. 새로 태어난 말의 이름이 바람인 것 같은데, 소유주는 그가 아닌 부친이었다. 어차피 몇 년 후면 조련을 해서 경주마로 쓰려고 할 것이 뻔한데, 마치 제 동생처럼 아끼는 모습이 눈에 밟혔다. 그의 것이라면 당장 채원에게 주고 싶을 만큼 말을 소중하게 말하는 모습이 예뻤다.

"가요, 보여줄게요. 아빠가 내 동생이라고 했거든요. 말을 동생으로 여긴다고 우습게 생각하지 말아요. 우리 바람이가 태어나는 것을 몇 시간이나 기다린 것은 나랑 우리 아빠거든요."

"우습게 생각 안 해."

진심을 얘기했다. 친동생이 있지만, 그녀가 말을 생각하는 만큼 애착을 가지고 있나, 그건 자신할 수 없었다. 그저 동생이라는 생각을 할 뿐. 콩가루 집안이 따로 없었다. 모친은 모친대로, 부친은 부친대로 각자 따로 사는 것을 자연스럽게 여기는 그의 집안과 달리 화목함을 지닌 것이 부러웠다.

"자, 내 손 잡고 내려요."

"어쭈?"

"발딱 내리다가 고꾸라지지 말고요."

작은 손이 내밀어졌고, 그는 두말없이 그 손을 잡았다. 온기가 가득한 손, 어쩌면 시린 가슴까지 그 온기가 가득 찰지도 모르겠다. 그녀의 손을 잡고, 가만히 조막만 한 얼굴을 자세히 살폈다. 이제 몇 년간은 볼 수 없을 얼굴. 잊지 않기 위해 차곡차곡 머리에 스냅사진을 찍듯 새겼다.

"나중에 보고 쌩까기 없기다!"

"봐서요."

녀석, 끝까지.

뭐든지 쉽지 않아 도전욕구가 생긴다. 몇 년 후, 성숙한 여자로 이 아이를 다시 만나게 된다면 어떤 마음이 들까. 그때까지 꼭 잡은 이 온기를 가슴이 간직하기를 시리도록 파란 하늘을 바라보며 기원했다.

과거는 과거일 뿐인가.

마권을 사고, 관람대로 향하는 채원의 얼굴이 새삼 낯설게 느껴졌다. 여전히 선을 긋듯 명확한 말투와 무표정한 얼굴은 그의 과거가 혹시 꿈이 아닌지 의심하게 만들었다.

"여기가 잘 보여요."

"많이 와 봤나 보네."

"회장님과 매주 오니까요."

그녀에 대해 아는 것은 별로 없었다. 고작 오늘 만나놓고, 예전과 똑같은 연장선에서 대화를 하고 싶어 하는 것은 그의 과욕일까. 하지만 알고 싶었다. 그토록 맹랑하고, 당당하던 채원이 무감각한 인형이 되어버린 이유가 뭘까.

"아버님은 잘 계시지?"

"……모르셨나 보네요. 돌아가셨어요. 벌써 7년 됐어요."

"뭐?"

담담히 이 목장주의 사망을 말하는 채원의 눈가가 조금 붉어진 것 같다는 느낌은 그의 착각일까. 여전히 담담하고 사무적인 말투였고, 정면을 응시하는 모습은 조금 전과 변함이 없는데, 그에게는 채원이 온몸으로 울부짖는 것 같았다.

"힘들었겠구나."

"……구경하세요. 전 바람이 좀 보고 올게요. 그리고…… 베팅은 잘 하셨어요. 적어도 돈을 잃을 것 같지는 않을 것 같네요."

바람이 아닌 첫 출전을 하는 말에게 베팅을 했다. 마권을 사면서 그녀에게 반항을 하듯 찍은 경주마의 번호를 지적한 것이다. 재빠르게 움직이는 그녀를 이번에는 잡을 수가 없었다. 마치 그와 함께 있는 것이 힘겨운 듯 보여서. 과거의 그녀와 새롭게 만난 그녀는 전혀 다른 사람 같았다. 그리고 그 역시 과거의 연장선상에 서 있지 않음을 이제야 정확히 알 것 같았다. 그녀가 경고했던 눈빛의 의미를. 가만히 놔달라는 그녀의 경고, 하지만 그는 그 경고를 받아들이지 않을 작정이었다. 생기를 잃은 눈동자가 다시 반짝이는 것을 너무도 보고 싶었기에.

three

바람의 성적이 최하를 갱신한 지 사흘이 지났다. 바람의 저조한 성적 때문에 채원은 최 회장의 눈치를 살피며 상황을 지켜보았다. VIP룸에 그녀 대신 황 실장이 들어가 있었기에 그때의 상황을 정확하게 파악하지 못한 것이 그녀의 마음을 더욱 졸이게 하는 이유이기도 했다.

"실장님, 저번 주에 회장님 아드님도 경마장에 오셨다면서요?"

막 점심을 먹고 들어와 약간의 노곤함이 깃든 터에 들리는 은혜의 목소리가 그녀의 얕은 상념을 깨웠다.

"왔지."

황 실장의 시큰둥한 목소리에는 최 회장을 대할 때와 다른 약간의 빈정거림이 느껴졌다. 채원은 의자에 비스듬히 누워서 하품을 하는 황 실장을 바라보았다. 최 회장의 일거수일투족을 자세히 아는 황 실장이니 어쩌면 바람이의 운명에 대해서도 잘 알지 않을까 하는 얕은 기대감이 들었지만 물어보기는 망설여졌다.

"정말 소문대로 잘 생겼어요?"

"허우대야 번듯하지."

"그럼 성격에 문제가 있어요?"

"누가 그래, 은혜 씨?"

"네? 아니 저는 실장님께서 별로 호의적이지 않으신 것 같아서……."

대뜸 사색이 되어 묻는 황 실장에게 은혜는 큰 실수를 한 것처럼 머뭇거리며 대답을 했다. 은혜가 안쓰러울 정도로 황 실장의 눈치를 보는 것이 안타까웠던 채원은 자리에서 일어나며 안심하라는 듯 후배를 쳐다보았다.

"실장님 커피 한 잔 하시겠습니까?"

"커피, 좋지."

아직도 노골적으로 은혜를 쳐다보았지만, 황 실장의 입에서 나오는 목소리는 호탕하고 매끄러웠다. 진위를 가늠할 수 없을 정도의 평온한 목소리가 방금 은혜에게 뾰족하게 날을 세운 적이 있나 의심스러울 정도였다. 채원은 차분하게 고개를 끄덕이고는 주눅이 들어 있는 은혜에게도 물었다.

"은혜 씨는?"

"제가 할게요, 언니."

"그럼 도와줄래?"

"네."

부랴부랴 자리에서 일어서는 은혜를 말리지 않았다. 황 실장
은 상황을 무의로 만드는 채원의 속내를 안 듯 묘한 눈초리로
그녀를 쳐다보았지만 더는 말을 하지 않았다. 은혜와 함께 탕비
실로 들어간 채원은 밖의 시선을 차단하듯 커튼을 쳤다.

"언니 고마워요."

"실장님께는 조심하라니까."

"자꾸 까먹어서!"

"하긴 나도 그렇다. 얼른 커피나 맛있게 내려. 설마 뇌물까지
바치는데 꼬투리를 잡으시겠어?"

"그래도, 뒤끝이 기신 분이라 혹시 모르잖아요."

"괜찮을 거야."

채원은 은혜를 안심시켰다. 비서실에 처음 인턴으로 발령받
았을 때, 그녀 역시 황 실장이 무척이나 어려웠다. 설렁설렁 가
벼운 듯하다가도 어느 순간에 눈빛이 달라지는 그를 볼 때마다
속으로 그가 어떤 사람인지 헷갈렸다.

회장님을 오랫동안 보필했고, 속을 모를 사람이라는 회사 내
평판처럼 1년 넘게 황 실장을 겪은 그녀도 아직까지 완전히 파
악했다는 생각이 들지 않는 사람이었다. 한번 의심을 품은 것
은 끝까지 파헤쳐 진위를 가려내야 직성이 풀리는 사람. 지금처
럼 장난처럼 시작했다가도 꼬투리를 잡을 만한 일이 생기면 대
번에 눈빛을 달리하는 사람, 그래서 그녀가 절대 긴장을 늦추
지 못하게 하는 사람이었다.

"그래도 앞으로는 조심해. 회장님 일가 얘기는 더더욱."

"아는데, 그래도 이놈의 입이 말썽이죠. 언니, 저는 입과 뇌가 따로 노나 봐요. 요거 때문에 제가 아마도 망할지 몰라요."

은혜는 매력적인 얇은 입술을 손바닥으로 톡톡 치며 볼멘소리를 했다. 회사의 중역인 아버지를 둔 은혜는 인턴 직원으로 들어와 비서실에 활력을 불어넣어주었다. 황 실장의 농담에 적절히 장단을 맞추기도 하고, 채원이 부리지 못하는 애교도 종종 부려 웃음 지을 일이 없는 그녀의 입가에 환한 미소를 짓게도 했다. 간혹 가다 호기심을 억누르지 못하고 도에 넘는 질문을 하는 것만 뺀다면 버릴 것 하나도 없는 동생 같은 존재였다.

"다 내렸으면 가자."

"뜨겁지만 않으면 손가락으로 휘휘 젓는 건데, 아쉽다."

은혜는 황 실장 몫으로 타 놓은 커피를 내려다보며 들릴 듯 말 듯한 소리로 중얼거렸다.

"못써."

"힉, 언니 들었어요?"

"들으라고 한 소리 아니었어?"

"절대로, 아니에요."

양손을 흔들며 부인하는 은혜의 모습이 귀여워 그녀의 입귀가 살짝 올라갔다. 소곤소곤 얘기를 하던 그들이 준비한 커피를 들고 밖으로 나갔다. 황 실장의 앞에 잔을 내려놓는 순간 비서실 문이 열렸다. 자리로 돌아가던 채원의 고개가 문 쪽으로 향했다.

"회장님 계시죠?"

"네, 계십니다. 이쪽으로 오시죠."

문이 열리고 들어온 사람 때문일까. 편하다 못해 잠을 잔다고 해도 고개를 끄덕일 것처럼 의자에 늘어져 있던 황 실장이 황급히 자리에서 일어나 군기가 바짝 든 자세로 섰다. 건휘는 비서실 안으로 들어와 천천히 주위를 둘러보았고, 채원은 자리로 향하며 건휘에게 경직된 표정으로 고개를 숙였다. 채원은 안내를 받으며 회장실 쪽으로 이동하는 건휘의 모습을 바라보다 자리에 앉았다. 옆 자리의 은혜가 급히 숨을 들이마시는 소리가 요란했지만 이번에는 웃을 여유조차 없었다. 경마에 대해서는 무지하다고 생각했던 그가 복승식의 마권을 사서 승리를 거머쥐는 것을 눈으로 확인할 때의 무안함이란……

'싫어할 뿐이지, 모르진 않아. 놀랄 때 눈이 커지는 것은 어릴 때와 똑같군.'

그는 저를 모두 다 아는 것처럼 중얼거리고는 경마장을 빠져나갔다. 그녀가 잡을 틈도 주지 않고 사라져 최 회장과 황 실장에게 한 소리를 들었다. 물론 바람이의 저조한 성적 때문에 그에 대해 더 이상의 생각을 해본 적은 없었다.

"이채원 씨, 차 준비해요."

"네, 실장님."

이미 건휘는 회장실 안으로 들어간 후였고, 안에 들어갔다 나온 황 실장의 말에 채원은 자리에서 일어났다.

"진짜 잘생겼다."

은혜의 중얼거림이 들렸지만 누구도 그녀의 발언에 토를 다는 이는 없었다.

전무라는 직함으로 출근을 하기 전, 건휘는 한국 호텔의 모태이자, 면세점과 호텔을 모두 지휘하는 한국 그룹 본사에 들렀다. 한국에서 그룹이라는 명칭을 쓰는 다른 곳과 달리 한국 그룹은 호텔과, 면세점, 그리고 백화점으로 기본적인 몇 개의 자회사들이 협력을 하며 성장해왔다. 물론 그 중심에는 호텔이 위치했었고, 외국의 호텔들이 들어와도 인지도 면에서는 최고라는 명성을 들어오던 곳이라 아직도 그 위용은 무시할 수 없을 정도였다. 지금은 호텔의 적자를 백화점과 면세점이 조달을 해주는 방식으로 겨우겨우 명맥만 유지한다고 봐도 무방했다. 이게 다 최 회장이 경마에 미친 듯이 빠져 회사 자금을 유용하고 세탁해 날린 까닭이었다.

"앉아라."

"네."

사흘 만에 본 부자는 별 감흥 없이 서로를 대했다. 첫 출근을 하기 위해 본사에 들른 아들이 자리에 앉는 것을 말없이 바라보던 최 회장은 책상에서 누런 서류봉투 하나를 들고 소파로 향했다. 너른 사무실은 호화스러웠고, 접견객을 맞이하기 위해 들여놓은 소파는 얼마 전에 바꾼 듯 희미한 가죽냄새가 났다. 건휘는 과시하기 위한 것처럼 꾸며진 회장실을 둘러보며 미간을 찌푸렸다. 최고가의 물건들로 꾸며진 회장실은 품위와 기품이 묻어나기보다는 최 회장의 성품처럼 가볍고 사치스러워 보이기만 했다.

상석에 앉은 최 회장은 누런 봉투를 그의 앞으로 툭 던졌다. 보라는 말도 없이 소파 팔걸이에 양 팔을 얹고 침묵을 지켰다. 건휘는 손을 뻗어 서류봉투를 집어 열었다. 안에서는 A4용지 하나와 돈깨나 들인 프로필 사진이 딸려 나왔다.

"뭡니까?"

"도움이 될 게다."

"누구한테요?"

건휘는 감정이 묻어나지 않는 목소리로 되물었다. 사진이 의미하는 바를 모를 그가 아니었다. 오 회장과의 만남이 갑작스럽게 만들어진 자리가 아님은 이미 확인한 바였다. 두 노인네가 무슨 꿍꿍이를 하든지 그와는 아무런 상관이 없었다. 부친에게 협조할 생각은 염두에 두지 않았다.

"결혼은 제가 알아서 합니다."

"부모는 폼으로 있는 거냐? 하라면 해."

"품 안의 자식이죠. 저도 머리가 컸는데 아무렴 부모님의 인형처럼 살겠습니까? 참, 오늘부터 호텔에 출근합니다. 물론 아시겠지만!"

건휘는 서서히 표정이 변하는 최 회장을 응시하며 손을 깍지 꼈다. 어쩌면 지금의 대립은 꼭 필요한 일인지도 모르겠다는 생각을 하는 순간, 조심스럽게 열리는 문소리가 들렸다. 두꺼운 카펫에 묻혀 들리지 않는 발소리에도 그는 채원이 서늘한 공기로 채워진 공간에 들어섰음을 인지했다.

"차 내왔습니다."

테이블에 찻잔을 내려놓는데도 작은 소리조차 들리지 않았
다. 수많은 경험에 의해 숙련된 몸짓은 단정하고 정갈했다. 찻
잔을 내려놓고, 숙였던 허리를 드는 채원의 모습을 예리하게 살
피던 건휘가 입을 열었다.

"참, 함께 일을 할 사람을 따로 구했으면 합니다."

"직원 채용은 알아서 해라."

"다른 직원은 제가 알아서 채용을 하겠지만, 비서는 아버지
도움을 받아야겠습니다. 이채원 씨, 저 주십시오."

"뭐?"

찻잔을 들다 말고, 최 회장은 놀란 듯 건휘를 바라보았다. 전
혀 생각지도 못한 얘기에 최 회장은 건휘와 채원을 번갈아 바
라보았다. 있는 듯 없는 듯 늘 조용하게 자리를 지키는 아이지
만 그에게는…….

"왜, 안 됩니까?"

도발적인 질문을 거침없이 하는 건휘의 모습에 최 회장은 긴
침묵으로 응대했다. 실익을 따져서 그리 나쁠 것은 없는 요구였
다. 어차피 한국 그룹이나 한국 호텔이나 그의 시야 안에 있는
것은 마찬가지였다. 하지만 건휘의 모습을 예사로 보아 넘길 수
없는 이유는 아들의 눈빛 때문이었다.

여자로 보는 거냐!

차마 묻지 못한 질문이 입 안에서 맴돌았다. 고작 하루, 경마

가 있던 날을 제외하고는 채원과 그럴 듯한 만남이 있던 적은 없었다. 한국에 돌아온 것은 불과 며칠 전이었으니 예리하게 직감을 곤두세울 이유가 못 되었다.

"이 비서는 나가보게."

"알겠습니다, 회장님."

건휘의 말을 들었을 텐데, 채원의 표정은 무슨 생각을 하고 있나 짐작이 되지 않았다. 말간 얼굴을 하고 나가는 모습을 봤음에도 찜찜한 마음은 가시지 않았다.

"진심이냐?"

"진심이 아닐 이유 있습니까?"

"혹시 다른 마음 있는 게야?"

"다른 마음이라뇨? 혹시 여자로 보냐는 말씀이십니까?"

"선부터 보거라."

최 회장은 자신이 묻고자 했던 핵심을 피하지 않고 거론하는 건휘가 새삼스럽게 보였다. 스위스에서 지난 몇 년의 세월동안 건휘는 한국에 들어오지도 않았다. 성인이 된 후 거리감을 벌리며 멀어져가는 것이 아쉬웠다. 원하는 것은 거의 모두를 들어주었지만……. 미간 사이에 깊은 골이 패이도록 최 회장은 고심을 거듭했다.

"호텔의 만성적자를 빨리 해소하기 위해서입니다. 인력을 효율적으로 배치하는 것이야말로 경영자가 갖추어야 할 덕목이 아닙니까. 이채원 씨의 최종학력을 보니, 홍보학과를 나왔더군요. 일단 비서로 발령을 내겠지만, 능력을 봐서 제가 적절히 활용하고 싶습니다. 허락해주십시오."

"넌 이미 결론을 낸 것 같구나. 안 그러냐?"

"결론은 제가 아닌 최종결정자인 회장님께서 하시는 거겠죠."

"원한다면…… 그렇게 해라."

"감사합니다."

최 회장은 건휘의 얼굴에 어린 만족감을 의미심장하게 바라보았다. 이채원, 그에게는 뜨거운 감자 같은 존재다. 가까이 두기에도 또 멀리 두기에도 불안한 존재, 어쩌면 건휘에게 보내 그의 근심을 해소시킬 방안이 있을 수도 있다.

베팅.

사업이나 경마나 공통점인 매력을 꼽자면 모험을 감수하고 커다란 수익을 창출할 수 있다는 점이었다.

크게 잃거나, 아니면 크게 딸 수 있는 기회.

볼일을 마치고 일어서는 아들의 뒷모습을 바라보며 최 회장은 손을 오므렸다 폈다를 반복했다. 눈은 심어두기 나름이고, 귀 역시 크게 열어두면 별일은 없을 것이다. 지금까지 잃고 따기를 반복한 인생에 남은 것이 있다면 남보다 감이 좋다는 점이다. 그는 이번에도 승기를 잡기 위해 최선을 다할 것이다.

비서실을 지나 나오면서도 건휘는 채원에게 시선을 주지 않았다. 혹시 따라 나오지 않을까 엘리베이터 앞에 다다라 뒤를 돌아보았지만 텅 빈 복도에는 사람의 그림자조차 비치지 않았다. 그의 얼굴에 설핏 미소가 어렸다.

엘리베이터 문이 열리고 안으로 막 들어가려는 순간, 다급한 구둣발 소리가 났다. 그는 잠시 멈칫하다가 안으로 올라섰다.

"저기요!"

채원이었다. 주변을 두리번거리고 있는 그녀의 얼굴빛이 어두웠고 빠르게 엘리베이터 쪽으로 다가오는 것이 보였다. 문이 닫히는 순간 찰나의 갈등이 일었지만 문 열림 버튼을 누르지는 않았다. 막 도착한 그녀의 모습이 얇게 열린 문 사이로 보이다가 완전히 사라졌다. 밑으로 내려가는 엘리베이터는 층수를 알리는 불빛만 바꾸었다.

땡!

1층에 도착하자 경쾌한 차임벨 소리와 함께 문이 열렸다. 많은 사람들이 엘리베이터 밖에서 대기하고 있다가 조급하게 올라탔다. 그들 틈바구니를 빠져 나와 옷깃을 매만지는데, 방금 내린 엘리베이터 옆의 승강기 문도 열렸다. 여자의 구두코가 먼저 그의 시선을 잡았다. 무릎 부근까지 내려오는 치마 밑으로 쭉 뻗은 종아리가 급히 움직였다. 건휘의 시선이 위로 향했다. 그리고 조막만 한 얼굴에서 눈동자가 멎었다.

"할 말이 있나?"

그의 무심한 말투에 놀란 듯 입술을 달싹거리던 채원이 희미하게 고개를 끄덕였다.

"여기서 할까, 아니면 다른 곳으로 옮길까?"

"1층 코너에 커피숍이 있어요."

"가지."

앞장서라는 듯 그가 자리에서 움직이지 않자, 채원이 희미하게 어깨를 들썩이더니 먼저 걸어갔다. 풀었던 머리는 단정하게 묶여져 있고, 하얀 실크블라우스를 넣은 허리선은 한줌이나 될까 싶을 만큼 가늘었다. 굽이 꽤 있는 구두를 신고 흔들림 없이 걷는 모습은 눈을 떼지 못하게 했다.

"키는 많이 컸군."

그의 말을 들은 듯 그녀의 어깨가 움찔했지만 뒤돌아보지는 않는다. 고집스럽게 입술을 앙다물고 정면을 무섭게 노려보겠지. 그녀의 표정이 예상되었다. 무표정한 얼굴로 세상을 다 산 듯한 허허로운 모습을 보면서 건휘는 멈출 수 없는 충동을 느낀다. 흐트러뜨리고 싶다는 이상한 파괴욕구. 그저 모른 척하면 그뿐인데, 경마장에서 헤어진 후 이채원이라는 여자에 대해 알아보는 수고도 마다하지 않았다.

국내 최고의 학교에서 언론홍보학을 전공하고 부친의 밑에서 비서로 일을 하게 된 과정이 의아했다. 전공대로라면 대기업에서 홍보를 담당하거나, 한국 그룹에서보다 훨씬 나은 조건으로 일을 할 수 있는데 왜 그녀가 굳이 이곳을 선택했는지 이해할 수 없었다. 취업 경로 역시 석연치 않았다. 인턴으로 대학 4학년 2학기 때부터 회사에 들어와 처음부터 비서실로 발령을 받았다. 반 학기를 남겨두고 회사 인턴사원을 하기 위해서라는 명목으로 휴학을 했다. 그리고 올해 우수한 성적으로 졸업을 하고도 이곳에 머무는 이유가 궁금했다.

또한 제주의 하늘 목장이 부친의 소유로 된 까닭과, 갑자기 사망한 이 목장주에 대한 것들까지도. 물론 홍보담당자로 호텔에서 일하게 시키겠다는 이유를 전면에 내세웠지만 공적인 것보다 사적인 감정이 많이 개입되었다는 것을 스스로 부인하지 못한다. 그렇기에 커피숍 안으로 먼저 들어가는 채원의 모습에서 눈을 뗄 수가 없었다.

"제가 주문했는데 괜찮으시죠?"
아무것도 가미되지 않은 아메리카노 두 잔을 쟁반에 들고 와 내려놓는 채원의 손길을 보면서 그는 대답 없이 고개만 끄덕거렸다. 생크림이나, 계피가루 같은 것은 질색하는 그의 취향도 모르고 선택한 커피겠지만 꽤나 만족스러움이 들었다.

"드세요."
"같이 들지."
그녀의 권유로 두툼한 머그컵을 들어 입가를 축였다. 이미 집에서 내린 커피를 마시고 왔음에도 거절을 하지 않은 이유는 살피듯 바라보는 채원의 눈빛 때문이었다. 그녀의 관심이 온전히 그에게만 향해져 있는 느낌…… 꽤 괜찮았다.

"오해 없이 들어주셨으면 좋겠습니다."
그녀는 손으로 컵을 감싼 채 어려운 얘기를 꺼내듯 조심스럽게 말문을 열었다. 아마도 회장실에서 들은 얘기에 대해 할 말이 있는 듯했다. 건휘는 진지한 눈빛으로 그녀를 쳐다보았다. 즉흥적으로 당돌한 얘기를 하던 어릴 때와는 달리 신중한 모습에서 성숙한 여인의 느낌이 물씬 풍겼다.

"신세를 진 분께 도리를 다하게 해주십시오."

"신세?"

"네."

결국 이거였나!

왜일까? 의문을 품었던 작은 실마리 하나가 풀리는 느낌이었다. 하늘 목장과 연관된 뭔가가 있다. 그런데 채원의 말처럼 신세를 갚아야 할 것 같지 않은 어두운 그림자가 있을 것만 같은 불안한 느낌. 깊이 파지 말아야 한다는 본능적인 느낌을 무시하며 그는 채원의 이어지는 말이 귀를 기울였다.

"전 호텔로 가고 싶지 않습니다."

"신세를 갚고 싶다면 자신의 능력을 발휘할 수 있는 곳에서 최선을 다하면 되는 것 아닌가? 호텔도 한국 그룹의 일부인데, 자신의 말에 어패가 있다는 것을 모르지는 않겠지? 호텔에서 능력을 맘껏 발휘하고 싶지 않나?"

"전 회장님 옆에서 보필하고 싶습니다."

"이유라도 있나?"

그는 들고 있던 잔을 내려놓으며 입매를 비틀었다. 손가락을 교차해서 끼고 그녀를 똑바로 응시했다. 지난 번 사람들에게 밀리는 그녀를 안았을 때 발작적으로 거부를 보이던 반응이 왜 지금 기억나는 것일까. 그때도 가슴이 철렁 내려앉았었다. 혹시나 부친이 채원에게 하지 말아야 할 짓을 저지르지 않았나 하는 의심. 최 회장의 과거를 되짚어 보면…… 완전히 부인할 수 없는 가정이었기에 그의 눈매가 노련하게 변했다.

만약 그렇다면……. 가정일 뿐인데도 치가 떨리고 화가 머리 끝까지 치민다. 그녀를 건드리는 아버지라……. 너무 앞서간다는 생각을 하면서도 머릿속에서 떠오르는 상상은 그의 숨소리마저 거칠게 만들었다.

"처음부터 3년 간 회장님 곁에서 보필하기로 약속을 하고 회사에 입사했습니다. 그 약속 전 지키고 싶습니다."

"겨우 약속을 지키고 싶다는 이유에서 거절한다? 그것 말고 이유의 실체를 말해보지? 혹시 아버지의 사생활과 연관이 있나?"

돌려 말하지 않았다. 그녀를 찌를 듯 바라보며 의문을 품었던 내용을 직선적으로 찔렀다. 하나라도 놓치지 않고 살피기 위한 그의 노련한 눈매에 채원은 황당한 눈빛을 거두지 못했다.

"사생활이라뇨?"

"비서, 그리고 회장……. 연관되는 이야기가 꽤 될 것 같은데?"

"그런 일 없습니다. 세상에 부끄러울 만큼 막 살지 않았습니다. 함부로 말씀하지 말아주세요. 불쾌합니다."

채원은 전혀 꿀림이 없다는 것을 증명하듯 그와 대치를 하듯 정확하게 눈을 맞춰왔다.

"그럼 그날 그 태도는 뭐지?"

"제 행동 하나하나까지 설명 드려야 하는지는 몰랐네요. 신경 쓰실 것 없습니다. 개인적인 이유니까요."

채원은 까칠한 어투로 쏘아 붙였다.

"그 개인적인 얘기가 혹시 우리 아버지와 관련이 있는지 묻는 거다."

"아뇨. 아닙니다."

채원은 단호하게 대답했다.

이 남자는 그녀와는 상관이 없는 사람이라고 생각했다. 업무적인 면에서 혹시라도 부딪치는 일이 있더라도 그건 잘해낼 자신이 있었다. 그런데 엉뚱한 곳에서 꼬투리를 잡히자, 채원은 분노에 잠식되고 말았다. 고작 자신을 그런 여자로 바라본 것일까. 아무리 외국에서 살다 왔다고 하지만 어떻게 최 회장과……. 모멸감과 수치심이 그녀를 휘감았다. 차분하게 대처를 해야 하는 상황이지만 치미는 감정을 모두 누를 수 있는 인내력은 부족한 모양이다. 채원은 적의를 숨기지 않고 그를 노려보았다.

"그럼 아버지께서 보내주면 되겠군."

"최건휘 전무님!"

"아주 관심이 없는 것은 아니군. 내가 전무 발령을 받은 것은 인지하고 있으니 말이지. 이채원 씨가 말하는 의도는 알겠어. 받아들이고 안 받아들이고는 내 의사고. 물론 나 역시 회장님의 허락이 떨어지길 기다리는 입장이니 이채원 씨 말에 뭐라고 대답할 의무는 없는 거 아닌가?"

"전……."

급하게 입을 여는 채원의 말을 자르듯 그는 교차했던 손을 풀고 팔목에 찬 시계를 들여다보았다. 본사에 들렀다가 호텔로 들어갈 시간임을 강조하듯 시간을 천천히 확인하고 고개를 올렸다.

"할 말 다 했으면 일어나지."

"저한테 왜 이러시는지 모르겠습니다."

"내가 개인적인 감정으로 이러는 것 같은가? 이채원 씨가 뭐라고?"

그의 말에 달싹거리던 채원의 입술은 한 일자가 되어 닫혀버렸다. 뭔가를 진지하게 생각하는 모습을 더 지켜보고 싶었지만, 시간이 촉박했다. 첫 출근부터 지각을 하는 이미지로 호텔의 개혁을 말할 수는 없으니까.

"더 있다 일어날 건가? 그럼 먼저 일어나지."

"전무님······."

그가 자리에서 거침없이 일어나자, 채원이 머뭇거리며 따라 일어났다. 그녀의 부름에도 건휘는 좁게 배치된 커피숍 테이블 사이를 헤치고 나갔고, 뒤에 선 채원은 황당함과 짜증이 스민 표정으로 그 모습을 지켜보며 서 있었다.

"내가 개인적인 감정으로 이러는 것 같은가? 이채원 씨가 뭐라고?"

그 말을 들었을 때의 충격이란, 뭐라고 표현을 할 수 없었다. 하고 싶었던 말들이 먼지처럼 사라지고, 자신이 커다란 착각을 한 것처럼 느껴졌다. 사적인 문제를 가지고 몰아붙일 때는 언제고 최건휘 전무는 자신의 요구를 공적인 일로 규정을 지었다. 최 회장과 자신을 의심하는 듯한 말에 채원은 기가 막혔다. 그런 관심 따위는 사절이었다. 타인의 손길에 예민하게 반응하는 것은 목장과 관계가 있었다. 최 회장이 아니라! 그녀를 파고들던 빚쟁이들의 손길, 그 손길에 진저리를 치며 벗어나고자 했던 마음은 이제 타인의 낯선 손길 자체를 거부하게 만들었다. 그런 얘기를 구구절절 왜 최건휘에게 설명해야 하나! 의심의 눈초리로 자신을 바라보는 것 자체가 불쾌한데, 그와 함께 일을 한다고? 절대 싫었다.

"뭐든지 맘대로야."

건휘와 얘기를 하는 내내 스미는 분노에 얼굴이 화끈거렸다. 회장실에서 건휘가 한 말을 들은 이후부터 손에 일이 잡히지 않았다. 대체 그는 왜 자신을 호텔로 데리고 가려는 걸까. 의도를 의심했고, 끝내 참지 못하고 엘리베이터까지 따라 나왔다. 사무실에서 앉아서 윗사람의 처분만 기다리고 싶지는 않았다. 그런데 그는 가차 없이 제 생각을 말하고 몇 마디의 질문만 했을 뿐, 그녀의 말을 잘랐다. 진지한 눈빛으로 얘기를 들어줄 때만 하더라도 그에게 자신의 의견이 어필되고 있다고 느꼈는데 최 회장의 얘기가 나왔을 때부터 그의 표정이 변했다. 말도 안 되는 질문을 하는 건휘의 말에 딱 부러지는 대답 대신 입술만 달싹이던 못난 모습이라니.

'바람이를 계속 보려면 최 회장의 곁에 있는 것이 최선인데!'

그에게는 차마 말하지 못한 가장 큰 이유가 그녀의 얼굴빛을 흐리게 만들었다. 매주 경마장에 출근도장을 찍는 최 회장을 떠난다면 숨통을 트일 수 있는 호기가 없어질 것이다. 일주일 동안 그리움을 참고서야 겨우 보는 익숙한 얼굴들. 채원은 숙여졌던 고개를 발끈 들어올렸다.

건휘의 말대로 인사권은 최 회장의 뜻에 달려 있다. 지나친 기대도, 좌절도 지금은 하지 않을 테다. 원한다고 해서 모든 것을 가질 수는 없지만, 지레 겁을 먹을 필요도 없다는 것은 살아오면서 터득한 진리였으니까.

식음료부의 일원으로 근무한 지 2개월이 지났다. 호텔에 입사를 한 것은 영은에게 큰 행운이라고 할 수 있었다. 서울권 대학도 아닌 지방의 대학을 나온 그녀에게 한국 호텔의 문턱은 높게만 느껴졌다. 아버지에게 푸념처럼 투정도 부리고 화도 내면서 한국 호텔에 들어가야겠다는 의지를 다진 결과치고는 대단했다. 다들 불가능을 가능케 했다며 그녀를 추켜세웠고, 도도하게 호텔에 출근을 시작했다. 하지만 식음료부의 일과는 그녀가 각오했던 것보다 훨씬 고되었다.

"여기서 뭐 하고 서 있어?"

호텔의 위계질서는 대단했다. 선배라고 이름이 붙은 사람들은 신입들을 유심히 관찰했고, 작은 실수도 그냥 넘어가지 않았다. 호텔만 들어오면 만사형통처럼 모든 일이 잘되리라는 안일한 생각이 얼마나 무모했는지를 처절히 깨닫고 있는 요즘이었다. 그나마 선배들이 입사했을 때와 달리 지금은 훨씬 수월하다고 하니 고개가 절레절레 저어졌다.

"손님도 없는데 좀 쉬었다 해요, 선배."

"쉬어? 너 오늘이 무슨 날인지 알아?"

"특별한 날이라도 되요? 혹시 회식?"

"정말 못 말린다. 회식은 무슨 회식. 회장님 아들이 전무님으로 발령받아 나오는 날인데, 이런 날일수록 조심에 또 조심을 해야지. 원래 중역들이 바뀌면 우리 같은 월급쟁이들만 죽어난다고. 군기 바짝 잡기 시작할 테니까, 방심하지 말고 긴장 바짝 해."

선배 유라가 입에 침을 튀어가며 일장 연설을 했지만 영은의 귀에는 '회장님 아들'이라는 말만 맴돌았다.

'드디어 오는구나.'

스위스에 있는 호텔 학교에서 공부를 마쳤다는 말은 들었지만, 한국에 들어왔다는 얘기는 듣지 못한 터라, 안 그래도 기다리던 차였다. 그녀가 기어코 한국 호텔을 들어오려고 했던 이유…… 아버지의 힘까지 동원한 이유가 빛을 발하나 싶자, 가슴이 쿵쾅거렸다.

'날 알아볼까?'

어린 날에 스치듯 만났던 작은 만남을 그녀는 또렷하게 기억하며 매번 곱씹고 있었지만 그는 어떨지 몰라 불안 반 기대 반으로 가슴이 두근거렸다. 그녀가 기를 쓰고 안 되는 성적에도 호텔경영학과를 지원해서 진학을 한 이유도 건휘가 스위스로 유학을 갔다는 말을 듣고 나서였다.

"손님 나가신다, 얼른 치워."

커피숍을 나가는 손님을 보자마자 눈을 부라리는 유라 선배의 핀잔이 귀찮기만 하다. 제발 내버려뒀으면! 지금은 생각이라는 것을 해야 한다. 어릴 때 스치고 지나간 인연 하나로 그에게 자신의 존재를 부각시키기에는 너무도 미흡하다. 영은은 신경질적으로 손톱을 입에 넣고 질근거렸다.

"배영은!"

"알았어요, 치우면 되잖아요."

영은은 성이 난 목소리를 신경질적으로 냈다. 평소라면 선배에게 대든다는 것은 생각할 수조차 없는 일이었지만 지금은…….

"깨끗이 치워라. 또 정선이와 수다 떠는 모습 봤다가는……."

영은은 입술을 삐죽거리며 쟁반을 가지고 와 빈 잔이 있는 테이블을 성의 없이 치웠다. 만약 이런 모습을 건휘가 본다면 얼마나 형편없이 볼까 싶으니 짜증이 치솟는다. 속에서 화가 부글부글 끓어올랐고, 그럴수록 자신과 건휘의 처지가 극명하게 도드라지는 것 같았다. 쟁반에 잔을 올리고 막 들어 올리려는 순간, 정선이 그녀의 어깨를 툭 쳤다.

"엄마야!"

혼자만의 생각에 빠져 있던 터라 갑자기 건드리는 느낌은 그녀를 소스라치게 놀라는 소리를 내게 했다.

"내가 더 놀라겠네. 딴 생각했어?"

입사 동기로 친하게 지내는 정선이었다. 시간이 날 때마다 잡담을 하고 서로의 힘든 일을 털어놓으면서 친해졌지만 오늘은 그마저도 귀찮았다.

"유라 선배가 잡담하지 말래. 할 말 있으면 하고."

"혼났어?"

"응."

"암튼 유난은."

정선의 두둔하는 말도 성가셨다. 쟁반을 들고 간이 주방으로 가서 컵을 씻기 시작했다. 이른 시간이라 그런지 오늘은 커피숍에 손님마저 없었다. 다른 때라면 손님들의 눈길을 피해 시시덕거릴 텐데 묵묵히 컵을 씻는 영은을 정선은 이상한 듯 쳐다보다 가까이 다가갔다.

"유라 선배가 많이 뭐래?"

"그냥."

"아, 참! 희소식 있다."

"희소식?"

"오늘 회장님 아들이 호텔에 전무님으로 오신단다. 거기다 그분 아직 미혼이란다. 이게 왠 횡재냐?"

"횡재는 무슨."

혹시 정선이 관심을 가질까 봐 영은은 시큰둥한 반응을 보이며 잔머리를 굴렸다.

"혹시 누가 아냐? 전무님이 날 보고 확 빠져들어서…… 내가 신데렐라의 반열에 오를지? 사람 팔자 모른다니까."

정선의 헛소리를 들어줄 여력이 없었다. 아니 어쩌면 저와 똑같은 희망을 품고 있는 것이 껄끄러웠는지도 모르겠다. 아마도 이 호텔에 있는 여직원들 중 그녀들과 똑같은 꿈을 꾸는 이가 없다고 장담할 수 없는 노릇이다. 물론 감히 올라갈 나무라고 생각해 행동으로까지 옮길 무모한 짓을 하는 여자는 극소수일 테고.

"넌 관심 없어?"

"없어."

정선의 말에 단호하게 대답했지만 속으로는 뜨끔했다. 없긴 왜 없어! 그 사람을 처음 봤을 때부터 생각했던 일인걸. 다른 여직원들처럼 호텔에서 처음 본 상사라면 감히 엄두를 낼 수 없었을지도 모른다.

하지만! 그녀에게는 남들보다 훨씬 이로운 게 있었다. 감히 최건휘라도 쉽게 무시할 수 없을 만한 무기가.

"컵 다 씻었어? 잡담하지 말라고 했더니 또 둘이 뭉쳐 있는 거야?"

유라의 호령도 무섭지 않았다. 해볼 만한 싸움이라는 생각이 드니, 오히려 그와의 만남이 슬슬 기대되었다. 최건휘, 그 남자가 자신을 먼저 바라봐 준다면 그것보다도 좋은 일은 없을 것이다. 하지만 보지 않는다고 하더라도, 그의 고개를 자신에게 돌리면 그만이다. 영은은 꿈처럼 희미하기만 한 과거의 한때를 그윽한 눈길로 떠올렸다. 군복을 입고 그녀의 앞에 나타났던 처음의 건휘를.

우울했던 영은의 얼굴 위로 햇살처럼 밝은 웃음이 천천히 들어 차올랐다.

호텔 안으로 들어서는 건휘를 흘끔거리는 눈길이 많았다. 오가는 손님들을 제외하고 제복을 입은 호텔리어들의 눈길은 호기심을 넘어 그에게 집요하게 달라붙었다. 이미 그의 출근이 소문이 난 듯 손가락으로 가리키는 직원들도 있었다. 건휘는 담담한 표정으로 전무실로 향하는 엘리베이터에 올라탔다. 검은색 양복, 금빛 명찰에는 그의 이름과 직함이 음각으로 새겨져 있었고, 폭이 좁은 푸른색 넥타이는 그의 모습을 한결 서늘하고 경직되어 보이게 했다. 한국 그룹 본사를 들러 출근을 한 터라, 출근 시간이 조금 늦어졌다. 하지만 건휘의 모습 어디에서도 서두르는 듯한 기색은 찾아볼 수가 없었다.

"전무님 출근하십니까!"

전무실에 들어서자마자 곱다란 목소리와 함께 여비서가 정중하게 인사를 하며 집무실로 통하는 문을 열어주었다. 과도한 친절이었지만 그는 가벼운 목례를 하며 안으로 들어섰다. 윤이 반들반들하게 나는 마호가니 책상, 한국 그룹 본사에 깔려 있던 것과 비슷하게 두툼한 카펫, 그의 출근을 용케 알아내고 축전으로 보낸 난 화분까지 첫 출근을 하는 그의 사무실은 환영 준비를 완벽하게 마쳤다.

양복 상의를 벗어 옷걸이에 걸고 그는 책상에 앉아 결이 고운 상판을 매만졌다. 이제는 이곳에서 호텔과 명운을 함께해야 한다. 실무를 익혔고, 몇 년 동안 공부를 했지만 관리직에 앉자마자 책임져야 하는 무게감은 그리 녹록치 않았다. 모든 기자재를 새로 구입한 듯 인터폰 역시 새것이었다. 그는 인터폰의 호출이라는 버튼을 눌러 비서와 연결을 시도했다.

"들어와 보세요."

- 네, 전무님.

비서의 대답을 듣고 인터폰의 버튼에서 손을 뗐다. 이제 시작이었다. 방만한 경영으로 호텔을 위기에 몰아넣은 외삼촌의 흔적이 쉽게 지워지지 않으리라는 것은 이미 예상하고 있었다. 외삼촌의 수족들이 호텔 내부에 포진해 있으면서 그의 일거수일투족을 다 감시할 테니까. 미리 와서 그를 맞이한 비서 역시 외삼촌의 지시에 의해 발령이 난 그의 사람일 것이다. 그렇기에 건휘는 그냥 넘어갈 수 없었다. 함께 일을 하는 사람을 믿지 못하는 것만큼 피곤한 일은 없다. 그의 나이 서른하나. 전무라는 직함을 맡기에는 젊다는 핸디캡이 있었지만, 그는 미리 계획한 바를 실현해 나갈 생각이었다.

문이 열리고 비서가 들어왔다. 매력적인 외모에 영민해 보이는 모습에서 외삼촌이 얼마나 신경을 써서 뽑았는지가 느껴져 쓴웃음이 흘러나왔다.

"부르셨습니까, 전무님."

"불렀으니까 들어왔겠죠. 오늘부로 발령이 난 겁니까?"

"네, 전무님."

"전에는 어디서 근무를 했죠?"

그의 질문에 여비서가 당혹스러운 표정을 지었다. 신경을 쓴 듯 갖춰 입은 정장 밑으로 곧게 뻗은 무릎과 겉옷 안으로 보이는 화사한 붉은 블라우스가 그의 눈살을 찌푸리게 만들었다. 누구와는 현저하게 다른 옷차림이었다. 단정하다는 것과는 거리가 있는 조금은 과한 옷차림부터 비서를 자신에게 붙여놓은 외삼촌이 의도를 짐작했다.

"총지배인실에 있었죠?"

물음이 아닌 확신이었다.

"……네, 전무님."

"복귀하세요. 총지배인님께는 제가 말씀드리죠."

그의 말에 여비서는 안색이 질렸다. 하얗게 질린 얼굴과 달리 립스틱을 붉게 칠한 입술만 선명하게 보였다. 질끈 눈을 감았다 뜬 여자는 건휘의 표정을 재빠르게 살폈다. 파고들어갈 틈을 찾는 것처럼.

"문제 있습니까?"

"제가 무슨 실수라도…… 했습니까?"

"아뇨. 전혀."

"……이유를 물어도 되겠습니까?"

"이유, 굳이 말하고 싶지 않은데! 나가봐요."

분명하게 의사를 밝히자, 여비서는 일그러진 얼굴로 인사를 하고 전무실을 나갔다. 발령 첫 날부터 당황스럽기도 하겠지. 매형을 대신해 호텔을 경영하는 맛을 알아버린 외삼촌은 그의 등장에 바짝 긴장을 했을 것이다.

권력이란 그런 것이다. 한번 맛을 보면 절대 놓을 수 없고, 제 위치를 지키기 위해 수단과 방법을 가리지 않는 것.

'마음대로 되지는 않을 겁니다!'

모친인 조 여사가 보유한 지분은 무시할 수 없는 양이었다. 외조부로부터 물려받은 어머니 조 여사의 지분과, 긴 시간 동안 사 모은 조 총지배인의 지분에 거기에 건영이의 몫까지 합쳐진 다면 경영을 하는 데 충분한 자격을 획득할 수 있는 양이었다.

호텔업에 전력투구를 하던 최 회장이 있을 때는 욕심이 있어 도 손가락만 빨아야 했지만, 회장이 경마에 미친 후에는 얘기 가 달라졌다. 아들들은 어렸고, 호텔을 자주 비우는 매형 대신 지분을 앞세워 한국 호텔에 입성한 외삼촌의 야욕은 스위스에 있을 때부터 충분히 인지한 사실이었다.

삑!

인터폰이 울렸다. 그는 손가락으로 윤이 나는 책상을 두드리 다 느긋한 표정으로 인터폰 수화기를 들어올렸다. 누구인지는 굳이 목소리를 듣지 않아도 짐작이 되었다.

"최건휘입니다."

- 출근했구나. 왔으면 좀 올라와라. 오랜만에 왔는데 얼굴도 보여 주지 않고 설마 일부터 시작하는 열의를 보이는 것은 아니겠지?

"안 그래도 인사드리러 올라가려던 차였습니다."

- 참, 그건 그렇고 비서가 맘에 안 드냐?

그새를 참지 못하고 보고를 올렸나 보군.

건휘는 묘한 표정으로 문을 응시했다. 밖에 있는 여자가 사장실로 연락을 넣었다는 것은 의심의 여지가 없었고, 누구의 사람이라는 증명이 된 것이다.

"외삼촌께서 어련히 알아서 골라 주셨으리라는 것 잘 압니다. 하지만 저는 따로 생각한 사람이 있어서요. 지금 올라가서 말씀드리겠습니다."

－ 그래, 기다리마.

"네."

인터폰을 내려놓고는 바로 의자에서 튕기듯 일어났다. 옷걸이에서 양복 상의를 내려 몸에 걸쳤다. 구김살 하나 없는 양복은 그의 몸에 맞춘 듯 딱 맞았고, 마른 듯하면서도 탄탄한 몸매를 그대로 드러냈다. 넥타이를 손보고 그는 전무실을 나왔다. 책상에 앉아 있던 여비서는 문소리가 나자마자 자리에서 일어나 그를 바라보았다.

"아직 안 갔어요?"

"전무님, 그게……."

"왜요, 총지배인실에서 그냥 있으라고 하던가요? 오늘부로 발령을 받았다면 당신 상관은 나일 텐데? 그런데 내 말을 거부한다? 난 그런 비서 따위는 필요 없습니다."

비서는 더 이상 말을 못 하고 알겠다는 대답만 낮게 중얼거렸다. 건휘는 대답을 듣는 둥 마는 둥하면서 사무실을 나섰다.

"언니!"

은혜의 울적한 목소리가 그녀의 손길을 멈추게 했다. 작은 박스에 그녀의 물품을 넣는 모습을 황망한 눈길로 쳐다보는 은혜의 목소리에는 벌써부터 물기가 묻어났다. 고작 몇 개월 함께 일을 했을 뿐인데도 정이 많은 은혜는 감정을 드러내며 온몸으로 서운함을 표현했다. 고마웠다.

"이제 회사 내의 소문은 누구한테 듣지?"

채원 역시 가십의 여왕에게 서운함을 토로했다. 쉽게 곁을 주지 않고 정을 주지 않으려 했음에도 함께 생활을 한 은혜는 그녀에게 참 많은 영향을 주던 아가씨였다. 외로움을 한결 가시게 해주었던 고마움을 미처 말로 표현도 못했는데 이렇게 헤어져야 한다는 것이 안타까웠다.

"정말 가시는 거예요?"

"가라고 하니까 가야겠지."

설마 하는 마음으로 오전의 근무를 마치고 막 점심을 먹으러 가려던 참이었다. 아무런 말도 없기에 최 전무가 그녀의 부탁을 들어준 것이라고 생각하며 마음을 놓았던 것이 실수일까. 회장실에 호출이 되어 들어갔던 황 실장이 나오며 짐을 싸라고 했을 때 그녀는 눈을 질끈 감고 말았다.

점심을 먹으러 가려고 꺼냈던 지갑을 가방에 넣고 물품을 정리해 놓은 곳에 두었던 작은 상자를 꺼내, 짐을 챙기면서도 그녀는 왜 자신이 호텔로 발령이 났는지 이해할 수 없었다. 늘 함께 식사를 하러 가던 은혜마저도 점심을 굶으며 그녀를 돕는 상황 역시.

"갑자기 왜 호텔로 인사발령이 났을까요?"

"글쎄. 윗사람들이 하는 일을 우리 같은 사람이 어떻게 알까."

"너무 서운해요."

"나두."

진심이었다. 겨우 적응을 한 비서실을 떠나는 것도, 매주 최회장을 보필하며 들르던 경마장도 이제는 그녀의 생활 반경과 멀어진다는 사실을 어떻게 받아들여야 할지 모르겠다. 그렇다고 싫다는 말을 할 처지도 아니었다. 그저 맘이 쓰이는 것들뿐이었다.

"언니 가면 전 어떡해요!"

우는 소리를 하는 은혜가 그녀는 부러웠다. 앓는 소리, 우는 소리를 천연덕스럽게 하던 때가 그녀에게도 있었는데 이제는 감정을 드러내는 일이 힘들기만 했다. 채원은 멈췄던 손을 움직여 책상에 있던 물품들을 상자에 넣었다.

"은혜 씨 잘 할 거야."

"그건 언니가 있어서 그랬죠. 힝, 정말 어떡해!"

"자꾸 그러지 마, 나도 서운하니까."

"안 가면 안 될까요?"

"후훗, 나도 안 갔으면 좋겠다."

"하긴. 제가 너무 철이 없죠?"

"아니, 고맙지. 서운하다고 잡아주고. 만약 안 그랬다면 은혜 씨가 미웠을지도 몰라. 내 허영심이 조금은 채워지는 것 같아. 고마워."

작은 상자가 반 정도 찰 정도의 짐이 꾸려졌다. 느리게 움직였는데도 벌써 짐은 다 정리가 되었고, 이제는 떠날 일만 남았다. 은혜의 서운함을 뒤로 하고 채원은 인사를 할 마음으로 회장실을 노크했다.

"들어와."

낮게 들리는 목소리에 그녀는 머리를 손으로 쓸어내리며 재킷을 밑으로 잡아당겨 주름을 폈다. 손잡이를 돌려 문을 열고 안으로 들어가자, 최 회장의 근엄한 모습이 보였다. 검은색 의자에 몸을 기대고 앉아 뚫어지게 쳐다보는 모습에 가벼운 목례를 하고 두 손을 앞으로 잡았다.

"그동안 감사했습니다."

채원은 공손하게 말을 했다. 목장이 망하고, 아버지의 죽음으로 그녀의 삶은 피폐해졌고, 미래에 대한 희망마저 죽었다. 그때 최 회장이 나타나 학비를 대주고, 삶의 희망을 놓지 말라는 말을 해주었다. 대학에 들어가 장학금을 받으면서 최 회장으로부터 지원은 더 이상 받지 않았지만, 회사로 불러 취업을 얘기했을 때는 갚아야 할 빚에 대한 무게를 느꼈다. 거부할 수도 없었고, 피할 수도 없는 일이라 생각하며 한국 그룹 회장실로 출근을 시작했다. 그래서 대학 4학년, 졸업을 불과 반 년 앞두고 그녀는 과감히 휴학을 선택했다. 공부 대신 출근을 했고, 다시 복학을 했을 때는 몇 개 안 되는 수업을 받으며 회사를 다녔다. 주말도 반납하고 최 회장을 보필하며 경마장을 누볐고, 고되다는 생각이 들지 않을 정도로 바람이를 맘껏 볼 수 있었다.

"서운하군."

"네, 저도 그렇습니다. 회장님!"

"진심인가? 혹사시켰다고 원망은 듣지 않고?"

"아닙니다."

"그렇다면 다행이고. 혹시라도 호텔에 가도 힘든 일이 있으면 언제든지 얘기를 해. 내가 도울 수 있는 일이라면 돕지."

"감사합니다."

틀에 박힌 말이라는 것을 알면서도 그녀의 가슴에는 희망이 모락모락 피어올랐다. 지금 말해볼까? 바람이를 제발 다른 곳에 넘기지 말라고, 아직까지는 경마장을 누비며 제 실력을 발휘할 수 있도록 해달라며 부탁을 해볼까! 그것도 안 된다면 하늘목장으로 보내 자유롭게 지낼 수 있게 해 달라고 말을 하면 과연 최 회장은 들어주기나 할까!

마음속에서 치열한 갈등을 하는 것과 달리 표정은 매우 담담했다. 채원을 보던 최 회장은 자리에서 일어나 그녀를 향해 손을 내밀었다.

"우리 악수나 하고 헤어지지."

"네, 회장님."

문가에 섰던 채원이 최 회장이 있는 곳으로 다가가 살짝 손을 잡았다. 거구의 몸과 달리 손은 차갑고 가늘었다. 맞잡은 손 안으로 느껴지는 서늘한 촉감에 그녀의 몸에 소름이 돋았다. 흠칫 놀라 얼른 뒤로 물러서며 손을 빼냈다.

"참, 잊고 있었군. 바람이를 상당히 아꼈는데 이제는 우리 소유가 아니야. 청우실업의 오 회장이 얼마나 탐을 내던지 보내버렸어. 좀 아쉽군."

"⋯⋯그, 러셨군요."

"서운하지?"

"아, 아닙니다."

바람이의 소유주는 최 회장이다. 바람이가 태어나던 날, 분명히 아버지는 그녀에게 동생이라며 꼭 주겠다는 약속을 했었다. 자신의 손으로 교배를 하고, 손수 바람이를 받아낸 것을 얼마나 뿌듯하게 생각하셨던가.

그녀의 아버지는 최 회장에게 바람이를 사주겠다며 약속을 했다. 그리고 그 약속을 지키기 위해 목장이 기울어지는 순간까지 최 회장을 설득했었다. 그런데 결국 목장이 망해 바람이는 아버지의 손을 떠났고, 그녀에게서도 떠나버렸다. 눈물이 고여드는 느낌을 지우려 눈을 크게 뜨고 힘을 주었다.

"그만 가보고."

"네, 회장님."

"우리 아들 잘 보필해주게."

"노력하겠습니다."

목소리가 떨릴까 봐 얼마나 긴장을 했는지 모르겠다. 눈물이 흘러내릴까 봐 어금니까지 질끈 물고 참았건만, 등을 돌리는 순간 뜨거운 물줄기가 뺨을 갈랐다. 원망조차 내비칠 수 없는 처지! 그래서 서러웠다. 결국 오 회장의 목장으로 바람이 간다. 더 이상 경주를 뛰지 못하고 좁은 곳에 매여 새끼를 낳기 위해 교배마로 전락하고 말 것이다. 등 뒤로 문을 닫으며 그녀는 고개를 푹 숙이고 말았다. 깜짝 놀라 달려 나온 은혜의 걱정에도 한동안 고개를 들 수가 없었다. 화장이 지워질 만큼 눈물은 멈추지 않고 흘러내렸다.

회장실의 축소판이군.

사장실에 들어서며 건휘는 속으로 이죽거렸다. 같은 브랜드의 책상, 인테리어도 한국 그룹의 회장실을 모사해 놓은 것처럼 흡사했다. 더군다나 거구마저 아버지를 닮아가는 외삼촌의 환대를 받으며 자리에 앉았다.

"우리가 몇 년 만이냐?"

"8년 만입니다."

"그동안 왜 한국에는 안 들어왔고?"

그의 손을 덥석 잡으며 크게 흔드는 몸짓이 과장스러웠다. 과한 환대가 부담스러울 정도였지만 건휘는 입술을 늘이며 미소로 속마음을 감췄다. 외가 식구들을 대할 때마다 이상한 느낌을 지울 수가 없었다. 늘 과장되게 말로 마음을 표현했지만 정작 느껴지는 마음은 차갑기만 했다. 그래서 건휘는 외삼촌을 밀어내고 호텔의 정상화를 이루기 위한 계획과 꿈을 꿀 수 있었는지도 모르겠다.

"앉자, 앉아."

"네, 총지배인님."

"총지배인은 무슨, 외삼촌이라고 불러라. 남도 아니고 정 없게스리."

"그럴게요."

공과 사는 구별해야 함에도 외삼촌이라고 부르라고 하는 것은 다 계산이 있을 것이다. 그보다 연장자이고 절대 척을 져서는 안 되는 친척이라는 강조. 음흉한 웃음 뒤로 조 총지배인의 두뇌는 빠르게 회전할 것이다.

"참, 비서가 맘에 안 들어? 내가 심사숙고해서 고른 사람인데. 영리하고 지혜로워서 너한테는 많은 도움을 줄 거다. 며칠 두고 보지?"

선심을 쓰듯 느긋하게 권하는 태도는 확연히 그에게 거리를 두고 있음을 내비쳤다. 대놓고 네 행동반경을 지켜보겠다고 말을 해도 괜찮은데! 그건 너무 심한 상상인가. 건휘는 실긋 입귀를 틀었다.

"그래 보였습니다만, 저도 생각해둔 사람이 있어서요."

"누군데?"

"보면 아십니다."

"그 얘기는 내가 아는 사람이라는 거냐?"

"아마도요."

"흠!"

맞은편에 앉은 조 총지배인은 손가락으로 턱을 매만지며 미묘한 웃음을 지었다. 아마 속으로 누군지 예상을 하겠지. 그리고 그의 친분이 있는 인사들을 떠올리며 미칠 파장에 대한 계산도 할 테고. 호텔 내의 적과 아군을 가릴 기회로 삼을 생각을 할지도 모르겠다. 물론 회장실의 비서가 그의 비서로 오게 될 예상은 전혀 못 할 테고.

"하긴 어련히 알아서 잘하려고."

"믿어주셔서 감사합니다."

"내가 널 안 믿으면 누굴 믿어? 세상에 없는 누나의 아들들인데. 어차피 한국 그룹은 건휘 너와 건영이 것이 될 텐데 내가 너희들 팍팍 밀어줘야지. 참 건영이는 잘 있지? 그 녀석, 가끔 용돈 달라고 찾아오는데 여간 살가운 것이 아니야. 누나 아들이 아니라 내 아들 같아서 얼마나 정이 가는지…… 건휘 너와도 그렇게 지내야 하는데, 그럴 시간 자주 갖자."

"……그러죠."

건휘는 뜸을 들이다 대답을 했다. 건영이의 칭찬을 할 때는 조 총지배인은 정말 외삼촌 같은 모습이다. 그와 다르게. 외가와 친한 건영이가 훨씬 대하기 편할 것이다. 매사 까칠하고 거리를 두는 그와 달리. 인정을 하면서도 언짢은 기분은 어쩔 수 없었다.

조 총지배인은 떠보듯 건휘를 바라보았다. 믿는다는 말을 곧이곧대로 들을 건휘가 아님을 알면서도 그는 눈 하나 깜빡이지 않고 입에 침도 바르지 않은 채 매끈한 말을 흘렸다. 아직까지는 시간이 필요했다. 건영이 제대하고 나와서 사람들의 주목을 받을 수 있는 기회를 만들기 위한 시간이.

"사진을 찍고 싶어요, 삼촌."

그에게 마음을 털어놓던 건영을 떠올리며 조 총지배인은 입
귀를 비틀었다. 섬세하고 심약한 건영은 자랄 때부터 건휘와 비
교되며 좌절부터 겪었다. 제 친조카의 위치를 불안하게 만드는
건휘를 그냥 두고 볼 수가 없었다.

"호텔은 한국 그룹의 핵심이야, 네가 맡아야 할 곳이다."

틈만 나면 누나와 그가 건영에게 강요하듯 말을 했다. 건영이
혼자 하기 힘들다면 그들이 도우면 된다. 계속 되풀이해서 말
을 했지만 건영은 제 형을 동경하면서도 뒤처질까 두려워했다.
군대에 가서 고된 훈련을 겪고 난 터이니 이제는 다른 면모를
보일 것이다. 더 이상 건휘에게 밀리는 건영을 두고 볼 수 없었
다. 그리고 그에게도 건휘보다는 건영이 호텔에 취임하는 것이
훨씬 유리하다. 조 총지배인은 음흉한 속내를 숨긴 채 건휘를
향해 웃었다.

"그나저나 누님이 네 혼처를 구하느라 요즘 바쁘신가 보더라.
이제 너도 결혼을 하고 가정을 꾸려야지. 전무라는 직함을 맡
기기에는 너무 어리다는 호텔 내의 분위기도 불식시키고, 이참
에 자리를 잡아야지."
"제가 결혼을 하지 않아서 말이 많았습니까?"

"아무래도 그렇지. 나이도 아직은……."

말끝을 흐리며 난감하다는 듯 이마를 매만지는 연기 또한 일품이었다. 여기저기서 자신의 이득을 위해 준비들을 철저히 하신 모양이다. 건휘는 난처한 표정을 지으며 설득하는 뉘앙스로 말을 잇는 조 총지배인을 향해 흔쾌히 고개를 끄덕였다.

"그럼 하죠."

"너? 설마 맘에 두고 있는 아가씨라도 있는 거냐?"

"설마요. 외삼촌이 생각해둔 아가씨가 있으시겠죠. 아닌가요?"

"허허, 누님 부탁으로 좀 알아보기는 했지만 네 눈에 찰지는 모르겠구나."

있다는 말이었다.

"그럼 만나보죠."

"그럴래?"

"만나는 것이 뭐 어렵나요? 사랑이라는 감정을 믿는 철부지도 아니고, 호텔과 한국 그룹을 위해서는 어차피 치러야 하는 거라면 최대한 이득을 챙기는 것이 저한테도 유리하겠죠. 안 그렇습니까, 외삼촌?"

"그, 그렇지."

조 총지배인은 건휘의 의중을 떠보듯 예리한 눈초리로 살피다 허허로운 웃음으로 의도를 감추었다.

역시 듣던 것과 별반 다름이 없었다. 호텔에서 세력을 넓히고, 어머니와 건영이를 구워삶아 실질적인 오너의 위치를 차지하기 위한 총지배인의 속내를 확실히 확인했다. 작은아버지가 있다고는 하지만 면세점을 경영하며 큰 욕심 없이 지내는 분이기에 총지배인의 야욕은 점점 커졌을 것이다.

거기에 아버지인 최 회장의 경마도박과 여색을 밝히는 습성으로 인해 모친의 마음 역시 부친을 떠난 지 오래였다. 어머니의 도움과 착하기만 한 건영을 손으로 주무르며 호텔 내 자금을 유용하고, 착복해 사리사욕을 채우는 외삼촌의 본모습을 밝히는 것은 그의 몫이 되어버렸다.

"그럼 잘 부탁드립니다."

"시간도 됐는데 점심이나 같이 하자?"

건휘가 자리에서 일어나자, 총지배인은 뜨악한 표정으로 그를 만류했다.

"아뇨, 첫 출근부터 너무 자리를 오래 비워두었습니다. 참, 외삼촌! 제 비서로 발령받은 분, 원래는 외삼촌 비서였다면서요? 제가 복귀하라고 했습니다. 그렇게 능력 있는 사람이라면 저보다는 외삼촌에게 더 필요할 것 같아서요."

총지배인의 얼굴이 눈에 띄게 일그러졌다.

"어? 그, 그래야지."

"마음만 감사히 받겠습니다."

"네 맘이 정 그렇다면 그래야지."

"그럼 가보겠습니다."

서로를 떠보기 위한 첫 만남은 그렇게 끝이 났다. 서로 간을 볼 만큼 봤고, 의중도 살폈다. 웃으면서 얘기를 했지만 가시가 빼곡하게 박힌 만남은 이제부터 치열하게 벌어질 세력싸움의 시초라는 것을 두 사람 모두가 알고 있었다. 건휘는 총지배인실을 나와 엘리베이터가 아닌 비상계단으로 향했다. 한 계단, 한 계단 천천히 내려가며 마음을 다잡았다.

호텔을 살리기 위해 공부를 했다. 조부가 만들어놓은 것을 부친이 물려받아 삶의 터전을 직원들에게 제공했다. 그걸 지키고 싶었다. 한 개인의 몫이 아닌 여러 사람의 밥줄인 호텔과 한국 그룹은 누군가의 배를 채우기 위해 존재하는 곳이 아니었다.

물론 건휘 자신의 야심도 무시할 수 없었다. 그는 예전과 같은 명성으로 우뚝 서는 한국 호텔을 만들고 싶었다. 부친의 식은 열정을 제 손으로 이루고 싶은 야욕, 그걸 이루기 위해 8년이라는 시간을 인내하고 참아왔다. 그리고 이젠 그가 돌아왔다. 건휘의 걸음이 빨라졌다.

"전무님의 비서로 발령받은 이채원입니다. 잘 부탁드립니다."

"빠르군."

사무실 문을 열고 들어가자마자 의자에서 일어난 채원이 그를 맞이했다. 부친에게 말을 했지만 이렇게 빠른 조치를 취해 줄 줄은 몰랐다. 불만이 가득한 표정일 것이라는 예상과 달리 담담한 채원을 보며 그는 의외라는 듯 눈썹을 당겨 올렸다.

"차 드릴까요?"

"차는 무슨. 밥 먹으러 가지. 우리 호텔에 둘 다 처음으로 출근했으니 어느 식당이 맛있나 시찰이나 해볼까?"

"저는…… 됐습니다."

"사양하지 마. 이것도 일의 연장선이니까. 나가자고."

그는 어깨를 으쓱하며 문을 밀고 나왔다. 전무실에도 들르지 않고 채원을 보자마자 즉흥적으로 떠오르는 말들을 내뱉었다. 밥을 먹을 기분도 아니었고, 허기를 느낀 것도 아닌데 해쓱한 얼굴빛을 하고 있는 채원을 보자 식당이나 둘러볼까 하는 생각이 들었다. 그녀의 배도 채울 겸.

"저기, 전무님."

한손을 바지 주머니에 찌르고 복도를 걷는 그의 뒤로 또각또각 빠른 구둣발 소리가 들려왔다. 또 고집을 부릴 생각이라면 그도 물러나지 않을 것이다. 고집은 그녀만의 전매특허가 아니니까.

"한식당으로 갈까, 아님 중식당? 그것도 싫다면……."

"밥 먹고 싶습니다."

"밥? 그럼 한식당이네. 그게 몇 층이더라."

태연하게 엘리베이터에 올라 한쪽 벽에 붙여놓은 각 층의 배치도를 살폈다.

"어디 보자, 지하네. 뭐 해, 안 타?"

그의 말에 한숨을 폭 쉰 채원이 안으로 들어섰다. 문가에 서서 닫힘 버튼과 지하층을 누르고는 미동도 않고 서 있는 그녀. 문이 열리고 사람들이 올라탄다면 부딪치기 십상이었지만 그와 거리를 두듯 전혀 움직임이 없었다.

건휘는 그녀의 팔을 잡아 안으로 끌어당겼다. 힘없이 끌려오는 몸과 달리 고개를 돌린 그녀의 표정은 사나웠다.

"안 잡아먹어."

그의 말에 대답은 없었지만 팔을 떨치고 다시 앞으로 가서 서는 모습은 그를 거부하는 것처럼 보였다. 하긴 아침에 따라 나와 회장 비서실에 있고 싶다는 의사를 밝혔는데, 점심에는 그의 비서가 되어 밥까지 함께 먹어야 하니 오죽 화가 날까. 다혈질적인 성격은 여전하구나 싶으니 피식 웃음이 지어졌다.

지하에 도착하자 그가 내리기 편하게 문 열림 버튼을 누르고 있는 모습은 철저한 비서의 모습 그 이상도 이하도 아니었다.

"가지."

그가 앞장서 걷자 얼마간의 거리를 두고 뒤따라오는 이채원. 거리를 두기 위해 안간힘을 쓰는 그녀를 뒤로 하고 한식당으로 들어갔다. 빈 테이블에 앉자, 그녀가 맞은편에 와서 앉았고, 메뉴를 들여다보는 척을 하면서 채원을 살폈다.

'그래도 먹는 것을 고를 때는 진지하군.'

꼼꼼하게 메뉴를 살피는 그녀의 모습이 괜히 얄미워 건휘는 종업원이 오자마자 의견도 묻지 않고 너비아니 정식을 두 개 시켰다.

"괜찮지?"

"……네."

괜찮긴 뭐가 괜찮아!

김치찌개반상에서 눈을 떼지 못하면서도 입으로 하는 대답이 더 얄궂다. 제 의사조차 제대로 표현하지 않는 것이 습관으로 굳어진 듯 보였다.

"여기요!"

그는 여전히 아쉬움이 가득 담긴 눈빛으로 메뉴판을 바라보는 채원을 대신해 종업원을 불렀다.

"너비아니 하나 취소하고 김치찌개반상 하나 주세요."

그의 주문에 채원의 눈빛이 반짝 하고 빛났다.

"고기보다는 김치찌개가 갑자기 먹고 싶어서."

약 올리듯 얘기를 하자 채원이 인상을 찌푸렸다. 혹시나 했는데 역시나…… 하는 그런 표정으로. 골이 난 듯 그녀는 음식이 나오기 전까지 입을 꾹 다물고 있었고, 그는 흥미로운 눈길로 채원을 관찰했다. 마침내 음식이 나왔고, 음식이 각자의 앞에 놓여졌다.

"냄새는 좋군. 너비아니도 맛있게 보이네. 많이 먹어."

"감사합니다."

젓가락을 대는 모습은 내키지 않음 가득이었다. 깨작깨작 고기를 집어 먹다가도 그의 음식을 흘끔 바라보는 모습은 귀엽기 그지없었다. 그러게 진작 솔직하게 말을 하지. 건휘는 숟가락조차 담그지 않은 찌개를 들어 그녀의 앞에 놓아주었다.

"먹고 싶으면 먹어."

"네?"

"갑자기 너비아니가 먹고 싶네. 괜히 주문을 취소했어. 이건 내가 먹을 테니까, 이 비서는 이걸 먹지. 불만 있나?"

"알겠습니다."

골이 난 듯 부풀었던 볼은 고운 보조개가 대신했고, 손수 너비아니가 담긴 그릇을 옮겨주는 손길은 다정했다. 건휘는 채원이 찌개 그릇에 숟가락을 담그는 모습을 지켜보았다. 그녀의 굳어진 습관을 이런 식이라도 고쳐나가고 싶었다. 지금은 그의 의지대로 했지만 앞으로는 그녀 스스로 원하는 것을 말하게 하는 식으로. 천천히 그녀의 본모습을 드러나게 하고 싶었다.

four

　호텔로 발령을 받은 후 일주일 동안 심심할 정도로 일이 없었다. 본사에 있을 때는 은혜가 있어 심심하지 않았는데 달랑 책상 하나에 의자 하나, 컴퓨터와 인터폰만 있는 좁은 공간에서 작은 창문 밖으로 보이는 풍경만이 그녀의 위안이 되어 주었다. 사무실에서 꼼짝도 하지 않는 건휘는 차를 달라는 사소한 부탁조차 하지 않았다.

　무료한 시간들이 이어지고 하품이 나올 지경에 이르렀다. 그렇다고 딴 짓을 할 수도 없었다. 출근을 시작한 전무에게 눈도장을 찍기 위해서인지 노크 소리가 종종 들려왔기 때문이다. 허리를 곧추세우고 앉아 있는데 꼭 벌을 서고 있는 기분이랄까. 이러려고 첫날 보자마자 밥을 사주었나? 의심이 들 정도였다. 그만큼 최건휘는 그녀에게 일도 주지 않은 채 방치해놓고 혼자만의 성에 갇혀 꼼짝도 하지 않았다. 바람이에 대한 생각이 나지 않을 정도로 몸을 혹사시켜 잡념을 없애고 싶은데 그마저도 안 되는 상황이었다. 과천에서 바람이를 옮겼을까, 배 마필관리사에게 들러야 하나 잡념에 잠겨 있을 때였다.

똑똑.

노크 소리가 들리자, 무의식적으로 돌리던 볼펜이 손에서 떨어졌다. 채원은 자리에서 일어나며 들어오는 사람을 바라보았다. 무테안경을 쓴 남자의 양복 상의에는 기획실 윤상진이라는 명찰이 붙어 있었다. 날렵한 얼굴선 때문인지 다소 날카로워 보였다.

"전무님 계시죠?"

"네, 안내해……."

문을 열어주기 위해 책상을 돌아 나오는데, 남자는 손을 들어 됐다는 의사를 표시했다. 전무실로 향하던 채원의 걸음이 우뚝 멈춰졌다. 의아한 눈빛으로 보자, 긴 손가락으로 안경을 밀어 올리며 상진은 어깨를 으쓱했다.

"들어가는 곳이 바로 보여서 굳이 안내는 필요 없을 것 같네요."

서늘한 인상을 지우듯 윤상진은 부드러운 미소와 중저음의 음성으로 그녀의 무안함을 불식시켜주었다. 전무실에 노크하고 마치 제 집처럼 들어가는 남자의 뒷모습을 바라보다 제자리에 앉았다.

또 지루한 혼자만의 시간, 채원은 책상에 떨어져 있는 볼펜을 집어 들었다. 볼펜을 손가락 끝에 끼우는데 생각지도 않았던 인터폰에서 불빛이 반짝거렸다. 얼른 인터폰 수화기를 들어 귀에 댔다.

"네, 전무님."

– 미안한데 차 좀 가져다주겠어요?

"알겠습니다."

처음으로 일다운 일을 하게 된 것을 기뻐해야 하는 것일까. 커피 타는 것은 여성인권 침해라는 말들을 당당하게 해내는 여성들과 달리 일을 할 수 있다는 기쁨으로 탕비실로 향하던 채원의 입가가 일그러졌다.

"돌 맞겠네!"

아무렴 어떤가. 찌뿌듯한 몸을 이리저리 돌리다가 작은 냉장고에서 생수를 꺼내 커피머신에 넣었다. 원두커피를 넣고 전원을 올리자, 향긋한 냄새와 함께 갈색의 액체가 포트에 고이기 시작했다.

채원이 깨끗하게 씻어 뒤집어 놓았던 잔을 반듯하게 놓으며 내려진 커피를 따랐다. 상사의 취향조차 몰라 각설탕을 만지작거리다 하나씩 차받침 밑에 놓았다. 쟁반을 들고 전무실을 노크하고 안으로 들어갔다.

마주 앉은 남자들은 머리를 모으고 뭔가를 얘기하다 그녀가 들어오자 급하게 떨어졌다. 마치 비밀 얘기하는 사람들을 방해한 느낌이 들어 빠르게 손을 놀려 차를 내려놓았다. 무안하다는 생각으로 손가락 끝이 떨렸지만 큰 실수는 없었다.

"잠깐 앉아봐요."

"네, 전무님."

건휘의 말에 채원은 군말 없이 자리에 앉았다. 그녀를 위해 옆으로 자리를 비켜준 상진의 시선이 느껴졌지만 그녀는 정면에 앉은 건휘의 목 근처만 바라볼 뿐이었다. 찌르듯 느껴지는 시선, 느리게 흐르는 시간 모두가 그녀를 불편하게 만들었다.

"우선 서로 긴밀하게 협조하면서 움직여야 하니까 인사부터 해요. 여긴 기획실의 윤상진 대리고, 내 비서인 이채원 씨!"

얼떨결에 소개를 받은 윤상진에게 인사를 하면서도 채원은 건휘의 의중을 알 수가 없었다. 긴밀하게 협조를 해야 한다는 말이 궁금했지만 차분히 다음 말을 기다렸다.

"서로 얼굴 보고 인사도 나눴으니까, 상진이 너는 그만 가봐라. 참, 내가 알아봐달라고 했던 일은 조심스럽게 알아보고. 이젠 본격적으로 너에게도 적이 생길 것은 분명하고 어쩌면 힘들 수도 있겠다. 그래도 끝까지 가보자."

"능력 있는 사람은 다 먹고 살 길도 뚫리는 법이다. 내가 넌 줄 아냐?"

"쿡, 능력은 개뿔."

"확 옮겨버리는 수가 있어. 나 정도의 능력이면 어디서든 어서 오십시오, 하는 것 몰라? 인재도 몰라보는 눈이라면 아예 시작도 하지 말고 때려치워!"

채원의 눈이 커졌다 작아졌다를 반복했다. 어쨌든 최건휘는 호텔의 전무이다. 거기다 한국 그룹의 장남이자, 장래를 규정지을 수는 없지만 회사를 물려받을 가능성이 농후한 사람인데 상진의 말은 거침이 없었다. 일개 직원에 불과한 윤상진의 거침 없는 언행에 오히려 채원의 가슴이 떨려왔다. 이러다가 정말 호텔에서 쫓겨나는 것은 아닐까 그녀의 가슴까지 콩콩 뛰었다.

"새파래지는 거 봐라!"

"웃기시네. 내 얼굴이 새파랗게 질리는 걸 보려면 아마도 네가 먼저 병풍 뒤에서 향냄새 맡고 있을걸?"

"너 말고."

건휘가 턱으로 채원을 가리켰다. 상진이 고개를 돌리자, 채원이 얼른 머리를 숙였지만 옆에서 들리는 웃음소리에 마냥 모른 척하고 있을 수만은 없었다.

"채원 씨, 걱정 마세요. 저 자식, 저 못 자릅니다. 절대로. 우리 스위스에서부터 둘도 없는 절친이에요."

절친?

그래서 그런가? 말을 듣고 나니 상진과 건휘의 분위기가 흡사 비슷해 보였다. 끼리끼리라고 하더니 두 사람 다 그녀의 심장을 들었다 놨다를 자유자재로 한다. 별로 유쾌하지 않은 기분이다. 걱정은 스르르 잦아들고 겨우 깃들었던 표정도 스러졌다.

"제 앞가림도 제대로 못하는데 남 걱정할 오지랖은 가지고 있지 않습니다."

"앗! 한 방 먹었네요. 하긴 자기 앞가림만 똑바로 해도 민폐는 안 저지르겠죠. 너도 잘 들어라! 비서님이 아주 세네."

상진의 말에 숙였던 고개를 들었다. 두 사람끼리의 대화에 깊숙이 개입될 이유도 없다는 생각에서였다. 그리고 그녀가 지금 누굴 걱정할 처지인가. 제 입으로 한 말처럼 자신의 앞가림만으로도 벅찬 사람이었다.

"우리 비서가 좀 무섭지. 그래서 차 심부름도 눈치보고 못 시켰다. 이거 우리 비서님이 내 방으로 발령 나고 처음 가져온 차다. 그러니 영광인 줄 알고 싹 비워."

"오호!"

무안하게 사람 면전에다 두고 투명인간 취급을 하는 말을 하자, 채원은 눈에 힘을 주고 침묵을 지켰다.

"영광입니다."

"다 마셨으면 나가라. 우리 비서님과 난 할 얘기가 남아 있어서."

"알았다."

상진이 민망하게도 커피 잔을 완전히 비우고 일어서자, 채원도 일어나 자리를 비켜주었다. 가벼운 목례를 하는 상진의 인상은 건휘와 대화를 나누는 것을 봐서 그런지 처음처럼 날카롭게 보이지는 않았다. 그리고 곧 의외의 상황에 채원의 눈이 커졌다.

"그럼 전무님, 나가보겠습니다."

"그러세요."

조금 전과 분위기가 완전히 바뀌어 있는 그들의 태도에 채원은 어안이 벙벙할 따름이었다. 한 눈을 살짝 감아 윙크를 하는 상진의 모습도 전혀 적응이 되지 않는다.

"저 자식이!"

문을 열고 나가는 상진의 뒷모습을 보며 건휘가 싱겁게 중얼거리는 소리가 들렸지만 채원은 친구들끼리의 의례적인 말이겠거니 생각했다.

"왜 그러고 서 있어?"

"하실 말씀이 따로 있으십니까?"

"있다고 했잖아."

웃음이 담긴 건휘의 모습이 생소했다. 혹시 자신에게 불만이 있는 것은 아닌가 생각도 했기에 긴장한 표정이었다.

"안 잡아먹는다고 커밍아웃도 했을 텐데?"

"잡아먹힐 정도로 약하지도 않아요."

"그럼 뭐가 무서워서 그러고 서 있어?"

"안 무섭습니다."

건휘의 미소가 짙어졌다. 안 무섭다는 얘기가 꼭 무섭다는 말처럼 들렸다. 경계심을 드러낸 채 거리를 두는 그녀에게 긴장을 풀 시간을 주고 싶었다. 출근도 그보다 먼저 했고, 그가 사무실에 들어서면 긴장한 표정으로 벌을 서듯 일어서는 그녀를 볼 때마다 신경이 쓰여서 차조차 달라는 말이 나오지 않았다.

지금도 그의 앞에 그림처럼 앉아 있는 채원의 모습은 변함이 없다. 일단 그녀의 경계심을 없애야만 함께 일을 하는 데 무리가 없다는 판단에 상진과 함께 있는 곳에 불렀다. 그의 개인적인 부분을 보여주면서 그녀의 개인적인 모습을 엿보고 싶은 욕심. 물론 그녀의 협조가 필요한 일이긴 했지만 작은 소득을 얻은 기분이다.

"일주일 동안 실컷 놀았지?"

"……네."

일을 부러 주지 않았음에도 별다른 항의조차 하지 않고 비서다운 대답을 내놓는다. 이채원은 참 반듯하다. 너무나 반듯해서 부러질 것처럼 위태롭게 보인다. 건휘는 눈을 가늘게 뜨고 채원을 진한 눈빛으로 응시했다.

"그럼 앞으로는 일 열심히 하겠네?"

"일부러 놀고 있었던 것은 아닙니다. 물론 전무님께서 더 잘 아시겠지만."

'그렇게 나와야지!'

건휘의 입가가 슬그머니 늘어졌다. 만족한 기운이 가득한 마음과 달리 말은 서늘할 정도로 딱 부러지게 흘러나왔다.

"일부러 논 것은 아니다……. 내 탓이라는 말 같은데?"

채원은 대답 대신 입을 다물었다. 에둘러 변명을 하는 모습보다 낫다. 거짓말을 하는 것보다는 훨씬 좋고. 입에 발린 말로 얼마든지 비켜갈 수 있는 상황인데도 정면 돌파를 하는 면도 맘에 든다.

"그럼 일해야지. 호텔 각 부서의 매출현황부터 각 부서에 배치된 인원들의 특성까지 모두 파악해 보고서 올려요."

건들거리며 말을 하던 건휘의 표정은 진지해졌고, 말투와 억양마저 바뀌어 있었다. 채원은 그의 눈을 똑바로 응시하며 지시하는 내용을 머리에 저장했다.

"알겠습니다."

"미흡한 부분 없이 한눈에 알아볼 수 있도록 잘 정리해서 내일 아침까지 내 책상에 가져다 놔요. 그럼 일 시작할까요?"

"네, 전무님."

"참, 하나만 묻지. 솔직히 대답해줄 수 있나?"

채원은 나가려고 일어나던 몸을 굳히며 건휘를 빤히 바라보았다.

"경마장에서 이채원 씨…… 유난히 내 손길에 거부 반응을 보인 것 기억나나?"

채원은 고개를 끄덕였다. 그 일로 말도 안 되는 추측성 발언을 해놓고 뻔뻔하게 되묻는 의도를 모르겠다.

"이유라도 있나?"

채원은 잠시 고민을 하듯 망설이다가 이내 힘겹게 말을 내놓았다. 더 이상의 오해는 사양이었기에.

"목장이 망했을 때, 많이 시달렸습니다. 그래서…… 타인이 절 만지는 것에 유독 민감한 반응을 보이게 됐어요."

건휘의 얼굴이 그녀를 살피듯 쳐다보았다. 잠시 뜸을 들인 후, 고개를 끄덕이더니 말간 미소를 지었다.

"나가봐요."

건휘의 말에 채원은 쟁반을 들고 전무실을 나갔다. 건휘는 두 팔을 위로 쭉 뻗었다가 모아서 뒤통수를 받친 채 소파에 기댔다. 아무렇지 않게 말하려고 노력하지만 아직도 과거의 상처를 그대로 간직한 채원의 모습이 안쓰러웠다. 하긴, 쉽지 않았을 것이다. 힘든 시간을 이겨내고 당당하게 자립한 그녀를 칭찬하고 싶었지만, 그것마저도 오만으로 비쳐질까 끝내 말을 하지 못했다. 그런 것도 모르고, 그녀를 아프게 했다. 뒤늦은 후회가 가슴을 따끔거리게 했지만 아무렇지도 않은 척 지그시 눈을 감았다. 다행이었다. 그의 최악의 상상이 상상으로 그쳐서. 원망하는 마음이 짙어지지 않게 되어서……, 정말로 다행이었다. 그녀가 아직도 사무실에 있는 듯 코끝을 스치는 익숙한 향기가 느껴지는 것 같아 음미하듯 호흡을 들이마셨다.

41승을 하고 겨우 정식기수가 된 만형이 그를 보는 눈길이 매서웠다. 타지 않겠다는 만형을 설득해 출전을 하게 만들었지만 승률이 좋지 않은 바람의 성적 때문에 배 마필관리사 역시 마음이 좋지 못했다.

바람이는 초반이 무척 빠른 도주마인데, 게이트가 열리자마자 흥분을 한 채 녀석이 갑자기 엇나가기 시작했다. 주변 사물에 잘 놀라는 말이었다면 눈가리개를 해서 측면을 볼 수 없게 막았을 텐데, 돌발 상황이었다. 초반의 스피드를 올려 지구력을 유지해 우승권에 진입하는 녀석의 특성상 배 마필관리사는 그때부터 계산이 틀어졌다는 것을 감지했다.

도주마가 선행을 하게 되면 기수도 말과 한 몸이 되어 최대한 속도를 내어 후미에 따라오는 말을 추월해야 했다. 가능한 최대의 거리를 벌려 막판까지 가야 하는데 만형이 고삐를 끌어당기며 마필을 제어하는 이상한 행동을 했다. 경험이 많은 만형이니 알아서 잘 제어할 줄 알았는데 그날따라 그는 전력질주를 피했다.

'혹시!'

배 마필관리사는 진형을 의심하고 싶지 않았다. 오 회장이 바람이를 탐내는 것을 알고 있지만 제 성적과 연관된 경주에서 설마……. 가끔 기수들이 승부를 조작하는 경우도 있긴 하지만 그건 어디까지나 제 이익과 상관이 있는 경우에 국한되었다. 우승을 해야 배당금도 높고, 제 승률도 올라가는데 만형이 일부러 그랬다는 심증은 우려라고 생각하며 머리에서 지웠다.

7위. 최악의 성적이었다. 아무리 나쁜 성적을 내도 중반은 유지하던 바람이 완전히 추락해버린 것이다. 만형은 물론 그도 바람이 낸 성적에 망연자실할 수밖에 없었다. 힘들게 기수가 되어 체중 조절을 하고, 승률을 높이기 위해 애를 쓰는 것을 옆에서 지켜본 배 마필관리사였기에 남형을 원망조차 하지 못했다.

"밥 먹었어?"

"체중 관리해야 합니다."

"만형아……."

화가 난 음성에 머뭇거리던 배 마필관리사가 만형에게 다가 갔지만 쌩하니 찬바람만 날리며 사무실 쪽으로 가버리자, 잡지는 못했다.

"서운해도 그렇지, 최 회장님을 생각하면 제가 그러면 안 되는데!"

쓸쓸하게 말을 하면서도 그 역시 밀고 들어오는 죄책감에 면목이 없었다. 가급적 떠올리지 않으려 노력하는 사람. 이 목장 주의 얼굴이 생시처럼 그의 눈앞을 스쳐지나갔다. 일찍이 부모를 잃은 만형을 데려다가 기수로서 기반을 잡게 해준 사람이 채원의 아버지였다. 목장에서 말도 탈 수 있게 배려해주고, 기수가 되기 위한 비용도 대주던 사람의 손에서 태어난 말을 타고 우승을 거머쥐지 못했다고 화를 내는 만형을 비난하던 그의 얼굴에 자조의 빛이 어렸다. 비단 만형뿐이랴. 하늘 목장에 있던 사람들 중 이 목장주의 도움을 받지 않은 사람은 없었다. 어렵고 힘들 때 가장 의지가 되어주던 사람에게 어떻게 등을 돌렸나…….

"머리 검은 짐승이라더니, 딱 내 꼴이군."

하지만 다시 그 시절로 돌아간다고 해도 그의 선택은 지금과 똑같았을 것이다. 그의 가족을 위해서 이기적이 될 수밖에 없는 입장. 물론 살아가면서 죗값을 받듯 종종 자괴감, 죄책감을 느끼지만 그건 어쩔 수 없는 일이다.

바람이는 곧 오건주 회장의 목장으로 가게 된다. 날짜만 정해지지 않았다 뿐이지, 최 회장의 결정이 이뤄졌으니 그의 힘으로도 어쩔 수 없는 일이다. 그가 할 수 있는 일이란 바람이가 그의 곁에 있는 동안 신경을 써주는 것뿐. 배 마필관리사는 바람이 있는 마구간을 향해 천천히 걸었다. 막 마구간 입구에 들어서는데, 안주머니에서 휴대전화의 진동이 느껴졌다. 급히 휴대전화를 꺼내 번호를 확인한 배 마필관리사의 표정이 어두워졌다.

"배진형입니다."

- 날세. 별일 없고?

"예, 회장님."

- 혹시 이채원 들르지 않았나?

"아뇨. 들른다는 말 없었는데요? 무슨 일 있습니까?"

최 회장의 입에서 채원의 이름이 나오자, 배 마필관리사는 긴장을 한 채 마른침을 삼켰다. 비서로 데리고 있으면서 그에게 따로 전화를 걸어 채원의 행동을 체크하는 것을 보면 뭔가 석연치 않은 일이 생긴 것이 아닌가 하는 걱정이 그의 안색을 질리게 만들었다. 이 목장주를 배신하긴 했지만 채원까지 막다른 골목에 다다르게 할 수 없다는 최소한의 인간적인 도리였다.

- 이채원이 가도 바람이는 보여주지 말게.

"하지만 회장님……."

말도 안 되는 소리가 아닌가. 어쨌건 바람이의 값도 치르지 않고 자신의 소유로 돌린 것을 그가 뻔히 아는데, 채원에게 바람이를 보여주지 말라는 인색한 처사에 반발심이 들어 말을 꺼내고 말았다.

- 내 말에 토를 다는 건가, 지금?

"어차피 오 회장님께 바람이를 보내면 채원이가 더는 볼 수 없습니다. 인정을 베푸셔서 마지막으로 볼 수 있는 기회는 주시는 것이 옳다고 생각합니다. 그게 맞습니다, 회장님."

- 지금 나한테 훈계를 하나?

"그건 아닙니다만, 인간적인 도리가……."

- 인간적인 도리라……. 다른 사람이 그 말을 했다면 그러려니 하겠지만, 어쩐지 자네가 하는 말은 우습군.

최 회장이 뭘 말하는지 배진형은 알고 있다. 굳이 지적을 하지 않아도 제 입으로 말을 하면서도 밀려드는 죄책감은 어쩔 수 없는 노릇이었다. 하지만 그럼에도 채원의 우울한 얼굴을 떠올리면 최 회장에게 부탁을 하고 싶었다.

"회장님! 부탁드립니다."

- 자네는 이채원을 자네 딸보다 더 챙기는구먼.

최 회장의 의미심장한 말을 듣자, 더는 입을 달싹거릴 기운이 남지 않았다. 채원이의 얘기는 이쯤에서 끝내라는 단호한 지적. 정식으로 시험을 봐서 한국 호텔에 들어간 것도 아니고, 그가 부탁을 해서 들어간 딸을 적절하게 이용하는 최 회장의 영악함에 이가 갈렸다.

"죄송합니다. 말씀대로 하겠습니다."

- 모레, 바람이 데리러 오 회장 쪽 사람들이 갈 거네. 잘 처리하리라 믿네.

"알겠습니다, 회장님."

- 그럼 수고하게.

전화는 일방적으로 끊어졌다. 허망한 눈빛으로 한참을 허공만 쳐다보다 귀에 대고 있던 휴대전화를 접어 주머니에 넣었다. 최 회장에게 무슨 배짱으로 부탁이라는 것을 했을까. 딸이 아무리 오매불망하더라도 모른 척을 했어야 옳았다. 지금까지 지은 죄만 해도 감당할 자신이 없는데!

최 회장이 흔쾌히 영은을 한국 호텔에 입사시킨 것을 마냥 고마워할 수 없는 이유! 한 배를 탔기에 도와주지만 언제든 영은을 이용해 그를 위협하고 휘두를 목적이 있다는 것을 모르지 않았다. 부창부수! 최 회장과 조 여사는 지독할 만큼 닮은 사람들이었다. 그를 꼼짝달싹하지 못하게 만들어 놓고 인형처럼 뒤에서 조종하려는 모습은 이제 새로울 것도 없었다.

　'양심의 가책을 느끼나? 이미 후회해도 늦었어.'

　착잡해지는 마음을 달래듯 그는 체념을 해버렸다. 너무 많이 흘러와버렸다. 물줄기를 거스르고 올라갈 힘도, 용기도 그에게는 남아 있지 않았다. 그저 현실에 순응하며 살아가는 것이 최선이라며 자신을 다독거리는 순간, 주머니에 넣었던 휴대전화가 다시 진동음을 냈다. 최 회장인가 무심결에 휴대전화를 꺼내 귀에 대는 순간, 그는 심장이 떨어지는 놀라움을 떨리는 숨결로 대신 토해냈다.

　- 아저씨, 잘 계셨죠?

　채원이었다.

　안부를 묻는 평범한 말에도 가슴은 미친 듯이 벌렁거렸다. 조금 전의 최 회장과의 통화내용을 알고 전화를 한 것은 아닌지 엄한 상상에 머리가 텅 빈 느낌이었다.

　- 여보세요, 아저씨!

　"어, 그, 그래."

　- 혹시 통화하기 힘드세요?

　걱정이 담긴 채원의 목소리가 바로 채찍이었다. 차라리 모든 것을 다 털어놓으면 채원과 어색한 통화를 하지 않아도 되지 않나, 생각이 들 정도로 버겁고 힘들었다. 목에서 쓴물이 넘어오는 것 같았고, 눈꺼풀은 풍이 걸린 것처럼 간헐적으로 떨렸다.

"아니, 아니야."

- 저, 아저씨! 우리 바람이…….

"들었구나. 오 회장님 목장으로 곧 옮기게 됐어."

- 언…… 제요?

"내일쯤 가지 않을까 싶다."

모레라는 최 회장의 말이 있었지만, 진형은 하루를 당겨 말했다. 혹시나 바빠서 오늘 못 오면 아예 못 본다는 체념이라도 하길 바라는 마음으로.

- 제가 오늘 들를게요. 마지막으로 바람이 봐야 하잖아요.

이럴 줄 알고 최 회장에게 사정을 한 것인데! 매몰차게 거절당한 말이 귓가에 맴돌았다. 다른 사람도 아닌 딸을 들먹이는 최 회장의 말을 들은 터에 채원에 대한 값싼 동정심 따위는 날려버려야 했다. 사람이 할 짓이 아님을 알고는 있지만, 딸과 채원은 비교대상이 되지 않았다.

"힘들겠구나. 오 회장 쪽에서 바람이를 관리하기 시작했거든. 나도 보기 힘든 형편이라, 아마 네가 온다고 해도 바람이를 볼 수는 없을 것 같구나."

- ……어떻게 안 될까요?

"너도 알잖니. 나 역시 고용인인데, 내가 무슨 힘이 있겠어."

입에서 거짓말이 술술 나왔다. 자신이 듣기에도 어쩔 수 없다는 체념이 가득 담긴 말에 토를 달기란 힘이 들 것 같다.

- 그렇죠.

"미안하구나."

최소한의 양심의 사과, 하지만 값어치는 한 푼도 없는 가볍고 경박스러운 언행일 뿐이라는 생각에 고개가 푹 숙여졌다.

- 그런 말 하지 마세요. 그동안 바람이 잘 챙겨주셨는데……. 아저씨, 부탁드릴게요. 바람이 마지막 가는 모습 꼭 봐주세요.

"그건 걱정하지 마라, 꼭 봐줄게."

- 고맙습니다, 아저씨! 정말 감사합니다.

채원의 거듭된 인사를 듣기 힘들었다. 진형은 들리지 않게 수화기를 막고 깊은 한숨을 내쉬었다.

"저기, 채원아…… 누가 날 부르는구나. 다음에 또 통화하자."

- 죄송해요, 그럼 잘 부탁드려요!

"그래."

이번에는 그가 먼저 전화를 끊었다.

최 회장의 선견지명이 섬뜩했다. 채원이에 대한 그의 집요한 관찰 역시.

그라면 절대 채원을 곁에 두고 있지 못할 것이다. 학비를 대주었다고 생색을 내지만 고등학교 2학년 때와 3학년 때를 제외하면 뛰어난 성적으로 제 혼자 힘으로 대학을 다녔다. 최 회장에게 신세를 지고 싶지 않다면서 대학을 다니는 내내 아르바이트를 하며 공부하던 모습을 그는 선명히 기억하고 있다.

그런데 그런 아이를 대학도 졸업하기 전에 회사로 불러들인 최 회장의 독함에 그는 치를 떨었다. 다시 보기에도 껄끄러울 텐데, 태연하게 비서로 부리며 자신을 수발하게 만든 최 회장의 의중을 짐작조차 할 수 없다.

"바람이가 오 회장에게 가면 더는 볼 일이 없겠지."

매번 얼굴을 대할 때마다 어렵고 곤혹스러웠다. 자상한 아저씨로, 아버지의 기억을 공유하는 사람으로 생각하며 채원이 친근하게 대할 때마다 그는 최 회장을 원망했다. 차라리 눈에서 안 보이면 이런 감정 따위를 느끼지 않아도 될 텐데.

이제 바람이도 없으니······.

한편으로는 씁쓸했고, 또 한편으로는 홀가분한 자신의 이중성 역시 이가 갈릴 정도로 싫었다. 하지만 어쩌랴! 이렇게 살아가는 법밖에는 모르는 사람인데. 그나저나 영은이는 호텔에서 생활을 잘하는지 궁금했다. 아직 들고 있는 휴대전화를 내려다보다 미련을 떨치듯 고개를 흔들었다.

"무소식이 희소식이지. 괜히 바쁜 애한테 전화하면 뭐 해."

호텔 근처에다 원룸을 얻어 지내는 딸의 얼굴을 본 지가 한참은 지났다. 전화통화 역시 뜸하니 궁금증은 더했다. 거기다 최 회장이 영은이를 들먹인지라 그의 상념은 길게 이어졌다. 까무룩 어두워지는 하늘처럼 그의 마음에도 짙은 그림자가 어른거렸다.

휴대전화를 책상에 내려놓는 채원의 눈동자에 맑은 눈물이

맺혔다. 언젠가는 바람이를 보지 못할 날이 온다는 것을 알고 있었지만, 이렇게 빨리 그 시간이 도래할 줄은 몰랐다. 오 회장이 막는다고 해도 잠깐은 볼 수 있지 않을까 미련이 들었지만, 배 마필관리사의 난감한 어조가 그녀의 행동을 막았다.

"할 일이 꽤 많을 텐데, 아직 한가한가 보네요?"

전무실에서 나오던 건휘가 그녀의 텅 빈 책상을 바라보며 비아냥대듯 말을 했다. 채원은 자리에서 일어서며 눈물이 그렁그렁 매달린 눈을 들키지 않기 위해 바닥만 쳐다보았다.

"무슨 일 있나?"

"……없습니다."

가까이 다가오는 그의 기척을 느끼며 무의식적으로 몸을 뒤로 뺐다. 책상을 사이로 두고 선 남자의 존재감에 채원은 혹시나 울음이 터질까 볼 안쪽의 살을 강하게 물었다. 여린 살이 터졌는지 비릿한 피 맛이 났지만, 저의 약한 모습을 그에게 들키는 것보다 낫다는 생각이 들었다.

"하품했나 보네. 눈물까지 고일 정도로 무료하다면 일 더 줄까?"

"됐습니다. 과할 정도로 많아요."

"과한 줄 아는데도 이렇게 있다……라. 내일 아침까지 완벽하게 끝내서 내 책상에 놔주세요. 그럼 먼저 퇴근합니다."

그는 뚫어지게 쳐다보던 눈길을 태연히 돌려 휘파람까지 불며 사무실을 빠져나갔다. 얄미워! 사람을 조마조마하게 만들어놓더니 결국 먼저 퇴근한다는 자랑을 하는 것인가. 탕! 문이 닫히는 소리와 동시에 다리의 힘이 풀렸다. 그러다 채원은 허탈한 웃음을 터뜨리고 말았다. 참 타이밍을 잘 맞추는 남자다. 이상하게도 그녀의 가장 극적인 순간을 저 남자에게 들키고 마니 말이다.

채원은 자리에 앉아 컴퓨터의 전원을 켰다. 바람이를 생각하면 아무 일도 손에 잡히지 않을 것 같지만, 최 전무가 경고한 대로 내일 아침까지 일을 마쳐야 한다는 것도 무시할 수 없었다.

호텔의 조직도는 이미 정리해두었고, 각 부서에 근무하는 직원의 이름부터 고객들이 선호하는 것들도 분류를 해야 한다. 호텔은 잠을 자고, 음식을 먹는 장소로 생각했을 뿐인데, 막상 컴퓨터 모니터에 분류된 각 부서의 종류만 해도 엄청났다. 휘트니스, 연회장, 하우스키핑, 호텔주장, 바, 라운지, 펍, 나이트클럽, 엔터테인먼트 센터, 주방, 부대사업장까지 정리를 모두 하려면 밤을 새도 모자랄 것 같았다.

"휴우!"

채원은 입고 있던 블라우스의 소매를 걷고 손가락을 허공에 쫙 펼쳤다가 키보드 위에 올려놓았다. 밖은 이미 컴컴해져 있었고 그녀의 일은 이제 시작이었다. 배고픔을 느낄 새도 없이 채원은 모니터의 자료를 정리해 나갔고, 식음료 파트에 있는 배영은이라는 이름을 보고 잠깐 손을 멈칫했다.

"그러고 보니 얼굴도 한 번 못 봤네."

그녀에게 누구보다 고마운 배 마필관리사의 딸이었다. 친하게 지내는 사이는 아니지만 서로 얼굴을 못 알아볼 사이도 아니었다. 어쨌든 호텔에 발령이 났고, 이제는 한 직장에서 지내니 짬을 내서라도 먼저 찾아가봐야겠다는 생각을 하며 시큰한 눈가를 주물렀다. 모니터뿐만 아니라 메모를 하던 노트도 빼곡하게 글자로 채워졌고, 모처럼 일다운 일을 하게 된 채원은 시간의 흐름조차 잊고 열심을 다했다.

똑똑.

노트에 써놓은 내용을 컴퓨터에 정리하는데 노크 소리가 크게 났다. 눈을 들어 본 시계바늘은 저녁 9시 근처를 향했고, 이 시간에 들리는 노크 소리는 예사로 들리지 않았다. 찾아올 사람도 없는데 덜컥 겁이 났다.

"누구세……, 전무님!"

"집에 갔다가 말이지, 밥도 챙겨먹을 융통성이 없는 비서 생각이 다시 왔지. 밥은 먹고 일하는 거야?"

"머, 먹었습니다."

뻔히 보이는 거짓말을 하며 채원의 눈은 건휘의 손에 들린 종이가방으로 향했다. 일식집 로고가 찍힌 종이가방을 그녀의 책상 위에 올려놓으며 그는 어깨를 가볍게 으쓱했다.

"먹고 해. 이 집 맛있더라고."

"이유 없는 친절, 괜찮습니다. 전무님이 사주신 식사는 첫날로 충분합니다."

채원은 건휘의 굳어지는 얼굴을 보면서도 종이가방을 밀었다. 누군가의 관심도 받고 싶지 않았다. 과거, 그녀에게 향했던 측은하다는 눈빛과 동정심은 충분할 정도로 그녀를 비참하게 만들었다. 더는 겪고 싶지 않았다. 과거에 안면이 있다는 이유로 호의를 받을 필요는 없다. 그냥 그의 비서로, 공적인 관계로 머물고 싶었다. 배려와 우대는 바라지 않는다. 진심으로.

"그럼 버려."

싸늘하게 말을 하는 건휘의 눈빛에 노여운 기색이 들어찼다. 자신의 호의가 값어치 없게 되어버린 분노일까. 아니면 겨우 비서 따위에게 무시당했다는 기분 나쁨일까. 어떤 것이든 상관없었다. 채원은 이유 없이 휘몰아치는 화로 이성이 잠식당하고 말았다. 항상 선택은 그녀가 하지만 그렇게밖에 선택할 수 없는 상황이 싫었다. 호텔로 온 것도, 최 회장에게 신세를 갚아야 한다는 비굴할 수밖에 없는 처지도.

"제 손으로 처리하고 싶지 않습니다. 그럼."

채원은 차갑게 일갈을 하고 자리에 앉았다. 형광등이 켜진 상태로 서 있어 그의 그림자가 길게 그녀의 몸을 덮어왔다. 고집스럽게 한 자리에 서서 그녀를 바라보는 시선의 무게가 그림자의 무게와 합쳐져 버거웠다. 신경이 팽팽하게 당겨진 것처럼 툭 건들기만 하면 끊어질 것처럼 위태로웠다.

왜일까.

왜 이렇게 화가 나는 것일까.

늦게까지 일을 하는 비서를 위해 저녁을 준비해준 다정한 상사에게 고마움을 느껴야 정상이 아닌가! 그런데 눈에 들어오지도 않는 모니터 글자에 시선을 고정한 채, 그녀는 건휘를 무시하고 있었다.

"넌 변한 것이 없구나!"

빈정거림인가?

자신을 얼마나 안다고 단정 지어 말하나!

묘한 반발심이 고개를 불쑥 내밀었다. 저를 안다고 말하기에는 무리가 있는 몇 번의 만남! 의미가 퇴색해버린 그 시간에 대한 거론조차 반갑지 않다는 것을 모르는 것일까. 어린 날의 치기 어린 이채원은 아버지의 죽음과 목장의 부도로 끝이 나버렸다. 혼자 살기 위해 바동대며 이 자리에 올라온 그녀인데 마치 다 안다는 듯 찔러보는 그의 모습은 잔인함 그 자체였다.

"우월감인가요, 아님 만용?"

그녀의 입에서 이죽거리는 말이 거침없이 흘러나왔다.

"내가 우월감을 내보인 적이 있던가?"

"마치 거지에게 적선하듯 저녁식사까지 챙겨주시는 것 사양한다고 분명히 말씀드렸습니다. 그리고 자꾸 예전의 얘기를 꺼내시는데, 그런 말 별로 듣고 싶지 않아요. 전무님의 비서이지, 예전의 추억 따위나 나누는 사이는 되고 싶지 않습니다."

"그래?"

"네."

채원의 시선은 여전히 컴퓨터 모니터에 못 박혀 있었기에 빙그레 웃음을 짓고 있는 건휘를 보지 못했다. 다만 따끔하게 와 닿는 그의 시선이 불편해 얼굴이 한층 더 굳어질 뿐이었다. 함께 일을 시작한 후, 가장 긴 대화였고 가장 격렬한 부딪침이었지만 둘 중 누구도 먼저 물러서는 이가 없었다.

고슴도치 같군.

타인의 접촉은 피한 채, 혼자 몸을 옹송그린 채 자신을 보호하며 살아왔을 채원의 과거를 보는 것 같아 웃음이 그리 밝지는 못했다. 그나마 감정을 발산하며 그에게 정직하게 부딪쳐 오는 채원이 고마울 따름이었다.

"먹든지, 버리든지 알아서 해."

"전무님, 전!"

"치우는 일은 비서가 할 일 아닌가?"

눈썹을 삐딱하게 올리며 말을 하자, 채원의 입술에서 거친 숨이 밀려나왔다. 화를 참는 모양이다.

"저녁도 마다하고 전념하는 결과물, 기대가 커."

건휘는 미소를 지은 채 말을 마치고 좁은 비서실 문을 밀고 나왔다. 차마 바로 자리를 뜰 수가 없어 문 밖에서 귀를 곤두세운 채 안의 기척을 살폈지만 고요하기만 하다. 성질을 부릴 줄 알았는데 의외였다.

······버릴까?

고심 끝에 고른 일식집에서 포장해 온 초밥과 장국이 든 종이가방의 행방이 궁금했지만 다시 문을 열고 들어갈 생각은 없었다. 결계를 친 듯 혼자만의 세상에 갇힌 그녀를 세상에 발을 딛게 만들고 싶었다. 무리한 수를 쓰더라도 자꾸 부딪치다 보면 언젠가는 그녀 스스로 틀을 깨고 나오지 않을까.

"헛고생 시키지 마라. 이채원."

그의 집에 처음 방문한 그 순간부터 눈을 떼지 못하게 만들던 여자. 무리수를 두어가며 자신의 곁에 불러들였지만 이유는 아직 모르겠다. 부모님의 불화, 말에 대해 광기를 드러내며 몰입해가던 부친에 대한 반발로 하루하루가 무의미하던 그 시절 하늘 목장은 그에게 숨통을 틔워주는 곳이 되어버렸다.

제대를 하고 곧바로 찾아갈 만큼 자유로운 초원과 맹랑할 정도로 당차던 채원의 모습은 종종 그리움이라는 단어가 되어 찾아왔다. 이 목장주의 갑작스러운 죽음도 몰랐고, 혼자 남아서 대학을 졸업하고 부친의 밑에서 일을 하게 된 이채원의 사연도 아직은 다 알아내지 못했다. 무시하고 지나치면 그만인데, 자꾸만 목에 걸린 가시처럼 채원이 예사로 보이지 않았다.

건휘는 여전히 침묵만 감도는 복도를 천천히 걸었다. 채원에게 한 말처럼 집에서 저녁을 먹다가 부랴부랴 나온 터였다. 일을 시켰으니 당연히 호텔에 있겠다는 계산을 하고 혹시나 고맙다는 말을 하지 않을까 가슴을 졸이며 왔는데…….

"마치 거지에게 적선하듯 저녁식사까지 챙겨주시는 것 사양한다고 분명히 말씀드렸습니다. 그리고 자꾸 예전의 얘기를 꺼내시는데, 그런 말 별로 듣고 싶지 않아요. 전무님의 비서이지, 예전의 추억 따위나 나누는 사이는 되고 싶지 않습니다."

그의 호의를 동정이라고 생각하는 말을 들을 줄이야!

하지만 그는 포기하지 않을 것이다. 그녀에 대한 감정이 동정이든 호의든 가볼 생각이었다. 눈에 아른거리고 머리에서 지워지지 않는 여자에 대한 생소한 감정에 취한다고 해도 누가 뭐라고 할 건가.

텅 빈 엘리베이터를 타고 내려와 차에 오르고도 한동안 그 자리에서 움직일 수가 없었다. 환한 불을 켜고 있던 사무실에서 불이 꺼질 때까지.

좌불안석.

지금 상황에서 가장 적절한 말이 아닌가 싶다. 보고서가 뚫어질 정도로 탐독을 하는 그에게 뭐라고 할 수도 없고, 근 10분이 넘도록 벌을 서듯 서 있었다.

"호텔 조직도와 인원파악은 끝냈고, 그럼 이 사람들이 어디에서 일하는지 부서와 매치해서 다 외웠습니까?"

입이 떡 벌어질 말을 아무렇지도 않게 내뱉는 건휘의 모습에 채원은 대답도 못한 채 당황한 모습을 지우지 못했다.

"그건 지시사항에 없어서 못 했나요?"

"죄송합니다. 정확하게 외우지는 못했어요."

"죄송할 건 없어요. 창의력이 부족한 사람은 딱 질색인데, 이 채원 씨도 하라는 대로만 하는 수동적인 사람이었군요. 조금 실망인데!"

복수를 하는 거야!

채원은 그렇게 단정했다. 사적인 앙심이 있지 않다면 꼬투리를 잡듯 시비를 걸 이유가 없지 않은가. 억울하다는 생각은 들었지만 내색할 순 없었다.

"각 부서에 대한 정보는 이만 하면 됐고. 이제는 사람에 대한 파악을 해야겠군. 이 비서!"

"네, 전무님."

"사원은 물론이고, 임원들까지 가족 관계부터 가십까지 무차별적으로 수집하도록 해요. 정보가 될지 안 될지는 내가 판단할 테니까, 화장실 습관까지 알아낼 수 있는 정보는 다 조사해서 다음 주까지 보고하도록 해요."

"네?"

채원은 눈을 깜빡이며 되물었다. 호텔에 다니는 모든 사람들에 대한 정보를 어떻게 다음 주까지 파악해 보고를 올린다는 말인가? 흥신소를 동원해도 불가능한 지시였다.

"왜, 못 하겠습니까?"

"가능하지 않을 것 같습니다."

"해보지도 않고, 무조건 못 한다?"

건휘는 채원을 다그쳤다. 손에 들고 있던 보고서를 내려놓고 손을 깍지 껴 책상에 올린 채 비스듬히 고개를 돌려 서 있는 그녀를 올려보았다.

"해보지 않아도 답이 나오는 일입니다, 전무님."

"그럼 어디까지 알아낼 수 있습니까? 임원들? 아님 직원들? 둘 다 못 하겠습니까?"

그는 작정한 듯 채원을 몰아붙였다. 마치 당연히 할 수 있는 일을 그녀가 능력이 모자라 못 한다는 투로 말을 하자, 그녀의 입술이 불만으로 뾰족하게 튀어나왔다. 내내 발휘해온 인내력은 한계에 달했고, 급기야 채원은 고개를 반듯하게 세워 건휘를 바라보았다.

"저에 대한 불만이 있으시면 말씀해주세요. 시정하겠습니다."

"그건 무슨 소리죠? 내가 언제 이채원 씨한테 불만이 있다고 했습니까?"

삐딱한 말투에 채원은 가슴이 답답했다. 뻔히 약 올리기 위해 하는 말인 것을 아는데 시치미를 뚝 떼고 대답하니 뭐라고 할 수도 없었다.

"……아닙니다."

"그런데 뭐가 문제죠?"

"우선 임원들에 대해 알아본 후 보고서 올리겠습니다."

가능한 차선책을 선택해 말을 했지만 그는 여전히 불신이 어린 투로 그녀를 삐딱하게 올려다보고 있었다.

"임원들이라……. 인원이 적어 머리를 굴린 것 같은데, 오히려 나라면 직원들을 선택했을 겁니다. 임원들의 사생활을 캐려면…… 알았어요, 다음 주까지 보고서 작성해서 올리세요. 그만 나가봐요."

"네, 전무님."

인사를 하고 나오면서도 이가 북북 갈렸다. 동정심이나 관심이 싫다고 했더니 바로 잔인하게 구는 그의 속셈이 뻔히 보였다. 보고서를 건네는 손길을 무심히 바라보다, 손을 뻗는 순간 그녀의 눈동자가 크게 벌어졌다. 스치듯 닿은 손길은 뜨거움을 넘어 야릇한 충격을 느끼게 했다.

일부러 스친 것일까?

의심이 들었지만 물을 수는 없는 말이었다. 태연하게 보고서를 그녀에게 준 건휘는 눈을 내려 모니터만 응시할 따름이었다. 전기가 흐르는 것처럼 날카로운 통증마저 자아냈던 잠깐의 스침은 혼자만의 착각처럼 느껴졌다.

뭐야, 이채원!

채원은 보고서를 꼭 쥐고 등을 돌려 사무실 문을 등 뒤로 닫았다. 숨이 일시에 터진 듯 그녀의 입을 타고 급하게 흘러나왔다. 무의식적인 반응일 뿐이다. 아무런 의미도 없고 사심도 없는 스침일 뿐이라고! 채원은 눈을 감았다 뜨며 이상한 열기에 동요하는 자신을 다독거렸다.

그래, 한다! 해 보이고 말 테다!

아르바이트를 하면서 장학금까지 받기 위해 치열하게 살았던 그녀. 전무라는 직함을 가지고 왜 임원들의 사생활까지 까발려야 하는지 이해가 되진 않았지만 상관의 지시니 따라야 한다. 녹록하지 않은 사람이라는 것을 증명하기 위해서라도 채원은 최선을 다해야겠다는 다짐을 하며 결의를 다졌다.

바짝 약이 올라 어쩔 줄 몰라 하던 채원이 나가자, 그는 앉아 있던 의자에서 일어나 창가로 향했다. 그리고 작은 스침이 있었던 손가락을 쫙 펼쳐 내려다보았다. 닿을 듯 말듯 느낌도 없을 스침인데⋯⋯. 온몸의 전기가 흐르는 것처럼 충격적인 느낌을 받았다. 의도한 것은 아니었지만 손끝에서 느껴졌던 화기는 심장으로 옮겨간 듯 열기가 번졌다.

뭐지?

아무것도 묻지 않은 손끝을 내려다보다 그 느낌을 놓쳐버릴까 저도 모르게 주먹을 쥐었다. 체온만 남은 주먹 안은 텅 비어 있을 것이 뻔한데 가슴은 수시로 움직이며 온몸에 달큰한 피를 펌프질하고 있었다.

'너라서 그런가!'

건휘는 차창 밑으로 보이는 풍경에 눈을 주며 가슴을 뒤흔드는 느낌을 지우려 애를 썼다. 호텔 진입로가 보이는 창가 밑으로 고급승용차들이 수시로 들락거렸고, 병정인형처럼 옷을 입은 도어맨들이 손님을 맞이하고 있었다.

"지금 상황을 설명했어야 하나."

중얼거리는 말을 하던 입술이 굳게 다물렸다. 그녀를 비서로 들인 것은 관심도 관심이지만 믿을 만한 조력자라는 판단에서였다. 사감이 듬뿍 묻어난 결정이지만 사람 보는 눈은 누구보다 정확하다고 자신했다.

팔짱을 끼고 한동안 밖을 내다보는데 인터폰이 아닌 휴대전화의 벨소리가 들렸다. 한국에 들어온 지 얼마 되지 않아 연락처를 아는 사람은 극소수다. 사내전화가 아닌 휴대전화로 연락을 했다는 것은 집 아니면 긴급하게 연락을 받을 긴급 상황인 것이다. 번호를 확인한 그는 미간을 찌푸린 채 휴대전화의 액정을 손가락으로 밀었다.

"네."

- 건휘구나. 바쁘니?

모친의 다정한 음성에도 미간의 주름은 펴지지 않았다. 매끄러운 말투 밑에 어떤 의도가 있을까 생각하자, 머리가 지끈거렸다. 어머니까지 의심하고 싶지 않았다. 끈끈한 정을 주진 않았지만 최선을 다해 자신을 키워준 것에 대한 믿음은 있었기에.

"간단한 통화면 가능합니다."

- 그럼 잘됐구나. 지금 호텔 양식당인데 잠시 내려오겠니?

"우리 호텔 말입니까?"

출근할 때만 해도 별다른 말이 없었는데 갑작스런 방문은 그를 긴장시켰다. 외삼촌이 어머니를 불러낸 것인가! 외부의 활동은 극도로 자제한 채 집안에서만 칩거를 하듯 지내는 어머니였다. 타인에게 어떤 의혹의 눈길도 받고 싶지 않다면서 극도로 자신을 감추었던 분의 외출이라……. 왠지 의미심장하게 들리는 말이었다.

- 오랜만에 나왔더니, 리모델링을 해서 그런지 완전히 다른 곳 같구나. 네 외삼촌이 몇 번이나 오라고 해도 귀찮아서 걸음을 안 했는데 후회가 되네. 점심시간도 다 됐는데 와서 식사나 같이 하면 안 될까?

"지금 내려가겠습니다."

역시나 외삼촌의 개입으로 어머니가 호텔에 온 것이다. 여리다고 볼 수 없는 분이 친정의 일이라면 무조건적으로 약해지는 점을 파고드는 외삼촌의 약삭빠름을 간과했다. 그가 호텔의 분위기를 파악하는 동안은 조용할 것이라고 생각했는데 미리 손을 쓰는 영악함을 방치할 수 없었다. 옷걸이에 걸린 양복 상의를 걸치고 건휘는 급하게 걸어 전무실을 나왔다.

"식사하러 갑니다."

"네, 전무님."

채원의 인사를 받는 둥 마는 둥하며 그는 양식당이 있는 층을 향해 빠르게 움직였다. 전망이 좋은 곳에 위치한 양식당의 입구에 다다르자, 빨랐던 그의 걸음이 제 속도를 찾았다. 유리창을 통해 들여다 보이는 내부는 점심시간이지만 빈 자리가 드문드문 보였다. 고가의 가격대와 타임을 적용해 할인을 하는 타 호텔과 달리 정가를 고집하는 터에 고객들이 쉽게 찾을 수 있는 곳은 아니었다.

"여기다, 건휘야."

창가에 앉은 모친은 그를 발견하고 반색을 했다. 미색의 정장에 머리카락 한 올 내려오지 않게 올린 머리, 구색을 갖춘 듯 의자에 내려놓은 옷과 같은 색깔의 가방까지 신경을 쓴 흔적이 역력했다. 맞은편에 앉아 있는 외삼촌의 모습은 쳐다보지도 않은 채 그는 모친에게 걸어갔다.

"어쩐 일이세요?"

"어쩐 일이긴. 내 아들이 출근하기 시작한 호텔에 대해서 나도 이제부터는 관심 좀 가져보려고 그러지. 앉아."

자리를 권하며 웃음을 짓는 모친에게서는 별다른 이상한 점을 찾아볼 수 없었다. 그의 출근에 맞춰 호텔에 관심을 갖겠다는 말만 뺀다면 말이다. 모친의 옆 자리에 앉자, 외삼촌이 이내 시계를 보며 시간을 확인했다.

"약속 있으십니까?"

"어, 그게…… 누님이 말씀하시죠."

"건휘야! 네가 선을 보겠다고 했다면서. 네 외삼촌이 꽤 칭찬을 하는 아가씨라 나도 괜찮다고 했다. 네가 스위스에 있을 때는 몰랐는데, 이젠 나도 며느리 볼 나이가 됐더구나. 외삼촌이 아니었다면 자각도 못 할 뻔했지, 뭐니!"

건휘의 입술이 삐뚜름하게 위로 치켜졌다. 떠보는 말이 아닌 줄은 알았지만 이토록 민첩하게 행동을 할 줄이야. 하긴 그의 존재만으로도 호텔 내의 입지가 흔들린다고 판단을 했을 테고, 요즘 부쩍 이사들과의 자리를 한다는 말도 들렸으니 행동을 시작했겠지. 건휘는 앞에 놓인 물 잔을 들어 마른 입술을 축였다.

"이제 곧 5월인데, 선보고 맘 맞으면 딱 결혼하기 좋잖아."

소녀처럼 볼을 붉히고 말을 하는 조 여사의 모습에 건휘는 속지 않았다. 소녀적인 감상 따위와는 거리가 먼 분이다. 아들이지만 적당한 선을 유지한 채 자신의 뜻대로 휘두르는 것을 좋아하는 분이 그의 모친이었다. 겉으로야 다정다감한 어머니를 표방하지만, 그녀의 손으로 건영이는 모르지만 그의 밥조차 챙기지 않으신 분이 손수 나서서 결혼은 챙기신다니 삐딱한 마음이 드는 것도 인지상정이 아닌가 싶었다.

"선을 보이실 거면 미리 말씀해주시죠. 선을 피하는 사람도 아닌데 굳이 바쁜 점심시간에 잠깐 보는 것은 별로 내키지 않네요."

"아, 그걸 미처 생각하지 못했군. 건휘야! 이 외삼촌이 이렇다. 그냥 선남선녀 만나게 해주고 싶은 마음만 앞서서 젊은 사람들의 취향을 몰랐어."

마치 만나자마자 침대로 직행하는 사람인 것처럼 이중적인 의미를 두는 외삼촌의 말에 그의 입술은 여지없이 비틀렸다.

"어머, 우리 건휘 그런 애 아냐!"

"누님, 우리 때와는 다릅니다. 또 그게 어때서요. 건영이는 몰라도 외국까지 다녀와 아무래도 개방적일 텐데, 그렇게 아니라고 하면 건휘가 마음을 다 표현하지 못하잖아요."

"건휘 그렇게 천박한 애 아니다. 건영이야 워낙 순진해서 그런 거고, 격 떨어지게 이런 자리에서 할 소리는 아닌 것 같구나. 그나저나 아가씨는 언제 오는 거야?"

"곧 올 겁니다. 어, 저기 오네요."

앉은 사람들의 시선이 일제히 양식당 입구로 향했다. 당당한 걸음걸이로 들어오는 여자의 모습이 흡족한지 옆에 앉은 모친의 입술에서 작은 감탄사가 흘러나왔다. 건휘를 살피는 조 총지배인의 눈빛을 감지했지만 건휘의 얼굴 어디에서도 일말의 감정 찌꺼기는 전혀 보이지 않았다.

"오현주입니다."

얌전한 차림새와 달리 말투는 도발적이었다. 자신감으로 똘 똘 뭉친 여자의 당찬 모습은 조 여사의 고개를 끄덕이게 만들었고, 소개를 한 조 총지배인의 얼굴까지 뿌듯하게 만들었다. 건휘는 가벼운 목례를 하며 저를 소개했다.

"최건휘입니다."

"말씀 많이 들었어요. 스위스에서 오신 지 얼마 되지 않으셨다고요."

"저에 대해 말을 많이 하셨다니 외삼촌에게 감사하다고 해야 하나요?"

그는 현주가 아닌 조 총지배인을 바라보며 가볍게 응수했다. 마치 양가의 부모처럼 양쪽에 앉았던 어른들은 말도 안 되는 핑계를 대며 곧 자리에서 일어났고, 건휘 역시 만류하지 않았다. 마치 짜고 나온 사람들처럼 행동은 물 흐르듯 자연스러웠기에 그 역시 적극 협조해주는 척을 했다.

"저에게 궁금한 것 없으세요?"

"있어야 합니까?"

"네?"

"처음 만났는데 궁금한 것이 있을 턱이 없을 텐데요. 오늘은 가볍게 식사나 드시고 들어가시죠. 저에 대해 말을 많이 들었다면 성격이 별로 좋지 않다는 얘기도 들었을 테죠. 안 그렇습니까?"

건휘의 말은 상대방이 모욕감을 느낄 수도 있을 만큼 직선적이었다. 하지만 현주는 이미 예상이라도 했던 것처럼 대수롭지 않게 넘겼다.

"성격 안 좋다는 말은 못 들었지만, 굳이 안 좋은 측면을 먼저 보여주시겠다면 봐야겠죠. 점심은 뭐로 사주실래요?"

"드시고 싶은 것 드세요."

"추천해주시겠어요?"

생각보다 질긴 여자였다. 기분 나쁜 내색이라도 했다면 인간적이라고 느꼈을지도 모르겠다.

"주방장 부르죠."

그는 가볍게 응수를 하고는 웨이터를 불러 주방장을 호출했다. 정중하고 친절한 모습으로 오늘의 추천메뉴를 설명하는 주방장의 얘기에 귀를 기울이는 현주의 모습을 살피던 건휘의 얼굴에 의아함이 떠오른 것은 그때였다.

분명 오늘 처음 보는 여자였는데 낯이 익었다. 누군가를 많이 닮았다는 느낌에 눈을 가늘게 좁혔다. 그리고 그녀가 누굴 닮았는지 깨닫고 허탈해졌다. 아버지가 내던진 서류철에서 방긋 웃고 있던 모습이 현실에서도 똑같이 재생되어 나타난 것 같았다. 부모님이 모처럼 의기투합을 한 모양이었다. 한마음으로 오 회장의 딸을 그에게 붙이지 못해 안달을 하는 것을 보면.

그럼 오 회장의 뒷배가 필요한 것인가?

머리를 때리는 강력한 사실이 떠오른 것은 그때였다. 아버지와 어머니는 그의 결혼이라는 목적을 두고 화합을 할 수 있지만 외삼촌을 개입시킬 이유는 없었다. 아버지의 소개로 만나게 될 줄 알았는데 외삼촌이라니. 의도적으로 자신의 이익을 챙기기 위한 외삼촌의 계획으로 보자면 뭔가 어긋나는 느낌이었다.

어머니까지 끼워 넣고 선을 추진한 것으로 보면 어머니와 외삼촌, 그들만의 회합으로 보였다. 오 회장을 두고 그의 아버지와 어머니가 양쪽에서 팔을 잡아당기는 모습이 연상되었다. 밖의 일에는 전혀 개입을 하지 않던 어머니였지만 소리 소문 없이 호텔이며 회사의 지분을 모으고 있다는 것은 익히 알고 있었다. 그렇다면 어머니가 외삼촌에게 힘을 실어준다는 가설이 세워진다. 하지만 왜? 의문은 남았다.

"부친이 오건주 청우실업 대표 아니십니까?"

"아니라고 말한다면 바로 들키겠죠? 제가 워낙 아버지를 많이 닮아서요. 못 알아보실 줄 알았는데 눈썰미가 좋으시네요."

담백한 인정에 현주에 대한 부정적인 인상이 약간 희미해졌다. 아니라고 잡아떼었다면 두말도 하지 않고 자리에서 일어나 사무실로 향했을 것이다. 하지만 그가 묻는 말에 놀라지도 않고 천연덕스럽게 인정을 하는 현주의 모습에 딱딱하게 굳었던 그의 입매가 부드럽게 풀렸다. 의도가 뭔지는 모르겠지만, 이 여자는 별 생각 없이 이 자리에 나왔다는 생각이 들어서였다.

"주문해도 되죠?"

"물론."

"저는 추천 요리로 할게요. 건휘 씨는요?"

"같은 걸로 하죠."

주문이 끝나자, 주방장이 돌아갔고 그녀는 낯이 간지러울 정도로 그를 빤히 쳐다보았다. 사람을 면전에 두고 무례할 정도로 쳐다보는 모습에 미안함은 전혀 감지되지 않았다. 건휘 역시 그녀의 시선을 피하지 않았다.

"맘에 들어요."

대뜸 하는 말에 건휘는 호탕한 웃음을 터트렸다.

"그쪽도 나 맘에 들죠?"

"그렇다면?"

"날짜 잡고 결혼하는 거죠. 난, 사랑 따위는 믿지 않는 사람이에요. 아니 어릴 때부터 그런 감정을 갖지 말라는 교육을 받고 컸다는 것이 더 정확하겠죠. 운이 좋다면 건휘 씨와 불같은 사랑에 빠질 수도 있지 않을까요?"

"믿지 않는다면서, 운이 좋다면이라는 얘기를 꺼낸다는 자체가 오류 아닌가요?"

"오류면 어때요! 어차피 해야 한다면 가급적 맘에 드는 사람과 하고 싶다는 생각이 틀리다고는 보지 않아요."

거침없는 발언을 들으며 건휘는 오 회장의 근엄함을 떠올렸다. 그에게 대놓고 딸 자랑을 하던 오 회장이 과연 현주의 말을 듣는다면 어떤 표정을 지을까. 솔직함에 호감을 느꼈지만, 너무 솔직한 면에 그 호감은 피어보지도 못한 채 사그라졌다.

"제가 싫은가요?"

"강요처럼 느껴지는 질문이군요."

"강요라도 하고 싶어요, 건휘 씨 처음 보고 내 맘에 꼭 들었거든요."

"첫인상이라는 것 그다지 신뢰하지 않아서 현주 씨가 말하는 얘기를 다 이해할 수는 없군요. 그리고 난 현주 씨가 믿지 않는다는 사랑, 믿거든요."

건휘의 말에 현주는 밝게 웃던 웃음을 지워버렸다. 입가가 가늘게 떨리는 모습에 건휘는 의미심장하게 웃었다.

"그 말은 지금 맘에 두고 있는 사람이 있다는 얘긴가요?"

"노코멘트."

"이봐요, 우린 결혼을 전제로 만난 사람들이에요. 사실대로 말을 해줄 일종의 의무가 있는 것 아닌가요?"

"난 여기 와서 오늘 만남에 대해 들었죠. 음식 나오네요. 식사합시다."

한 끼 식사 값을 내는 것으로 오 회장에 대한 도리는 끝을 낼 것이다. 결혼이라니! 그것도 집안 전체가 그를 옭아매기 위해서 하는 결혼이라면 군이 희생양을 자처하며 결혼이라는 제도 안으로 끌려들어가고 싶지 않았다. 어떤 의도가 담겼든, 누구의 우위를 차지하기 위한 선자리든 이 자리에서 끝을 낼 작정이었다.

"잠깐, 잠깐만요. 그러니까 최건휘 씨는 저와 결혼할 생각도 없이 어린애처럼 부모님의 손에 끌려나왔다는 소리인가요?"

"어린애를 두고 결혼하자는 말을 다짜고짜 해대던 그쪽도 그리 성인처럼 보이지는 않는군요."

웨이트리스가 다가와 음식을 내려놓았지만, 둘 다 음식에는 손조차 대지 않았다. 눈싸움을 하듯 서로를 노려보고 있어 음식을 서빙하던 웨이트리스가 놀란 눈빛으로 쳐다보는 것은 알지 못했다.

분명, 맞선 자리였어.

영은은 실수를 하지 않아 다행이라는 생각보다는 뜻하지 않게 마주친 건휘에 대한 상념으로 일에 집중할 수 없었다. 식음료부서에 있다가 레스토랑으로 배정을 받은 영은의 머릿속에는 기초부터 차근차근 배우라는 부지배인의 충고는 사라지고 없었다.

"전무님이네. 네가 저 자리 서빙했어?"

"……네."

"실수는 안 했고?"

"그럼요."

선배랍시고 그녀에게 질책하듯 묻는 말에 건성으로 대답하고는 목을 길게 뺐다. 최건휘가 제 앞에서 선을 본다니, 말도 안 돼!

"잘생기기는 했네. 호텔을 들었다 놨다 할 정도의 매력은 있어 보인다. 그래도 너! 그만 봐라. 잘하면 최 전무 얼굴 뚫리겠다. 올라갈 나무를 보고 넘봐. 딱 봐도 견적이 나오네. 우리 같은 사람들은 그냥 올려다보기만 해야 할 사람이야."

"사람 위에 사람 없고 사람 밑에 사람 없어요."

"얘가 교과서적 얘기하네. 됐고, 저기 손님 나가신다. 그릇 치워서 주방에 가져다 줘. 넋 놓고 있다가 부지배인님께 혼나지 말고."

어깨를 미는 손길 때문에 억지로 홀로 나갈 수밖에 없었다.

그는 자신이 누군지도 모를 텐데, 쟁반 따위를 들고 손님들의 비위를 맞추는 모습은 보여주고 싶지 않았다. 얼굴만 훔쳐보듯 본 것이 다인데, 이렇게 가까이 있으면서도 말조차 건넬 수 없는 처지라니…….

그의 앞에 있는 여자는 누굴까?

아마도 그럴 듯한 집안의 영양일 것이다. 그의 사회적 위치에 걸맞은 교육을 받고, 어디에 내놔도 꿀리지 않는 집안과, 재력을 앞세워 건휘의 앞에 앉아 있는 여자가 곱게 보이지 않았다.

쨍그랑.

"엄마야!"

영은은 딴 곳을 바라보며 쟁반에 그릇을 올리다 대리석 바닥에 놓쳐버리고 말았다. 소란스러운 소리에 식사를 하던 손님은 물론이고, 건휘도 이곳을 바라보고 있었다. 놀란 모습으로 선배가 다가오는 모습을 망연자실 쳐다보고 있던 영은의 얼굴이 울듯 일그러졌다.

"안 치우고 뭐 해?"

잔뜩 소리를 낮춘 질책에도 그녀는 몸을 움직일 수 없었다. 못마땅한 듯 그녀를 쳐다보며 인상을 찌푸리고 있는 건휘의 눈동자와 딱 마주쳤기에.

"너, 이따 보자!"

다급하게 깨진 접시 조각을 쟁반에 올리던 선배의 말도, 지금은 귀에 들리지 않았다. 그저 건휘의 불편한 눈빛만 그녀를 가두고 놓아주지 않았다.

"너, 정말!"

물끄러미 건휘만 바라보고 있는 영은의 팔을 선배가 잡아당겼다. 멀뚱하게 서서 있던 그녀의 무릎이 강제로 굽혀졌다. 팔목을 잡은 손길은 점점 힘이 가해져 아픔이 느껴졌다. 바닥에는 깨진 조각들이 날카로운 모서리를 드러내며 주변을 어지럽히고 있었다.

"놔주세요. 제가 치울게요."

"잘리고 싶어?"

"그릇 하나 깼다고 잘리는 호텔이면 저도 싫어요."

"너, 무슨 배짱이니?"

"그렇다는 말이에요."

입이 뾰족하게 나온 채 대답을 하며 영은은 제가 깬 접시의 잔해를 급히 주워 모았다. 손님들은 다시 식사를 시작했고, 급하게 다가와 도와준 선배 덕분에 깨진 그릇을 수습한 영은은 부지배인의 잔소리를 피해 가지 못했다.

"이 따위로 하려면 당장 때려치워!"

눈물이 쏙 빠질 만큼 무서운 호통에도 그녀는 묵묵부답으로 대응했고, 결국 희미한 한숨을 짓던 부지배인이 자리를 비켜주자마자, 서둘러 건휘를 보기 위해 종종걸음을 쳤다. 그러나 창가의 자리는 이미 비어 있었다. 주변을 두리번거렸지만 어디에서도 건휘의 모습은 찾아볼 수 없었다.

영은은 풀이 죽은 표정을 지으며, 잔뜩 벼르는 선배가 다가오는 모습을 망연자실 바라볼 뿐이었다.

five

　빨간 차가 시내의 한 오피스텔 앞에 멈췄다. 라이트와 시동이 꺼졌음에도 차에서 사람은 내리지 않았다. 아직 꽃을 피우지 못하고 몽우리만 볼록 나온 벚나무만 한적한 가로등에 비치고 있었다.

　젠장!

　핸들에 얼굴을 묻고 있던 채원의 입에서 체념적으로 욕설이 흘러나왔다. 이럴 줄 알았다면 그에게 오기나 부리지 말 것을. 그가 기한으로 준 날짜가 바로 코앞에 닥쳤지만 그녀의 수첩에 적힌 내용은 부실하기 짝이 없었다.

　차라리 지금이라도 흥신소 사람을 사? 이번 주만 해도 몇 번이나 든 생각이었다.

　문제는 돈이었다. 혼자 힘으로 마련한 오피스텔은 보증금을 제외하고 월급에서 다달이 약간의 월세가 나간다. 비서라고 해도 겨우 대학을 졸업한 그녀에게 제시된 연봉이란 사회 초년생들의 빈곤한 주머니 사정과 다를 것이 없었다. 이모가 사용하던 차를 주셨지만 이 녀석을 유지하기에도 벅찬 현실은 감히 흥신소 근처도 가지 못하게 했다. 물론 월급의 절반이 넘는 금액을 적금으로 넣기에 더욱 빠듯했지만.

"끙."

앓는 소리가 저절로 흘러나왔다. 호텔의 임원들과 안면이 있는지라 만만하게 생각했는지도 모르겠다. 하지만 한 사람의 사생활을 캐기 위해서는 많은 정보가 필요했다. 회사 내에 있는 자료로는 턱도 없이 모자랐다.

당장 내일 아침이면 다 됐냐며 물을 텐데, 기본적인 인적상황과 그들이 자주 만나는 사람 외에는 그렇다 할 정보가 전혀 없었다. 휴일까지 반납하고 매달린 일의 결과가 너무 미흡해 힘이 쭉 빠졌다. 하긴 저녁마저 거르고, 조 총지배인의 뒤를 따랐으니 당연한 이치다.

차에서 내려 집으로 향해야 했지만 머리를 들 힘도 나지 않았다. 여기까지 운전을 하고 온 것이 용하다는 생각을 하며 채원은 힘겹게 머리를 들었다. 주차장에 세운 차에서 내려 오피스텔 안으로 들어가려는데 가방 안에서 희미한 벨소리가 들려왔다. 어깨에 멘 가방 지퍼를 열고 휴대전화를 확인하는 순간, 피곤으로 젖어 있던 그녀의 눈동자가 확 벌어졌다.

받지 마!

본능은 그렇게 외쳤다. 하지만…… 이미 휴대전화의 폴더를 올리는 손길은 본능보다 더 빨랐다.

"이채원입니다."

- 지금 어디지?

"집인데요. 무슨 일이십니까?"

- 한가롭게 집에 있다면 지금쯤 보고서는 완벽하게 작성한 건가?

그럴 리가 없다는 것을 알잖아요!

질책어린 음성에 당장이라도 입술을 비집고 흘러나올 것만 같은 원망을 참아내느라, 휴대전화를 잡고 있는 손에 힘이 들어갔다.

- 왜 대답이 없지?

"죄송합니다."

- 죄송? 그 말이 의미하는 바는?

말투에 웃음기가 밴 것 같은 느낌은 그녀의 착각일까. 재미있어 하는 듯한 그의 말에도 채원은 머뭇거리며 말문을 열지 못했다. 어떤 변명을 해도 자신이 한 말을 지키지 못했다는 사실은 변함이 없으니까.

- 잠깐 나올 수 있나?

"이 시간에요?"

- 9시에 취침하는 취미가 없다면 나오지. 후회하지 않을 테니까.

시간을 확인하던 채원의 인상이 찌푸려졌다. 후회하지 않는다고? 9시가 다 되어가는 시간에 그녀를 불러내는 사람의 말이 매끈해 짜증이 일었다. 하루 종일 동동거리며 조 총지배인의 뒤를 캐느라 피곤한데 다시 운전을 해서 그가 있는 곳까지 가야

한다는 사실이 솔직히 귀찮았다.

- 왜, 싫어?

"아닙니다. 어디로 가면 됩니까?"

- 우리 집 알지? 바로 출발해.

명령조로 말하는 그에게 대꾸도 하지 못하고 채원은 몸을 돌렸다. 방금 내렸던 차에 올라, 시동을 켜고 최 회장의 집을 향해 핸들을 틀었다. 일만 아니라면 두 번 다시 발걸음을 하고 싶지 않은 곳이 바로 최 회장의 집임에도 불구하고 불만 한 번 토로하지 못한 채, 도로를 질주했다.

웅장한 저택들이 즐비한 골목에 어울리지 않는 소형자동차가 헤드라이트를 켜고 진입하는 모습이 보였다. 대문가에 기대고 서서 하얀 연기를 내뿜으며 담배를 펴던 건휘의 등이 반듯하게 세워졌다.

탁.

그의 손끝에서 불똥이 허공으로 퍼지고, 까만 재만 남은 담배꽁초는 집 앞 쓰레기통에 던졌다. 집 앞도 아닌 거리를 두고 주차를 한 채원이 차에서 내리는 모습을 지켜보다 그는 걸음을 옮기기 시작했다.

"빨리 왔네. 과속했나?"

"아닙니다. 그런데 무슨 일이 있는 건가요?"

"무슨 일 있지. 내 차로 갈까, 아니면 당신 차로 갈까?"

건휘는 채원이 타고 온 작은 승용차를 턱으로 가리키며 물었

다. 채원은 그의 큰 키를 보더니 차 문을 잠그는 것으로 의사를
표현했다.

"가지."

앞장 서 걸으며 주차장과 연결된 리모컨을 눌렀다. 삑 소리와
함께 드르르 소리를 내며 올라가는 셔터 뒤로 BMW의 SUV 차
량이 모습을 보였다. 주문을 한 지 꽤 되었는데도 오늘에서야
인수를 받은 파란색의 차량을 보면서 그는 뒤에 선 채원을 흘
끔 돌아보았다.

"차 색깔만 보면 커플 같군."

"말은 붙이기 나름이죠. 멀리 가시나요?"

채원은 그가 눈치 채지 못할 정도로 빠르게 피곤한 눈매를
누르고는 사무적인 어조로 중얼거렸다.

"멀다고 생각하면 그렇고, 아니면 아닌 거지. 당신 말처럼 말
은 붙이기 나름 아닌가? 뭐 해, 타지 않고?"

그의 재촉에 채원이 주차장 안으로 들어섰다. 차가 오자마자
시승을 할 생각이었지만 혼자 가기는 내키지 않았다. 불현듯 눈
앞을 스치고 지나는 사람, 그 여자에게 전화를 걸기까지 얼마
의 고민을 했는지 알까.

사춘기 소년처럼 그는 설레는 맘으로 그녀를 위해 차 문을 열
어주었다. 비닐커버만 급하게 벗겨 놓은 차 안에서는 새 차의
가죽 냄새가 물씬 풍겼다.

"차 키 줘봐."

"왜……."

"기사한테 시켜서 집에 가져다 놓으라고 하는 편이 낫겠어. 다시 여기까지 와 운전을 하려면 피곤하잖아."

나름 생각해서 한 말인데 채원은 뭐 이런 사람이 다 있나 하는 눈길로 그를 응시했다. 하긴 그가 생각해도 좀 머쓱한 말이기는 했다. 고양이 쥐 생각해주는 것도 아니고, 차라리 이럴 줄 알았다면 채원의 오피스텔 앞에서 기다리는 편이 훨씬 나았을 텐데. 이미 벌어진 일이었고, 그는 뻔뻔하게 일을 처리하는 쪽을 선택했다.

"싫어?"

"아닙니다."

"여긴 회사도 아닌데 딱 떨어지는 말투, 별로 듣기 좋지 않네."

"회사 일로 생각하지 않았다면 오지도 않았을 겁니다."

고집하고는.

보조석에 고집스럽게 앉아 있는 채원을 바라보며 그는 가볍게 어깨를 으쓱했다. 그러다 팔을 쭉 뻗어 그녀의 앞에 손바닥을 펼쳐보였다.

"줘."

"기사님 번거롭게 하기 싫어요."

"돈 주고 부리는 사람이야."

"하긴, 그렇겠죠. 돈 주고 부리는 사람들은 시키는 사람들 뜻대로 움직여야 하는 존재일 뿐이죠."

"말이 삐딱하군."

"죄송합니다."

불만이 가득한 눈빛을 반항적으로 번들거리는 채원의 모습에 건휘는 희미하게 한숨을 내쉬었다. 언제면 그의 진심을 바라봐줄까.

"안 줄 건가?"

채원은 망설이듯 주춤거리다 그의 손바닥 위에 낡은 차 키를 올려놓았다. 차 문을 닫고 기사를 부르려고 휴대전화를 꺼내다 말고 건휘는 손바닥 안에 있는 차 키를 힘주어 잡았다. 집까지 함께 왔다가 그가 데려다 주는 것이 나을 것 같다는 생각이 불현듯 들었기 때문이다. 그가 차를 돌아 운전석에 오르자, 채원이 의아한 듯 그를 쳐다보았다.

"차 키를……."

"생각해 보니까 다른 방법이 있더군. 출발하지."

시동이 걸리는 엔진음은 맘에 들었다. 묵직하고 중후한 소리와 함께 그는 차를 길들이듯 천천히 핸들을 돌렸다. 옆에 부러질 듯 허리를 곧추세우고 앉은 여자가 아무리 못마땅한 표정을 지어도 그의 기분은 좋았다.

첫 차, 첫 시승에, 그녀가 함께한다.

좁은 골목을 빠져 나온 차는 거침없이 도로를 질주했다. 휴일 밤이라 그런지 차량은 다른 때보다 현저히 적었고, 막히는 구간은 거의 없었다. 밟으면 밟는 대로 속도를 내는 차를 몰며, 그는 끊임없이 옆에 있는 여자를 의식했다.

그리고 인정했다.

관심!

호기심!

그리고 그가 처음 느껴보는 이질적인 감정!

이 모든 것을 그녀에게 느낀다. 이해하기 위해 이유를 찾던 일은 이제 그만둘 것이다. 전속력으로 달리는 차처럼 그녀에게 돌진해볼 생각이었다. 가다 사고가 나서 피폐하게 상처를 입는다고 해도 이미 멈출 수는 없었다. 스피드를 올리면 급브레이크를 밟아 제어를 하지만, 이미 시작된 감정은 브레이크도 듣지 않는다. 그렇기에 전속력으로, 최선을 다해 달려볼 것이다. 건휘는 작게 휘파람을 불며 어두운 도로를 그렇게 질주했다.

"여기는!"

"잠깐 기다려 봐."

경기도 이천이라는 표지판을 보고 얼마나 황당했는지 채원은 옆에 앉은 남자를 속으로 원망했다. 다시 돌아가 씻고 쉬어도 내일 출근을 하려면…… 저절로 한숨이 날 지경인데, 건휘는 기분 좋은 휘파람 소리만 내고 있으니 속이 쓰릴 수밖에. 차가 국도로 접어들자, 채원은 덜컥 겁이 났다. 포장이 된 도로라고는 하지만 자꾸만 숲속으로 들어가는 차 안에서 내색도 못하고 불안감에 떨었다. 불안감을 극도로 강하게 만든 일은 갑자기 건휘가 차를 멈추고 내렸을 때였다. 어둠 속에서 휴대전화를 꺼내 어디론가 통화를 시도했고, 서늘한 바람기를 묻힌 채 그녀의 옆에 다시 올라탔다. 한참을 달렸다. 그러다 헤드라이트에 비친 오가 목장이라는 표지판을 보고는 그녀의 가슴이 뛰기 시작했다.

외부인의 출입을 금지한다는 푯말에도 그는 차를 멈추지 않았다. 그리고 작은 불빛이 흘러나오는 목장 입구에서 차를 멈춘 채, 기다리라는 말만 남기고 어둠 속으로 사라졌다. 오가 목장은 청우실업 대표인 오 회장이 소유한 곳이었다. 바람이가 팔려간 곳, 안녕이라는 인사도 못하고 헤어진 바람이 있는 곳이었다.

조급한 마음에 차에서 내린 채원은 코끝을 간질이는 목초지의 향기에 눈을 감았다. 제주도의 비릿한 바다 냄새가 섞인 것과는 차원이 다른 공기였지만, 매연으로 찌든 공기와는 확연한 차이가 있는 상쾌함을 몸 속 깊이 흡수했다.

타닥타닥.

멀지만 희미하게 들리는 소리에 그녀의 눈이 떠졌다. 규칙적으로 들리는 말발굽 소리, 자갈 사이를 걷는 사람의 발자국 소리와 함께 점점 선명하게 들려오고 있었다. 소리가 나는 쪽으로 그녀가 달리기 시작했다.

"성급하긴. 기다리라니까."

핀잔을 주는 건휘의 목소리가 들렸지만, 그녀의 눈에는 오직 바람이의 모습만 가득했다. 어둠 속에서 해후를 한 바람은 그녀를 알아본 듯 꼬리를 치며 머리를 흔들었다.

"바람아!"

채원의 떨리는 음성이 약하게 새어나왔다. 믿어지지 않았다.

다시는 못 볼 줄 알았던 바람을 이렇게 만날 줄이야! 그것도 얄미워하며 속으로 욕설을 늘어놓던 그로 인해 보게 될 줄은 전혀 몰랐다.

"뭐 해, 가까이 오지 않고."

멀찍이 서서 차마 가까이 다가오지 못하는 채원을 재촉하며 건휘는 환한 웃음을 지었다. 오는 내내 뚱하게 표정을 굳히고 있는 그녀를 보며 입이 간질거렸지만 지금 이 순간을 위해 침묵을 지켰다. 그리고 그의 예상대로 기뻐하는 채원의 모습을 보자, 가슴 한쪽이 뻐근해져왔다.

생각 외로 오현주는 쿨한 여자였다. 바람이가 오 회장의 목장에 팔려갔다는 얘기를 접하고 그는 오현주에게 전화를 걸었다. 바람 맞은 여자에게 부탁하는 소리가 나오느냐며 핀잔을 주었지만 그녀는 언제든 제 이름을 대고 목장에 들러 말을 보라는 후한 인심을 썼다. 건휘는 첫 외출이자 채원과의 첫 시승식의 장소로 이천에 있는 오가 목장을 선택했고, 모처럼 경계심을 푼 채원을 뒤에서 부듯한 눈길로 지켜보았다.

"네 주인한테 가야지, 바람!"

그의 말에 자극을 받은 듯 바람이 채원을 향해 먼저 움직였다. 타닥타닥, 말발굽소리와 함께 그도 박자를 맞춰 걸었다.

"바람아!"

채원은 제 앞에 선 바람의 머리를 부드럽게 쓸었다. 피하는 법 없이 그녀의 손길을 받아들이는 놈의 거만한 모습이 부러울 지경이었다. 마치 사랑하는 연인을 쳐다보듯 애절함이 가득 담긴 눈빛으로 바람을 쳐다보는 채원의 곁에 건휘가 다가가 섰다. 그리고 손에 쥐고 있던 고삐를 그녀의 손에 쥐어 주었다. 바람의 아비인 퍼블리싱을 만지지 못하게 부친에게 일장연설을 늘어놓던 그 맹랑했던 시절, 그녀에게 좌절과 불행이 오기 전의 세월을 돌려주듯 건휘는 부드러운 그녀의 손에 말고삐를 완전히 넘겨주었다.

바람이가 조련사의 손에 의해 마구간으로 옮겨지는 것에서 눈을 떼지 않았던 채원은 아쉬움을 달래듯 몸을 돌렸다. 아쉬움과 서운함은 어쩔 수 없는 감정이다. 바람이를 온전히 그녀의 곁에 둘 수 없는 한 느껴야 하고 이겨내야 하는 감정일 뿐이었다.

"고마워요."

그녀가 바람이를 맘껏 볼 수 있게 뒤에서 기다려주던 건휘에게 채원은 모기만 한 소리를 냈다. 괜히 그의 의도를 의심하고 맘대로 원망을 했던 시간이 미안했다. 그의 속 깊은 배려에 꽁꽁 얼어 있던 마음에 해동이 시작되었다.

"공치사 같아서 안 하려고 했는데!"

"그럼 하지 마세요."

"뭐?"

"하지 말라고요. 말 안 해도 힘들게 마련한 기회라는 것 잘 알아요."

"그래, 그럼. 안다고 쳐."

"안다고 치는 것이 아니라 알아요. 고맙게 생각해요."

달각달각, 발밑에서 움직이는 자갈들이 내는 소리에 귀를 기울인 채, 그들은 차로 향했다. 껌껌한 하늘, 나무들이 없는 너른 목장 터의 긴 울타리, 그리고 조금은 싸늘한 봄의 한기를 가라앉혀 주는 옆 사람의 온기. 깊은 밤이 무색하게 하늘에 뜬 별들은 유난히 반짝이는 것만 같았다.

"참, 내일 기대해도 되나?"

"아, 맞다."

채원은 누그러진 신경에 몇 시간 전만 해도 안달복달했던 현실을 잊고 있었다. 건휘의 지적이 아니었다면 이 밤의 느긋함에 취해 내일의 걱정 따위는 마음에 담지도 못했을 것이다. 채원은 옆에 선 남자의 눈치를 살폈다. 어떻게 말을 해야 하나…… 하는 걱정을 가득 담은 눈길로.

"왜, 다 못 했어?"

"……네."

"꽤 자신만만하게 말을 했던 것 같은데?"

"세상을 쉽게 봤나 봐요. 모질게 당했으면서도 무슨 자신감인지, 나도 내가 참 한심해요. 전무님, 죄송해요. 시간을 주신다고 해도 제 능력 밖의 일인 것 같습니다. 다른 일을 맡겨주신다면 최선을 다할게요."

솔직하게 자신의 모자람을 시인했다. 채원의 말에 주머니에 손을 넣고 걷던 건휘의 걸음이 느려졌다. 아마도 질책을 하리라. 자신했던 일을 끝마치지 못한 것에 대한 질책은 당연히 받을 생각이었다.

"채원 씨, 잘못했으면 당연히 대가가 있는 것은 알지?"

"네."

"각오는 됐나?"

채원은 고개를 끄덕거렸다. 차라리 매도 일찍 맞는 편이 낫다. 내일 아침까지 마음을 졸이며 있는 것보다는 지금 따끔하게 혼이 나는 편이 홀가분할 것 같았다.

"네."

"내가 어떤 벌을 줄 줄 알고?"

"잘못에 대한 책임은 지겠습니다."

"그래?"

그의 짧은 말이 오히려 더 가슴을 무겁게 짓눌렀다. 마치 그녀의 실패를 예상이라도 한 듯 크게 화를 내지 않는 것에 일말의 희망을 걸었다. 그가 걸음을 멈추고 그녀 앞으로 다가왔다. 채원은 긴장을 풀기 위해 숨을 크게 쉬었다.

"눈 감아."

"네?"

"눈 감으라고."

그의 엄한 말투에 얼떨결에 눈을 감았지만, 곧 항의를 하기 위해 입을 열었다. 그 순간 어깨를 강하게 조이는 손길과 함께 타인의 호흡이 입 안으로 밀고 들어왔다.

"흡."

도리질을 쳤지만 뒷목을 강하게 잡는 손길에 꼼짝을 할 수가 없었다. 입 안을 파고드는 화끈한 열기가 모든 것을 태울 듯 뜨거웠다. 안 된다고 고개를 드는 이성까지 모두 태워버리듯.

격하게 반항을 하던 그녀의 움직임이 거짓말처럼 멈췄다. 그의 가슴을 밀기 위해 닿았던 손길은 옷깃을 잡는 것으로 바뀌었다. 말캉하게 닿는 입술, 그리고 뜨거운 불길처럼 몰려들어 유혹하는 혀. 얽히고 당겨졌다. 서툰 움직임을 알아채고 적응할 시간은 주는 그의 움직임에 맞춰, 하나가 되어버렸다.

"이건…… 벌이 아니야."

입술 위에서 들리는 움직임에 소리가 덧입혀졌다.

"지금부터 벌이 뭔지 알려주지."

거부하지 못하게 잡았던 뒷목이 놓여지고, 그의 손이 허리와 어깨를 감싸왔다. 그와 빈틈이 없이 밀착된 몸, 감은 눈 위에 닿는 촉촉한 입술, 얇게 열리진 채원의 입술 안에서 흘러나오는 떨리는 숨결!

벌을 준다고 했는데 너무도 달콤했다. 타인의 체온으로 자신이 이토록 달뜨게 될 줄이야! 감질날 정도로 느린 움직임에 항의하듯 그녀의 입술에선 재촉하듯 달콤한 숨결이 연신 흘러나왔다.

"열어줘."

그의 말대로 입술이 열렸다. 상흔을 고스란히 간직한 가슴까지도. 마법처럼 그의 말 한 마디에.

"착하네."

채원은 그의 부드러운 말에 가슴 깊은 곳에서 뜨거운 뭔가가

치미는 것 같았다. 아빠가 그녀에게 늘 들려주던 말을 그가 하고 있다.

"하읍."

그리고 깊게 파고들었다. 숨조차 제대로 쉴 수 없이 거칠게, 뜨겁게……. 해일처럼 밀려드는 그를 받아들이기 위해 채원은 몸을 활처럼 휘었다. 허리를 든든하게 받쳐주는 그의 손길에 온전한 믿음을 보이며.

"뭐라고?"

"그게 제가 잘못 본 것인지도 몰라요."

인천댁이 변명처럼 하는 말에도 조 여사의 매서운 눈초리는 여전했다. 소파에 느긋하게 앉아 차를 음미하던 그녀가 자리에서 벌떡 일어나 현관으로 향하자, 인천댁의 표정은 사색이 되었다.

"사모님, 어디 가세요?"

"나가봐야겠어."

붙잡을 틈도 주지 않고 조 여사는 집을 나섰다. 나간다고 해서 이미 사라진 사람들을 볼 수 있는 것도 아닌데, 걸음에서는 조급함이 뚝뚝 떨어지는 것 같았다. 인천댁 역시 조 여사의 뒤를 따라 급히 집을 나왔다. 벌써 정원을 가로질러 계단을 내려가는 조 여사의 모습에 인천댁의 걸음은 뜀박질이 되어버렸다.

"사모님!"

괜히 입을 놀린 것은 아닌지, 후회가 들었다. 그냥 흘러가는 말처럼 한 것뿐인데 이런 파장을 일으킬 줄은 몰랐다. 쓰레기를 버리러 나가다가 건휘와 채원이 함께 있는 것을 보았다고 말한 것뿐인데.

"어딜 급히 가는 거요?"

오늘 따라 외박도 하지 않고 그나마 일찍 퇴근한 최 회장이 차에서 내리는 모습을 보자 인천댁의 마음은 더 허둥댔다. 최 회장을 향해 인사를 하고, 조 여사의 눈치를 살피느라 정신이 다 나갈 지경이었다. 인천댁은 괜한 입초시로 여러 사람을 잡을까 봐 벌렁대는 심장에 손을 댔다.

"당신 건휘 차 못 봤어요?"

"참, 차가 나왔나?"

조 여사는 무심한 남편의 대꾸에 화를 누를 수가 없었다. 저 사람의 관심에서 가족은 빠져 있었다. 가족이라고 해 봤자, 그녀와 건영이뿐이지만. 회사에 미친 듯이 정열을 다하다가, 그 다음은 여자, 이제는 온전히 말에게 빠져버린 남편을 그녀는 원망스럽게 쳐다보았다. 그나마 건휘에게 가지고 있던 관심이 끊긴 것이 다행이라고 해야 할까.

"왜 그래?"

"이 비서한테 연락 넣어봐요."

"이 비서? 누구, 이채원이 말이야?"

"당신한테 이 비서가 또 있어요? 얼른 전화 걸어요."

"전화는 왜?"

"글쎄, 순순히 해달라는 대로 못 해줘요?"

"이 사람이!"

겨우 동생을 설득해 여자를 소개시켜줬는데 갑자기 이채원이라니! 남편이 오 회장의 딸을 며느릿감으로 생각한다는 얘기에 그녀가 먼저 서둘렀다. 건휘를 제대로 잡고 있어야 그녀가 산다. 그리고 건영이도. 그런데 이채원과 건휘가 이 시간에 만나다니! 조 여사는 기가 막혀 말이 나오지 않았다. 거짓말하고는 거리가 먼 인천댁의 입에서 나온 말이니 의심의 여지가 없었다. 그 앙큼한 것이 건휘를 벌써 꾀어낸 것이다. 그러니 건휘가 현주에게도 시큰둥하게 반응을 보였고.

"뭐 해요, 전화 안 하고!"

"용건을 알아야 전화를 할 거 아냐!"

"이 비서가 우리 집까지 왔대요. 그리고 건휘와 함께 나갔다고요! 이 시간에 건휘와 이 비서가 만날 일이 뭐 있어요!"

동네 골목이 울리도록 시끄럽게 떠드는 조 여사를 응시하는 최 회장의 눈빛은 시리도록 차가웠다. 원래도 정이 없었지만 지금처럼 차갑게 바라볼 때면 남편이 아니라 온전한 타인처럼 느껴졌다. 그게 더 화를 돋웠다.

"여보!"

"시끄럽게 하지 말고 들어가."

"이이가, 정말! 우리 건휘가 이 비서와 말이 돼요?"

"미쳤어? 공연한 사람들 잡지 말고 어서 들어가래도!"

최 회장은 목소리를 높이며 조 여사를 닦달했다. 무섭게 몰아치는 바람에 조 여사는 등을 돌려 안으로 향하다 말고, 골목

어귀에 세워놓은 소형 승용차에 눈길이 무심히 머물렀다. 가로
등 밑에 있어 차는 유난히 눈길을 끌었다. 동네 분위기와 전혀
어울리지 않는 초라한 소형 승용차를 무심히 지나쳤다가, 그녀
의 걸음이 빠르게 그곳으로 향했다.

"이, 이런!"

인천댁의 말이 사실이었다. 가끔 집에 들를 때면 채원이 끌고
왔던 고물차. 그게 이곳에 세워진 것은 인천댁의 말처럼 건휘를
만나러 왔다는 증거였다.

"고, 고얀!"

"뭐 하나, 안 들어가고."

"먼저 들어가요!"

신경질적으로 소리를 지르던 조 여사의 눈에 자동차 앞쪽에
써놓은 휴대전화 번호가 보였다. 가로등 불빛이 있어도 글자가
선명히 보이지 않아, 차로 바짝 다가갔다. 열한 자의 숫자를 혹
시나 잊어버릴까 입술을 오물거리며 외웠다.

목적을 가진 의도적인 접근.

이채원이 건휘에게 섣불리 달려들 리가 없었다. 하늘 목장을
두고 앙심을 품은 것이 틀림없었다. 자세히는 모르지만, 남편이
정당한 방법이 아닌 수를 써서 목장을 손에 넣었다는 것은 진
작 알고 있었으리라. 모든 원흉은 남편에게 있다. 그녀는 이채원
을 그들 곁에 두는 남편이 용서되지 않았다. 보기 싫은 낯짝을
벌주듯 보여주는 남편의 행동에 치가 떨렸지만 감히 내색할 수
는 없었다.

이채원이 남편의 옆에 있는 것도 싫었다. 그녀의 사정권 안에서 밀어내려 노력했지만 수시로 집을 오가며 우울한 낯짝을 보이는 것이 징그럽게 싫었다. 최 회장에게 말을 했지만, 일언지하 무참하게 무시당했지만, 아들인 건휘와 얽힌다면…… 최악이었다. 절대 그렇게 놔둘 수는 없었다.

"여간 영악한 것이 아니야."

망했으면 국으로 처박혀 있을 것이지, 여기가 어디라고 나타나 잔꾀를 부리는지…… 가만히 두고 볼 수가 없다.

"현주와 빨리 혼사를 서둘러야겠어."

겨우 휴대전화 번호를 외운 조 여사는 이미 모두가 들어가버려 텅 빈 대문 앞에 서서 중얼거렸다. 평생을 대접받지 못하고 살았는데, 말년까지 비참하게 지낼 수는 없다. 어릴 때부터 독립적이었던 건휘가 호텔경영을 공부하겠다고 했을 때 그녀는 반대도 못 하고 속으로 가슴앓이를 했다. 오히려 건영이 호텔은 이어가고, 건휘는…….

청우실업의 외동딸인 현주만 잘 잡으면 그녀는 죄책감 없이 계획한 일을 밀고 나갈 수 있었다. 두 아들을 공평하게 사랑하면 좋으련만, 손가락 길이가 다르듯 사랑의 깊이도 다를 수밖에 없다. 내 배로 낳은 자식과 남의 자식이 같은 무게로 느껴질 리가 만무했다. 최선을 다했지만 맘은 생각대로 흐르지 않았다. 그녀의 말에 순종하며 따라주는 건영과 달리, 건휘는 아들이지만 어려운 존재가 되어버렸다.

까딱 잘못하면 위태롭게 변할 수 있는 관계라는 것을 알기에, 그녀의 고민은 길지 않았다. 누구도 그녀를 욕할 수 없었다. 지금까지 건휘를 거두어준 것만으로도 그녀의 역할은 충분히 다했으니까. 깜빡깜빡 전구의 빛이 점멸했다 켜지는 가로등을 응시하며 그녀는 추위도 느끼지 못하고 그렇게 건휘를 기다렸다.

　서울로 오는 동안 그들은 어색한 침묵을 깨지 않았다. 차라리 잠이라도 와서 그의 눈길을 의식하지 않으면 좋으련만, 눈은 말똥말똥했고 고개가 아프도록 차창 밖만 쳐다보며 어색한 시간을 견뎌냈다.

　"다 왔어."

　"……네."

　"고양이가 혀를 물어간 줄 알았네. 하도 말이 없어서. 운전하는 사람 졸리지 않게 말 걸어주는 센스도 없고, 그러고 보니 이채원 재미없는 여자네."

　채원의 볼이 붉게 달아올랐다. 얼떨결에 한 키스로 인해 이런 곤혹을 겪을 줄 알았더라면…… 알았더라도 끝내 거절하지는 못했을 것이다. 아니라고 부정을 하는 대신, 채원은 현실을 인정했다.

　"할 말 없어?"

　"너무 많은 단어들이 머리를 스쳐서 끄집어내기 힘들어요."

　"그럼, 말하지 마. 내가 상상할 테니까."

　말하지 않아도 안다는 얘기처럼 들려 가슴까지 열기가 치달았다.

"야한 상상을 해도 되는 건가?"

"후!"

더 이상 가둬 놓을 수 있는 뜨거움이 아니었기에 미약하게 한숨처럼 내놓을 수밖에 없었다. 남자를 사귄 경험이라도 있다면 이럴 때 되바라지게 받아칠 수도 있을 텐데, 아쉽게도 그녀는 꿀 먹은 벙어리처럼 가슴만 태울 뿐이었다.

"데려다줄게."

"아뇨, 내일 출근하셔야 하는데 그럴 필요 없습니다."

"또 시작인가?"

차창으로 비치는 그의 옆얼굴을 훔쳐보며 대답을 하는데, 화가 난 듯 굳어진 목소리가 불편했다.

"뭐가……."

"딱딱한 말투 질색이야. 호텔이 군대야? 이랬습니다, 저랬습니다! 아주 딱따구리가 옆에서 나무 쪼듯 그러지 마라."

"네."

"대답은 잘해."

운전대를 잡고 있던 손 하나가 뻗어와 그녀의 머리카락을 짓궂게 흐트러뜨렸다. 채원은 너무 급작스럽게 변한 그들의 대화와 행동에 당황스러웠다. 겨우 키스 한 번을 했을 뿐인데, 마치 연인처럼 구는 그와 자연스럽게 받아들이는 자신의 모습에 적응이 되지 않았다.

"어색해하지 마. 싫으면 싫다고, 좋으면 좋다고 나한테는 말해도 돼."

"그럴게요."

"공염불 외지 말고."

"네."

"착하다."

그의 손길이 거두어지자, 허전함이 들었다. 뜨끈하게 정수리를 달구던 온기가 벌써 그립다니…… 정에 굶주릴 정도로 애정을 받지 못한 것도 아닌데, 괜스레 눈가가 뜨끈해져 왔다. 제 처지를 잊지 않기 위해 독하게 품었던 마음 언저리를 저 남자는 너무도 쉽게 녹였다. 힘들게 얼린 공도 없게.

"내리지 마."

그의 집에 거의 다 왔을 때쯤, 건휘의 굳어진 목소리에 채원은 정면을 쳐다보았다. 최 회장의 집 대문 앞에 앉아 있는 하얀 실루엣은 곧 정체를 드러냈다.

"저도 내릴게요."

"말 들어."

그는 브레이크를 밟아 차를 세우자마자 튕기듯 내렸다. 경고를 하듯 엄하게 말을 했지만, 차에 앉아 있을 수만은 없어 채원은 차 문을 열었다.

"이 비서가 이 밤에 왜 우리 건휘와 있는 거지?"

조 여사는 다가가는 건휘를 밀치고 나와 따지듯 채원에게 물었다. 완강한 물음에 채원은 면목이 없어 고개를 숙였고, 조 여사의 격한 반응에 건휘가 급히 다가와 제 몸 뒤로 그녀를 숨겼다.

"저한테 말씀하세요."

"건휘 너는 비켜."

"아뇨, 채원이는 아무 잘못 없어요. 제가 오라고 해서……"

"천박한 성정은 어쩔 수 없구나."

"어머니!"

저를 위해 조 여사와 언성을 높이는 건휘의 모습을 뒤에서 비겁하게 숨어 보고 싶지 않았다. 채원은 제 앞을 가리고 있는 건휘의 옷깃을 잡았다. 지금까지 채원은 비겁하게 살진 않았다. 몰락한 집안 형편에 낙담을 한 적은 있지만, 쓰러져 울고만 있진 않았다. 지금도 건휘의 뒤에 숨긴 싫었다.

"사모님, 죄송합니다. 걱정시켜드리는 일 다시는 없을 겁니다."

"뭐?"

"오늘 급히 전무님께 보고드릴 일이 있어서 무례를 무릅쓰고 찾아온 것은 접니다. 제가 한국 호텔에 발령을 받은 지 얼마 되지 않아 이런 실수를 했습니다. 용서하세요."

"한국 호텔에 발령이 났다고? 이 비서가?"

"네, 전무님 비서로 발령받았습니다."

"하! 회장님께서 이 비서를 그리고 보내셨나?"

"그렇습니다."

사실과 거짓이 교묘하게 뒤섞였지만, 채원은 쉽게 갈 수 있는 길을 선택했다. 건휘를 곤란하게 만들지 않으면서 조 여사를 달

랠 수 있는 가장 확실한 방법은 호텔을 결부시키는 일뿐이었다.

"내가 과하게 반응한 건가, 이 비서?"

"아닙니다, 사모님."

"분명 내가 문제가 아니라 이 비서의 실수 맞지?"

"네."

"앞으로는 조심하고."

"그러겠습니다."

사무적으로 대답하는 채원의 모습을 건휘는 기가 막힌 표정으로 바라보고 있었다.

"지금 뭐 하시는 겁니까, 대체! 엄한 사람 잡으시지 말고 들어가세요. 제가 다 설명하겠습니다, 어머니!"

"지금 누구한테 소리를 지르니? 아랫사람 앞에서!"

"호텔에서나 아랫사람이지, 지금도 어머니 눈에는 이채원 씨가 아랫사람으로 보입니까? 더하면 추합니다. 그만 하세요."

건휘의 사나운 대꾸에 조 여사는 분노를 참지 못하고 꼭 쥔 손을 부들부들 떨었다. 그걸 본 채원의 눈빛이 어두워졌다. 조 여사가 보고 있어 말로는 할 수 없었고, 그를 간절하게 쳐다보며 고개를 슬쩍 저었다.

더 이상 아무 말도 말라는 무언의 몸짓을 알아들은 듯 건휘는 거친 손놀림으로 머리카락을 넘기고 있었다. 끝내 자신의 실수가 아닌 채원의 실수로 일을 마무리 지은 조 여사는 만족한 표정으로 인사도 없이 몸을 돌렸다.

"사모님, 안녕히 계세요."

"앞으로는 오해 살 만한 행동거지 조심하고."

"네, 그럼."

"건휘 넌 뭐 하니, 안 들어오고?"

건휘는 고고한 사모님 흉내를 내듯 콧소리까지 내는 조 여사를 냉담한 눈빛으로 쳐다보았다. 가로등 불빛에 얼굴의 표정은 숨길 수 있었지만, 입술을 타고 흘러나오는 사나운 숨소리는 미처 숨겨지지 않았다.

"채원이 보내고 들어가겠습니다."

"채원이라니! 남들이 들으면 오해하기 딱이구나. 이 비서라고 호칭 제대로 해. 어디 상사가 비서의 이름을 불러, 본데없이!"

건휘는 대답을 하지 않은 채, 조 여사가 집 안으로 들어간 것을 확인하고는 채원의 팔을 끌었다.

"뭐야, 너!"

"시끄러운 것 싫었을 뿐이에요."

"그래서, 내 잘못을 대신 뒤집어썼다?"

"이만 가보겠습니다. 내일 출근해서 뵐게요."

채원은 지친 모습으로 인사를 했다. 그와의 감정적 대립까지 감당할 자신이 없었다. 잘 끝냈으면 됐는데 그가 화를 내니 크게 잘못한 것 같았다. 차를 몰고 오피스텔까지 가야 하는 것이 한숨 나왔지만, 더는 지체할 수 없었다. 안에서 초조하게 기다릴 조 여사의 모습이 보이는 것 같았다.

"쉬세요."

채원의 고집스러운 행동을 더는 말릴 수가 없었다. 건휘는 자기 주머니에 있는 차 키를 꺼내 주는 것이 그녀를 편하게 하는 것임을 알면서도 막상 주머니에 손을 넣고는 키를 꺼내지 못했다. 아니 이대로 혼자 그녀를 보내고 싶지 않았다. 그는 그녀의 손목을 거칠게 잡고는 가로등 밑에 세운 그녀의 차로 향했다.

"타."

"키 주세요."

"내 맘 좀 편하게 해주면 안 되나?"

"제 마음도 생각해주세요. 전무님이 불편하시면 저도 그래요. 들어가서 문자 드릴 테니까, 키 주세요."

"제기랄!"

겨우 시작이었다. 그녀의 보드라운 입술을 탐했고, 아직도 그 열기가 가시지 않았는데 불편한 마음을 품게 하고 보내야 하는 것이 미치도록 싫었다. 하지만 그도 알고 있었다. 채원의 말을 따르는 것이 지금 상황에서 최선이라는 것을.

"피곤하다고 과속하지 마."

"그럴게요."

손에 들고 있는 차 키를 그녀의 손에 아쉽게 넘겼다. 끝내 굳은 표정을 보게 될 줄 알았는데 웃어주는 노력이 그를 더 감질나게 만들었다.

"가라."

"전무님, 들어가세요."

"전무님 소리…… 싫군. 가."

"네."

그녀가 곱게 웃으며 차에 올랐다. 시동이 걸리고, 천천히 움직이는 차에서 눈을 떼지 못했다. 그의 미련과 달리 채원이 탄 차는 순식간에 골목을 빠져나갔다. 아쉬움조차 혼자만의 감정인 양 그렇게.

"뭐 하느라 지금 들어오니? 이 비서 배웅이라도 한 거야?"

빈정거리는 말투에 참고 있는 건휘의 인내력도 바닥을 보였다. 잘못도 없는 사람을 몰아붙이고 비난한 것도 모자라 그에게까지 화풀이를 하는 조 여사의 모습에 진저리가 쳐졌다. 아들을 자식이 아닌 소유물로 보고 맘에 들지 않으면 히스테릭한 반응으로 일관하는 조 여사의 변함없는 모습에 진력이 났다.

"독립하겠습니다."

"뭐?"

"이제 저도 성인입니다. 서른이 넘은 성인이요. 어머니의 간섭, 더는 받고 싶지 않습니다. 집 바로 알아보고 옮기겠습니다."

"그년 때문이니?"

"어머니!"

남들이 볼 때면 고상한 부인인 척 요란을 떨지만, 막상 사람의 눈이 없는 곳에서는 천박한 말을 거침없이 쓰는 조 여사의 모습에 그는 더 이상 화조차 낼 필요성을 느끼지 못했다. 채원에게 이년 저년 하는 모친을 제압하듯 소리를 지른 건휘가 이층으로 향하자, 성질을 이기지 못한 조 여사가 소파에 있던 쿠션을 그의 등을 향해 던졌다.

"이게 뭐 하는 짓들이야?"

거실의 소란함에 때맞춰 나온 부친의 고함에 건휘의 움직임이 멈췄다. 히스테릭하게 쿠션을 내던지던 조 여사 역시 자신의 행동을 들킨 것에 당황한 듯 변명조차 하지 못했다.

"이거 당신이 애한테 던진 건가?"

"여보, 그게……."

"그런 거냐고 묻잖아!"

"……보고도 묻는 이유가 뭐예요? 엄마가 화가 나면 그럴 수도 있는 거지, 당신이 시시콜콜 참견할 문제 아니에요. 애들 교육은 나한테 맡겨두기로 하고 왜 나서요! 나서길. 내가 다 알아서 해요."

"이렇게 교육시켰나?"

최 회장의 낮은 목소리에는 분명한 경고가 어려 있었다. 밖의 일에 전념하기 위해 지금까지는 집안에서 일어나는 일에 눈을 감고 살았다. 하지만 그가 있는 데에서도 건휘에게 쿠션을 던지는 아내의 모습에 그간 무심했던 것이 후회되었다. 집에 충실하지 못한 탓에 소리조차 지르지 않고 방치를 했더니 아내는 무서운 것이 없는 여자로 돌변했다.

"둘 다 앉아봐."

"참견하지 말라고 했죠. 애들 일은 내가 알아서……."

"건영이만 휘둘러. 애먼 건휘까지 잡지 말고."

"여보!"

건휘와 건영이를 두고 눈에 보이게 차별한 적이 없던 양반이었다. 그런데 건휘가 뻔히 듣는 데서 의미를 둔 말을 하는 최 회장의 모습은 낯선 타인처럼 보였다. 지금까지 남편이 인정해 준 것은 애들 엄마로서의 자리뿐이었다. 그런데 지금 이 모습은 그 자리조차 빼앗아버린다는 경고처럼 들려 그녀는 질색을 하며 소리를 질렀다.

"뭐 해, 둘 다 앉으라니까!"

2층으로 올라가는 계단 난간에 서 있던 건휘는 최 회장의 말대로 소파에 가서 앉았다. 조 여사의 분노가 손에 잡힐 듯 뚜렷하게 감지되었고, 속을 알 수 없는 부친의 서슬 퍼런 모습은 의외였다. 평소처럼 무심히 지나가면 그만인 일인데 유난히 오늘은 다들 과한 반응들을 보였다.

"이 비서 때문에 이 난린가?"

"이 비서도 자기 잘못을 시인했어요. 건휘 너도 들었지?"

조 여사는 의기양양한 태도로 건휘를 바라보았다. 앙칼진 눈매가 위로 치솟아 더욱 매섭게 보였고, 그는 수긍도 부정도 하지 않은 채, 대답을 하지 않았다.

"안에서 듣자 하니 독립을 하겠다고?"

"네."

"해라."

한소리 들을 생각을 하고 대답을 했는데 의외로 선선한 승낙이 떨어졌다. 놀란 것은 비단 건휘뿐이 아니었다. 조 여사는 버럭 성질을 부리며 자리에서 일어났다.

"지금 당신 뭐라고 했어요?"

"독립하라고 했어. 내가 잘못했나?"

"잘못했죠. 독립이라뇨? 아직 결혼도 안 한 애에요. 거기다 건휘는 우리 집 장남이고요. 결혼을 해도 우리를 모시고 살아야 할 장남을 왜 내보내요? 당신 눈에는 내가 허수아비로 보여요? 곧 결혼도 진행할 테니까, 당신 말 없던 것으로 해요."

"결혼?"

최 회장의 되물음에 조 여사의 음성이 잦아들었다. 마치 해명을 하는 것처럼 달래는 말투로 급속하게 태도를 바꾸었다.

"말씀드린다는 것이 잊어버리고 있었네. 오 회장 딸과 우리 건휘 선 봤어요. 당신도 그 아이에게 맘이 있는 것 아니었어요?"

"뭐?"

"당신도 생각하고 있던 혼처잖아요. 내가 우리 총지배인을 통해 성사시켰다고요!"

최 회장의 얼굴이 굳어졌다. 마치 제 뒤를 캐고 다니는 것처럼 일을 꿰뚫고 있는 조 여사의 표독한 모습은 그를 질리게 만들었다.

"누가 뭘 했다고?"

건휘는 화를 내는 최 회장을 노련하게 살폈다. 다들 한통속이 되어 오 회장 일가와의 혼인을 추진하는 건 아닌가 생각했는데 뜻밖의 전개였다. 마치 부친은 모르는데 모친 혼자 일을 추진한 것처럼 보였다.

결국 총지배인과 어머니가 손을 잡은 것인가. 선 따위는 이미

물 건너갔지만 부모님의 반목은 이제부터 시작인 것 같아 피곤했다.

"혹시 너 그 처자 맘에 든 거냐?"

"아닙니다."

건휘는 명확하게 자신의 의사를 밝혔다. 선을 보고 온 날, 조 여사에게도 말을 했는데 아직도 미련을 버리지 못한 채로 고집대로 할 심산이었나 보다. 날카로운 눈빛이 그를 매질하듯 달라붙었지만 대답을 물리지는 않았다.

"그럼 접어."

최 회장은 조 여사를 향해 지시를 하듯 거침없이 말을 했다.

"그렇게는 못 해요. 한 번 보고 사람이 어떤지 어떻게 알아요? 자주 얼굴도 보고 만나기도 하면 정도 쌓이고……."

"내가 분명히 말을 했지. 건영이나 쥐고 흔들라고."

최 회장의 단호한 말에 조 여사는 분한 듯 입술을 부르르 떨더니 안방으로 향했다.

쾅!

집이 울릴 것처럼 닫히는 문소리가 경직되었던 공기의 흐름을 뒤바꿔 놓았다. 그리 살가운 아버지 노릇을 하지 않던 분이 자신을 편들어주자 그는 순간 혼란스러웠다. 아버지를 싸워야 할 대상으로 여기는 자식이 어디 흔한가!

하지만 그는 스위스에서 한국으로 돌아오는 비행기 안에서 각오를 다졌다. 조부의 손으로 일군 것들을 더는 아버지가 망치게 두고 보지 않겠다는 결심은 한국에 들어와서도 변함이 없었다. 그냥 하던 대로 하시지, 사람을 혼란스럽게 만드는 부친의 의도를 몰라 당황스러웠다.

"네 뜻대로 해라. 집은 알아볼 것 없어. 내 소유로 된 아파트가 있으니 청소해 놓으라고 지시를 하마. 그리고……."

건휘는 숨을 고르듯 눈을 지그시 감고 있는 부친에게서 눈을 떼지 않았다. 아버지가 하는 말을 믿어야 하는지 갈피가 안 잡혔다. 갑자기 변한 것인가. 8년 만에 아버지와 한 공간에서 지내는 일이기는 하지만 뭔가 변한 것 같은 느낌은 그를 긴장시켰다. 우호적으로 그를 바라봐주는 아버지…… 너무도 낯설다. 그리고 지나치게 그를 경계하는 어머니…… 역시 뭔가 있는 것일까.

"이 비서와 너무 가까이는 지내지 마라. 결국 다치는 것은 그 아이가 될 테니. 그냥 놔둬라."

"이유가 있습니까?"

"내 입으로 할 말은 아닌 것 같구나."

"혹시 하늘 목장과 관련이 있는 겁니까?"

꼭 대답을 들어야 했다. 그와 사귀면 채원이 다친다는 말은 그냥 흘려 넘길 말이 아니었기에. 건휘의 다그침에 최 회장은 잠시 고민을 하듯 있다가 입을 뗐다.

"아니다."

"아버지와 하늘 목장, 그리고 이 목장주, 석연치 않은 관계라는 생각은 했습니다. 설마 악연으로 얽힌 관계 확실히 아닌 것은 맞는 거죠?"

"그래."

"맹세하실 수 있습니까?"

건휘는 일을 확실히 매듭짓고 싶었다. 거짓말을 밥 먹듯 하는 이들이 사업가들이었다. 더군다나 최 회장은 경마라는 도박에 흠뻑 젖은 사람이다. 거짓말을 눈 하나 깜빡이지 않고 할 수 있다고 생각했지만 그래도 한풀 남은 부자지간이라는 관계를 두고 정직할 것을 요구했다. 최 회장은 두말없이 고개를 끄덕였다.

"믿겠습니다."

"채원이, 그 아이는 너한테 안 어울린다. 상처가 많은 아이, 혹시라도 눈에 들어왔걸랑, 그냥 두 눈 꾹 감아 보내라. 사람은 제게 어울리는 사람이 따로 있는 법이야. 건휘야, 그 아이를 네가 달랬을 때 짐작은 하고 있었지만 깊어지는 감정을 다스리는 것은 네 의지야. 난 널 지켜보기 위해 그 아이를 보냈다."

"제 일은 알아서 합니다. 그만 주무세요."

"너도 잘 자라."

일어서다 말고 움직임이 멈췄다. 그에게 잘 자라는 아버지의 인사를 들어본 기억이 있던가! 과거를 되짚어 봐도 전혀 기억이 나지 않는다. 늘 안녕히 주무시라는 그의 말에 가만히 들여다보며 고개만 끄덕이던 서늘한 아버지의 눈빛만 기억날 뿐이었다.

"왜 이러시는 겁니까?"

따지듯 물을 수밖에 없었다.

"나이가 드나 보다. 먼저 들어가마."

나이가 들어서 변한다?

그는 코웃음을 쳤다. 사람은 변하기 힘든 존재다. 그건 나이와 상관없는 것이고, 변했다고 말하는 사람치고 온전히 탈피를 한 사람은 본 적이 없으니까. 근본적으로 변하지 않는 한, 변한 것처럼 보이는 술수에 온전히 속을 그가 아니었다. 부친의 꿍꿍이가 점점 더 궁금해졌다.

상진이 가져온 계획서는 건휘의 생각과 상당한 일치를 보이고 있었다. 나태하고 태만한 식음료부서부터 부쩍 클레임이 늘어난 하우스키핑, 그리고 호텔 내의 식당까지 전반적인 개혁안을 담고 있었다.

"인원을 절감하는 것도 좋지만, 공채가 아닌 특채라는 명목으로 호텔에 입사하는 직원들부터 어떻게 해야 될 것 같아."

"특채 인원이 얼마나 되지?"

"이번 년도만 15명."

"많군."

"그렇지, 고작 25명 뽑는데, 15명이 특채라. 뒷배로 들어온 사람들의 능력은 전혀 검증이 되지 않았으니 서비스의 질적 하락과도 밀접하다고 봐도 무방해. 거기다 총지배인의 자금 사용 내역도 이사회에서 형식적으로 보고받는 것 외에, 투명하게 처리할 수 있도록 자금을 관리하는 부서의 권한을 강화시킬 필요가 있다고 봐."

"동의해."

상진이 말하는 내용은 그 역시 전적으로 동감했다. 호텔을 사유재산처럼 여기고 전횡을 저지르는 외삼촌으로 인해 말들은 많았다. 하지만 절대 권력처럼 인사권을 가지고 휘두르는 총지배인에게 감히 반기를 들 사람은 많지 않았다.

"쉽지 않을 거야."

"각오했던 바야."

"일단, 직원들의 의식전환이 필요한데, 계기가 필요할 것 같아. 지금 있는 인사평가는 평가자의 맘대로 이뤄지고 있으니까, 공정한 평가 시스템을 도입하는 것도 한 방법인 것 같고, 직원들을 한번쯤은 정리하는 것도 분위기 전환에 도움이 될 거야."

"직원들 정리해고는 쉽게 결정할 일이 아니지."

"하긴."

치열하게 나누는 대화 도중 문소리가 들렸지만 둘 중 누구도 신경 쓰지 않았다. 채원이 들어와 커피를 테이블에 올려두자, 각자 알아서 마시며 열띤 토론을 계속했다. 필요한 것이 없나 살피는 눈길을 느꼈는지 상진이 채원에게 앉으라는 눈짓을 했다.

"혹시 아이디어 있으면 내봐요."

"다짜고짜 내놓으라고 다그치면 무슨 말을 해요? 나누던 말씀 계속하시면 저도 틈을 봐서 끼어들게요."

"그럴래요?"

싱긋 웃고는 상진은 프린트한 서류를 넘겼다. 채원이 사무실에 들어온 순간부터 건휘는 그녀의 존재를 민감하게 느꼈다. 집중하는 상진과 달리 정신이 산만하게 흐트러졌다. 혼자 앉은 그의 옆에 앉을 것이지, 상진의 옆에 앉아 고개를 기울이며 서류를 들여다보는 그녀의 하얀 목덜미가 유혹적이었다.

"일어나."

그의 뜬금없는 말에 상진과 채원 둘 다 눈을 동그랗게 뜨며 묻는 듯 쳐다보았다. 그는 채원을 똑바로 응시하며 고갯짓을 했다.

"이리로 오라고!"

"난 또!"

상진은 고개를 절레절레 저으며 웃음을 참았고, 채원은 민망한 듯 그를 노려보았다. 시치미 뚝 떼고 그는 자신의 옆 자리를 손으로 툭툭 쳤다. 채원은 고집스럽게 고개를 저으며 상진의 옆에 앉아 서류에 시선을 주었다.

"윤상진, 더 할 말 있나?"

"나가라는 소리군. 알았어."

군말 없이 일어서는 상진을 보며 채원은 못마땅한 표정을 숨기지 않았다. 괜히 그녀가 들어와 방해한 것 같은 기분에 아직 비워지지 않은 찻잔을 정리했다. 키스를 한 다음날, 출근이 처음으로 망설여졌다. 그의 얼굴을 어떻게 봐야 할지 몰라 호텔에 도착하고도 한참을 차에서 내리지 못했는데, 천연덕스러운 표정으로 차창을 두드리는 그의 얼굴이 왜 하필 지금 떠오르는 것인지.

그 이후, 채원은 많은 것을 알게 되었다. 생각보다 상진과 건휘가 친한 사이라는 것과 그녀에게 임원들의 정보를 알아보라고 했던 의도까지. 어떤 회사든 완력싸움이 있게 마련이었다. 하지만 한국 호텔의 경우, 완력싸움의 경로가 상당히 복잡했다. 외가 식구들이 호텔의 요직에 앉아 자금을 유용하는 것은 이제 새로울 것도 없었다. 그런 그들과 대적하기 위해 건휘는 상진과 손을 잡았고, 서서히 움직임을 시작하고 있었다.

"저녁 때 술 사라."

"시간 없어."

"젠장할 놈!"

"잘리기 전에 입 닫고 나가!"

"알았다, 전무 놈아."

"저 자식이!"

약을 올리듯 깐죽거리며 상진이 사무실을 나가자, 채원 역시 쟁반을 들고 자리에서 일어났다. 둘만 남은 것이 어색해 빨리 밖으로 나가려는 움직임을 그가 일어나 막아섰다.

"왜, 상진이가 더 좋아?"

"대답할 가치가 없습니다, 전무님."

"저녁 때 데이트하자."

"이제는 거침이 없으시네요."

"당연하지. 진도 나갈 생각으로도 벅찬데. 멈칫할 기운 없어."

그는 채원의 손에서 쟁반을 빼앗아 테이블에 내려놓고, 그녀의 어깨를 잡았다. 가볍게 안아 가슴에 당겼다.

"누가 들어오면 어쩌려고!"

"나가라고 소리는 내가 칠 테니까, 가만 좀 있어."

그녀의 목덜미에 코를 묻고 호흡을 하며 중얼거렸다. 뜨거운 숨결이 거침없이 그녀의 여린 목덜미를 파고들었고, 채원은 민망하게 뛰는 심장의 소리를 들킬까 뒤로 몸을 물렸다. 하지만 꽉 잡힌 몸이 멀어질 틈은 별로 없었다.

"아직도 이러면 갈 길이 너무 먼데……."

"갈 길이 어딘데요?"

어색한 상황을 돌파하듯 그녀는 생각나는 대로 말을 했다. 후끈한 입술은 목덜미를 거쳐 가슴골 근처까지 내려갔고, 당황한 채원이 그를 밀었다.

"감질나네."

"나가볼게요. 일하세요."

"일은 항상 하는 거고. 대답이나 하고 나가."

입술은 뗐지만 여전히 그녀를 놔주지 않는 건휘가 채근했다. 그와 첫 키스를 나누고, 스킨십은 점점 농도가 짙어졌다. 사무실에서는 가급적 개인적인 접촉을 피하려고 노력하는 그녀와 달리, 건휘는 늘 뜨거운 눈빛으로 그녀를 가두기 급급했다. 채원은 점점 속수무책으로 빠져드는 자신을 통제하기 위해 위협적으로 눈을 치켜떴다. 그리고 배에 힘을 준 채, 최대한 냉담하게 대답했다.

"퇴근 후에 약속 있어요."

"누구랑?"

"배 마필관리사님이랑요."

"같이 가자."

마치 그와 함께 가는 것이 자연스러운 일인 양 건휘는 거침없이 말을 했다. 하지만 채원은 생각이 달랐다. 무슨 관계라고 설명해야 할까 등등, 그와 함께 나가려면 곤란한 면이 있었다.

"나중에요."

"그럼 약속 미뤄."

"안 돼요. 벌써 며칠 전부터 한 약속인데……."

채원은 미안함을 담아 얘기를 했지만 건휘의 눈빛은 완강했다. 늘 양보해주고, 그녀의 의견을 존중해주던 것에 익숙했던 채원에게는 의외의 모습이었다.

"오늘 짐 옮긴다."

"……허락하셨어요?"

"그래."

"아……."

안 된다는 말을 못 하겠다. 혼자 살게 된 첫날의 서러움을 아직 기억하고 있는 그녀였다. 그녀가 겪은 상황과는 분명히 달랐지만 간절하게 쳐다보는 그의 눈빛을 거역할 수는 없었다.

"아예 약속을 없었던 것으로는 못 해요. 대신!"

"대신?"

"끝나자마자 뛰어갈게요."

건휘의 눈빛이 깊어졌다. 약간의 거리를 두고 있는 채원을 품에 가두며 그녀의 머리에 코를 묻었다. 다그침이 있었지만 스스로 뛰어오겠다는 말은 그의 가슴을 풋내기 소년처럼 설레게 했다. 흡족하지는 않지만, 꽤 괜찮은 기분!

이제 혼자보기가 아닌 마주보기가 시작된 것 같아 건휘는 뿌듯함을 감추지 못했다.

six

정신없이 뛰었지만 약속시간에 늦어버렸다. 약속장소까지 따라온 건휘만 아니었다면 시간에 늦는 실례는 하지 않아도 됐을 텐데. 커피숍 안으로 들어가기 전 뒤로 보니 아직도 건휘의 차는 움직이지 않고 자리를 지키고 있었다.

"고집하고는."

분명히 기다릴 태세였다. 약속을 했음에도 혼자 들어가기 싫다는 투정을 부리는 그가 밉지 않았다. 아니 가슴이 아플 정도로 점점 좋아지니 큰일이었다. 아쉽게 그에게서 눈을 떼고 커피숍 유리문을 밀고 들어갔다. 고개를 이리저리 돌려 배진형을 찾았고, 구석진 자리에 앉아 테이블만 바라보고 있는 그를 발견했다.

"아저씨!"

"왔구나."

반가움에 부르는 그녀와 달리 배진형의 표정은 무거웠다. 자리에 앉아 신뢰가 가득 담긴 눈빛으로 쳐다보는 채원의 모습이 버거워 진형은 고개를 비스듬히 내려버렸다.

"잘 계셨죠?"

"늘 그렇지, 뭐."

"얼굴이 좀 야위셨네요. 어디 아프셨어요?"

"그런가? 봄 타나 보네."

"식사 대접을 해야 하는데, 죄송해요."

"네가 죄송할 것이 뭐 있다고! 차 시켜야지?"

진형은 말문을 돌렸다. 만나자는 전화를 받고 수도 없이 망설였다. 시간이 없다는 핑계도 댔고, 일이 있다고 말을 돌려도 끊임없이 전화해 안부를 묻는 채원의 정성을 더는 모른 척 할 수가 없었다. 거기다 채원을 만나게 해달라며 안 하던 전화까지 걸어온 딸년의 부탁만 아니었다면 이 자리에 나오지 않았을 것이다.

"주문하고 올게요."

채원이 지갑을 들고 자리에서 일어나 카운터로 가는 모습을 보고, 그는 냉수를 급하게 들이켰다. 목이 바짝 마르는 것이 이건 사람이 할 짓이 아니라는 생각을 할 즈음, 커피숍의 문이 열리며 영은이 들어오고 있었다.

"아빠!"

그를 저토록 반갑게 부른 적이 있을까 싶을 정도로 영은의 태도는 살가웠다. 그의 앞자리에 놓인 가방을 보고는 화색을 밝히는 것을 보면 그가 반가운 것이 아니라, 채원이 왔다는 안도를 하는 것 같아 서운함이 밀려들었다.

"말씀 잘 해주셔야 해요."

"뭐 먹어야지?"

"됐어요. 아버지 자연스럽게 소개해주시고……. 아, 온다."

영은은 길게 기른 생머리를 손으로 넘기며 뒤를 흘끔 돌아보다 얼른 그의 옆 자리로 와서 앉았다. 종이 잔을 들고 오던 채원이 그와 영은을 번갈아보자, 등에서 식은땀이 흘러내리는 것만 같았다.

"혹시 영은이?"

"언니 안녕하셨어요!"

살갑게 인사를 하는 영은의 목소리는 생기발랄하게 통통 튀었다. 마치 친한 사람을 오랜만에 만난 것 같은 반가운 목소리에 어색한 표정을 짓고 있던 채원의 얼굴에서 긴장감이 풀렸다. 진형과 영은을 번갈아보더니 반가운 미소를 지었다.

"오랜만이다. 반가워."

"언니는 더 예뻐졌네요. 여전히 날씬하고."

영은은 통통한 제 몸을 내려다보더니 입술을 삐죽이고는 부러운 듯 입에 발린 칭찬을 했다. 진형은 혹시나 채원이 불쾌해하지 않을까 눈치를 살피느라 급급했고, 영은은 제 뜻대로 움직여주지 않는 아버지로 인해 조바심이 났다. 어서 말을 하라는 듯 눈을 깜빡거렸지만 진형은 어색한 침묵만 지키고 있을 뿐이었다. 안달이 난 영은은 마치 친숙한 고향 언니처럼 채원에게 말을 붙였다.

"언니 정말 오랜만이에요."

"응. 그러네. 호텔에 있다는 소리를 듣고도 내가 미처 찾아볼 생각은 못 했어. 호텔에서 만날 줄 알았는데 이렇게 밖에서 먼저 만났네."

"언니도 호텔에 계신다면서요. 아빠가 말씀하셨는데, 저도 깜빡 잊고 있었어요. 어느 부서에 계세요?"

"전무실."

"와! 대단하다. 언니 비서예요?"

"음."

치켜세우는 영은의 과장된 반응에 채원은 말끝을 흐렸다. 모처럼 배진형을 만나 영은이까지 합류를 할 줄 알았다면 고집을 부려도 건휘를 보낼 것을…… 하는 생각 때문이었다. 채원의 시선이 커피숍 창 너머를 잠시 응시하다 영은을 바라보았다.

"언니, 오랜만에 만났는데 우리 식사라도 해요. 저 언니한테 잘 보여야 할 것 같은데 아빠가 살 거죠?"

"그, 그러자."

영은의 말에 배진형은 마지못해 대답을 했고, 채원의 표정은 점점 더 곤란하게 변했다. 차만 마시고 다음을 기약할 생각이었는데, 영은이 식사를 권하니 약속이 있다는 말조차 나오지 않았다.

"그럼 나가요!"

영은의 말에 배진형은 괜찮냐는 듯 그녀를 바라보았고, 가방에서 휴대전화를 꺼내 만지작거리던 채원은 문자를 보냈다.

   - 먼저 가 있어요. 아무래도 식사는 하고 가야 할 것 같아요. -

   테이블 밑에서 급하게 문자를 보내자, 곧 있어 답 문자가 들어오는 소리가 들렸다. 당장이라도 나갈 것처럼 서두르는 영은 때문에 마음만 급해졌다.

   - 난 굶고 기다리지. -

   노골적으로 싫다는 의사표현을 하는 그를 두고 배진형 부녀와 함께 식사를 할 수는 없었다. 오랜만에 반가운 만남이긴 했지만 밖에서 기다리는 건휘를 생각하지 않을 수 없었다. 채원은 어렵게 입을 뗐다.
   "어쩌지? 이럴 줄 알았으면 약속을 잡지 않는 건데."
   "약속 있으세요?"
   "응. 밖에서 누가 기다려서."
   "그럼 같이 가요."
   "어, 그게……."
   영은의 말에 채원은 곤란한 표정을 지었다. 이 정도면 안 된다는 의사표현이 되겠지 했는데 웬걸? 영은은 제 아버지까지 끌어들이는 데 거침이 없었다.
   "아빠도 그래요, 언니 오랜만에 만났는데 밥도 안 먹여 보내요? 아저씨 생각해서라도 그러면 안 되잖아요. 네?"

"그래, 채원아! 괜찮다면 같이 가서 식사라도 하고 가."

"죄송해요."

채원은 배진형의 말을 어렵게 물렸다. 건휘에게 문자를 넣는다면 당장이라도 커피숍으로 들어오겠지만, 타인에게 소개를 하고 싶진 않았다. 어떤 사이라고 말을 할까. 호텔에서 상관으로 있는 사람이지만 최 회장과 관계가 있는 진형이었다. 평소에도 최 회장 밑에 있는 채원에게 신경을 써주었는데 건휘와 개인적인 친분을 나누고 있다는 말은 쉽게 나올 얘기가 아니었다. 채원은 난처한 눈빛으로 배진형을 바라보았다.

"그래, 알았다. 다음에도 기회가 있겠지."

"네. 다음에는 꼭 함께 식사해요. 영은이 너도."

"서운하게 정말 그냥 가시려고요? 너무해요."

말려보라고 영은은 채원이 보이지 않게 제 아버지의 점퍼 자락을 잡아끌었지만, 배진형은 어서 가보라는 말로 채원을 보내고 말았다. 미안하다면서 뒤도 돌아보지 않고 자리를 뜨는 채원을 노려보다 영은은 제 아버지를 표독스럽게 노려보았다.

"제가 한가해서 온 줄 아세요?"

"사람이 기다린다는데 어떻게 잡아! 다음에 다시 보자고 했으니 내가 그때는 네 얘기를 잘 하마, 화 풀어."

"평생 자식에게 해준 것이 뭐가 있어요? 아버지, 정말 너무해요!"

"영은아!"

배진형은 답답했다.

어릴 때 본 적은 있다고 하지만, 벌써 몇 년 전 일이 아닌가. 초면에 인사를 나눈 것만 해도 다음을 기약할 수 있는데 짜증만 내는 딸을 달래는 말도 더는 나오지 않았다. 그에게 쏘아붙이듯 말을 한 영은은 인사도 없이 자리에서 일어나 커피숍을 나갔다. 뒤따라 급히 나가자 영은이 커피숍 앞에서 꼼짝도 하지 않고 어딘가를 바라보고 있었다.

"영은아?"

"이런 나쁜 년!"

"뭐?"

"저년이 이번에도 또 먼저 선수를 쳤다고요!"

도무지 알 수 없는 말을 하는 딸의 흥분된 모습에 말조차 붙일 수가 없었다. 영은이 바라보는 곳만 살피던 배진형의 시선이 가늘게 변했다. 채원의 허리를 팔로 감고 차에 태우는 남자는…… 멀리 보이는지라 정확하다고는 말을 못 하지만, 분명 본 적이 있는 인물이었다. 차라리 잘못 봤다고 생각하고 싶은 사람. 절대 채원이 가까이해서는 안 될 인물과 다정스런 포즈로 있는 것이 걱정되어 진형의 얼굴이 굳어졌다.

"혹시, 최 회장……."

"운도 지지리 좋은 년."

"영은아, 못 써! 같은 고향 사람인데 그런 막말을 하면 되겠어?"

"막말이요? 항상 내 앞을 가로막는 년인데, 이깟 욕설을 한다고 죽기를 하겠어요, 아님 사라지기를 하겠어요! 걱정도 팔자셔. 아버지는 딸이 속상해하는 것은 안 보이고, 저년 욕하는 저만 나무라시네요. 됐어요."

이유 없는 원망에 진형은 온몸에서 기운이 쑥 빠져나갔다. 딸의 눈이 끝까지 쫓는 사람은 분명 최 회장의 아들인 최건휘였다. 바람의 마지막 경주가 있는 날, 지금처럼 먼발치에서 채원과 함께 있는 모습을 본 적이 있었다.

"언감생심 꿈도 꾸지 마라."

"아버지!"

"그 집에서 행여나! 말도 안 되지."

"그럼 난 언제까지나 구질구질하게 살란 말이에요? 악! 지겨워."

발까지 동동 구르는 딸의 모습에도 그는 달래는 말을 할 수 없었다. 딸의 허영심을 모른 척하며 살았지만 이번은 문제의 수위가 달랐다. 최 회장이라는 사람을 긴 시간 동안 봐 온 그였다. 절대 허락은커녕, 해코지나 안 하면 다행이다. 천방지축 세상 무서운 줄 모르고 날뛰는 딸의 부탁이라도 이번에는 절대 수용할 수 없었다. 그건 딸을 위하는 일이 아니라는 것을 누구보다 잘 알기에. 그는 멀어져가는 차량을 바라보며 긴 한숨을 내쉬었다. 악연은 돌고 돈다는 말이 허언이 아닌가 보다. 대체 채원은 무슨 생각인가 싶다.

배 마필관리사는 주머니를 뒤적거려 담배를 꺼냈다. 당장 매캐한 연기라도 삼키지 않으면 가슴의 답답함을 이겨낼 자신이 없었다.

　"빨리 왔네?"

　안전벨트를 매려는 채원의 손을 잡더니, 대신 매주는 건휘의 친절을 받으며 그녀는 함께 식사라도 하고 가라며 간절하게 잡던 영은을 떠올렸다. 미안하기도 하고, 아쉽기도 해서 그녀의 마음이 무거웠다.

　"많이 서운했을 거예요."

　"맘에 걸려?"

　"네. 그냥 가라니까."

　채원은 옆에 앉은 건휘를 향해 눈을 흘겼다. 퇴근도 출근도 같이 하려는 그 때문에 그녀는 요즘 곤혹스러운 나날이었다. 미래를 생각하고 만나는 것도 아니고 그냥 끌려가는 느낌이 강했기에 그녀의 낯빛이 흐려졌다.

　"내가 부담스러운가?"

　채원은 대답을 하지 않았다. 타인에게 어느 선 이상은 절대 용납하지 않았는데 그는 선을 지우고 제멋대로 다가온다. 여유조차 없는 그녀의 가슴에 빈틈을 만들어 제 위치를 확고히 해나갔다. 비서라는 이유로 같이 있을 수 있는 시간을 최대한 활용했다. 그녀가 밀어내지 못하게 단호하고도 재빠르게.

　"굶는다는 말에 달려왔어요. 그걸로 된 것 아닌가요?"

　"내가 먼저라는 소린가?"

　"대답 안 할래요."

그가 기분 좋은 듯 껄껄 웃었다. 복잡한 곳에 용케 오랫동안 정차를 했던 차는 밀리는 차량의 대열에 과감히 합류했다. 오디오를 틀어 밀리는 차 안에서 지루하지 않도록 배려해주는 그의 모습에 채원은 행복하다고 느꼈다. 그 감정에 취해 제 처지를 잃어버린다. 밀어내야 하는데, 자꾸만 그 시기를 뒤로 미루게 된다. 조금만 더 느끼면 안 될까. 허기진 사람이 갑자기 누군가 베푸는 호의에 배를 채우는 것처럼 허겁지겁 받아들이기에 급급해진다.

밀어내기에만 급급했던 것이 불과 얼마 전인데, 이제는 그의 친절을 기꺼이 받아들이는 변덕. 아마 아버지가 살아계셨다면 머리를 콩 쥐어박았을 법한 일이었다. 라디오에서 흘러나오는 익숙한 음악을 허밍으로 따라하는 그녀를 흐뭇한 눈길로 쳐다보는 그를 모른 척하며 약을 올리는 앙큼도 떨었다.

"여우 다 됐네."

"누구만 할까."

"그럼 내가 늑대라는 소리?"

"운전이나 잘 하세요."

"걱정 마십시오. 무사고 10년입니다."

"과신하는 것이 더 위험한 것 알죠?"

"암요, 알죠."

자연스럽게 말장난을 하면서 도착한 그의 집은 호텔에서 그리 멀지 않은 곳에 위치해 있었다. 그리 넓은 단지는 아니었지만 한적한 주택가라서 조용했고, 아담한 주변 단지와 어울려 꽤 넓은 아파트 군락을 이루고 있는 곳이었다. 지하주차장으로 진입해, 주차를 하고 둘은 함께 내렸다. 마치 퇴근을 함께하고 집에 들어오는 평범한 부부들처럼. 조금은 어색하고 민망했지만, 손을 내미는 그의 손을 맞잡을 만큼 채원은 대범함을 보였다. 아직까지는 괜찮다는 자만심을 앞세워.

"들어가자."

"몇 층이에요?"

"20층."

"높다. 난 고소공포증 있는데."

채원의 말을 들으며 엘리베이터에 오르던 건휘가 음흉한 웃음을 지었다. 고소공포증이 있다는 말에 어울리지 않는 미소였다.

"왜 그렇게 웃어요?"

"그럼 우리 집에 들어가면 못 나가겠네. 잘됐다. 이참에 같이 살지, 뭐."

"네?"

"농담이야. 아직도 나한테 적응을 못하고, 참 둔해."

머리를 톡 치며 하는 말에 채원이 엘리베이터 안에서 밖으로 나오려고 바동거렸다. 하지만 그의 팔이 벌써 허리를 안은 터라 움직임만 요란할 뿐 엘리베이터의 문은 벌써 닫히고 위로 올라가는 느낌이 들었다.

"혼자 들어가지 않게 해줘서 고마워."

영리한 것인가, 아니면 약삭빠르다고 해야 하나!

채원이 화를 낼 틈도 주지 않는 그를 흘겨보다 웃고 말았다.
화도 길게 내지 못하게 하는 용한 재주를 가진 남자의 품은 상
당히 따뜻했다. 이제 4월도 어느새 다 가고, 5월이 얼마 남지 않
은 계절, 온기를 찾기에는 무리가 있는 때였지만 그녀는 건휘의
온기에 흠뻑 취해버렸다. 누가 볼지도 모르는데 여전히 그녀의
허리를 감고 있는 손을 내버려두는 채원의 표정은 어느 때보다
부드러웠다.

땡!

차임벨 소리와 함께 엘리베이터의 문이 열리고, 내리자마자
양 옆으로 두 개의 문이 보였다. 그가 왼쪽으로 돌아서 보안패
드의 번호를 누르자, 주인을 환영하는 소리가 들리며 문이 열렸
다.

"들어와."

조심스러운 몸짓으로 그의 아파트에 들어섰다. 타인의 공간
인데도, 모든 것이 예사로 보이지 않았다. 먼저 안으로 들어간
그를 따라 거실로 올라선 채원은 허망한 웃음을 짓고 말았다.
완전히 텅 빈 공간에는 앉을 자리조차 마련되어 있지 않았다.

"독립했다면서요!"

"그런데?"

"가구가 하나도 없잖아요. 여기서 어떻게 살려고!"

그녀의 걱정과 달리 건휘는 기분 좋을 때마다 습관적으로 부
는 휘파람을 날리며 마치 남의 집을 살피는 것처럼 여기저기 기
웃거렸다. 앞장서 걷는 그의 뒤를 마치 새끼 오리처럼 따르며 채

원의 걱정은 점점 보태졌다.

"침대도 없잖아요."

"그러네."

"그런데도 여기서 살겠다고요?"

"짐은 미리 보냈는데, 아! 이 방에 있구나."

그가 문을 연 방에는 정말로 짐가방 몇 개만 썰렁하게 놓여 있었다. 정리도 해두지 않고 가방 채 덩그러니 놓여 있는 모습을 보자니 그녀의 마음이 더 심란했다.

"안 되겠어요. 오늘은 그냥 호텔에서 지내고, 사람을 시켜서라도 가구부터 들여요. 여기서 어떻게 생활하겠다고!"

"하나씩 천천히 하면 돼."

"기본적인 것도 없는데, 어떻게 지내려고요! 가요. 오늘은 그냥 구경만 했다고 생각하고 호텔로 가자고요."

그녀가 재촉을 하며 건휘의 팔을 잡아당겼다. 못 이기는 척 따라주던 건휘가 고개를 기울여 그녀의 귀에 속삭였다.

"너무 야한 것 아냐? 나보고 호텔로 가자는 말도 서슴없이 하고. 나야 사양할 이유 전혀 없지. 오히려 바라던 바야."

엉큼한 말에 그녀의 얼굴은 홍시처럼 발개졌고, 잡고 있던 손을 얼른 풀었다. 화들짝 놀라는 순진한 반응을 보던 그가 장난 스럽게 그녀의 코끝을 손가락으로 살짝 튕겼다. 야한 얘기는 곧잘 하지만 그녀에게 접근하는 방식은 신중했다. 키스와 포옹, 그 외의 스킨십은 자신을 자제할 수 있을 만큼만 하는 그의 배려를 알기에 채원은 코끝을 찡긋거리며 아프다는 시늉을 했다.

"정말 안 되겠다. 밥 먹고 호텔로 가서 자야겠어."

"잘 생각했어요."

"나 착하지 않아?"

"뜬금없이 무슨 말이에요?"

"말 잘 듣잖아. 특히 이채원의 말이라면 무슨 얘기라도 들을 각오가 됐다고. 이만큼 비장한 남자 봤어?"

"쿡."

진지한 표정으로 얘기하는 그의 모습이 귀여웠다. 그녀의 나이보다 다섯 살이나 많은 남자의 어리광은 그녀를 자주 웃게 만들었다. 웃을 일이 없던 건조한 나날들에 환한 빛을 덧입혀주었다. 생기를 잃었던 그녀를 다독이며 수분처럼 관심과 애정을 듬뿍 주었고, 자괴감에 움츠러들었던 그녀를 독려했다. 낯간지러운 말을 해서 가끔은 패주고 싶을 때도 있었지만 채원의 눈빛에는 그에 대한 애정이 점점 부피를 더해갔다. 냉담하고 차가웠던 눈빛도 아지랑이처럼 따스함에 젖어갔다.

유능한 조교사와 인연을 맺는 것만으로도 경마에서는 절반의 승리를 차지한 것이나 마찬가지다. 조교사는 마주와 마필위탁 관리계약을 맺고 있는 소규모 벤처기업 사장으로, 일반 운동경기의 감독이라고 할 수 있다. 기수와는 기승계약을, 마필관리사와는 고용계약을 맺고 있으며, 계약에 따라 이들에게 상금을 지급하는 등 말과 기수, 마필관리사를 총괄적으로 관리한다. 배진형은 그런 자리에 자신을 고용하겠다는 최 회장의 말을 믿을 수가 없어 눈만 끔뻑거렸다.

조교사라니!

꿈은 가지고 있었지만, 나이도 있었고, 이제는 은퇴를 해야 하는 것이 아닌가 심각하게 고민하던 터였다.

"왜, 싫은가?"

최 회장의 거만한 말투도 기분 나쁘다는 생각조차 들지 않았다. 조교사가 누군가. 기승작전을 지시하고 조교계획을 수립해 사양 관리와 지휘, 감독을 하여 경주의 분석과 연구를 통해 우승전략을 구상하는 사람이었다.

그간 조교사가 되기 위해 끊임없이 노력을 했다. 마필관리사로서 2년간 근무하면 조교승인시험을 볼 수 있는 자격이 주어졌지만 시험을 보는 족족 떨어져 이제는 거의 체념을 할 정도였다. 그런데 마주협회장이 그의 뒤를 봐준다는 말은……. 배진형은 심장이 미친 듯이 뛰어 숨조차 제대로 쉴 수가 없었다.

"진심이십니까?"

"내가 언제 허튼소리 하던가?"

"아니죠, 아닙니다."

"합격하면 3개월간 사양관리, 조교훈련에 대해 교육을 받아야 한다는 것은 알겠지? 2년 후 조교보 선발시험에 응시 자격이 주어지는 것까지만 봐주겠네. 합격하면 6개월간 교육을 받은 뒤 시험을 통해 조교보가 되는 순간부터는 자네 노력에 달려 있네."

그 정도만 해도 어딘가! 물론 나이가 걸리기는 했지만 원하던 것을 쟁취할 수 있다는 유혹적인 말을 그냥 놓치고 싶지는 않았다. 최 회장의 말처럼 조교보 자격만 취득하면 각 조에 정식으로 한 명씩 배치되어 중간관리자로 조교사를 보좌하고 조교사 유고시에는 업무를 대행하게 된다. 지금 있는 자리 역시 최 회장의 도움이 아니면 감히 생각조차 할 수 없었다. 그러니 최 회장의 제안은 결코 허튼소리가 아닐 거라는 확신이 들었다.

조교보까지만 된다면 3년 이상 근무경력을 채워 조교사 시험 응시 자격을 부여받아 시험을 볼 수 있다. 운이 좋아 합격하면 조교사 면허를 발급받아 활동할 수 있다. 그것만 이룰 수 있다면……

"도와주십시오, 회장님."

"그럼, 하나만 약속해주게."

"뭐든지 말씀하세요. 제가 할 수 있는 일이라면 뭐든지 하겠습니다."

진형은 6년 전에 했던 말을 최 회장 앞에서 똑같이 되풀이했다. 자신을 친동생처럼 돌봐주던 목장주를 배신하고 최 회장을 선택한 순간부터 양심의 가책은 받았을지 모르지만 욕심은 줄지 않았다.

"진심인가?"

"네, 믿어주십시오."

"뭐든지 하겠다고?"

"물론입니다."

"그래, 믿어보지."

돈이면 안 되는 것이 없고, 힘이 있는 사람이 도와준다면 스스로의 노력보다 훨씬 순탄하게 일이 풀린다. 그게 진형이 살아온 세상이었다. 그가 아무리 안달을 하고 노력을 해도 시험에서 떨어지는 비운은 피할 수가 없었다. 뛰어난 머리를 가지지 못한 자신을 탓했지만, 실은 실력보다 배경이 없다는 자괴감이 더 컸다.

　"회장님, 감사합니다."

　"나중에도 그 말을 하게 되려나 모르겠네."

　"네?"

　"아무것도 아닐세. 오늘의 약속은 죽을 때까지 비밀로 하는 거네. 물론 자네가 입이 무겁고 지금까지 하라는 대로 다 해왔다는 것은 알고 있네. 하지만, 확답을 받아야 하는 내 입장도 이해해주게. 그렇다고 자네를 위태롭게 만들지는 않겠네. 내 그것 하나만은 반드시 약속함세."

　"그거면 됩니다. 회장님."

　최 회장은 덥석 먹이를 무는 배진형의 아둔함에 속으로 혀를 찼다. 예나 지금이나 변함이 없었다. 단순해서 원하는 것만 들먹거리면 먼저 다가와 꼬리를 치는 꼴을 보면서 씁쓸함을 감출 수가 없었다.

　욕심에서 시작된 죄악.

　그건 이미 저질러 놓은 그의 업보였다. 그가 지고 갈 짐은 그의 대에서 확실히 끊어놓을 생각에 배진형을 불러 언질을 주었건만, 무언지도 모르고 무작정 하겠다고 나서는 모습은 흔쾌한 마음으로 지켜보기 어려웠다. 그와 아내의 사이에서 약삭빠르게 오가는 남자였다. 제 손에 묻힌 피를 보는 대신, 저를 그렇게 만든 사람 탓을 하면서 용케 사람 좋은 가면을 뒤집어쓰고 사는 자.

"자네 참 대단하네. 머리는 몰라도 세상사는 이치는 꽤 잘 알아."

"무슨 말씀을 그렇게 하십니까! 회장님께 입은 은혜는 백골이…… 아무튼 감사하게 생각합니다. 회장님은 저희 집의 은인이십니다."

"알았네, 나가보게."

뒷걸음질을 치며 나가는 순간까지 고개를 끊임없이 숙이는 배진형의 모습, 안타깝기도 하고 다행이다 싶기도 했다. 최 회장의 얼굴에 수심이 깊게 내려앉았다.

호텔 내부에 흉흉한 소문이 돌기 시작했다. 새로 온 전무가 직원들을 정리 해고한다는 소문은 삽시간에 직원들의 입을 타고 퍼졌다. 소문이 퍼질수록 건휘에 대한 반감은 커져갔고, 급기야는 인신공격성 헛소문도 돌았다. 문제는 누군가 악의적으로 건휘의 거짓된 사생활을 마치 사실처럼 퍼뜨린다는 데 있었다. 뜬소문이 돈다는 것은 알았지만 걱정하는 채원과 달리 건휘는 동요하지 않았다. 지저분한 여성편력에 대한 무성한 소문은 그녀를 위축시켰고, 전무실에서 건휘가 손이라도 잡을라치면 사색이 되어 손사래를 치게 되었다.

"말 그대로 소문이야."

건휘는 그렇게 말을 했지만 채원은 그들의 관계에 대해 심각하게 고민을 하게 됐다. 너무 단시간에 그에게 빠져들었다. 마치 처음 사탕을 먹는 어린애처럼 달콤한 맛에 젖어들어 충치가 생긴다는 것을 잊고 탐닉하고 있는 제 모습에 덜컥 겁이 들었다.

오늘도 함께 퇴근하자는 그의 말에 고개를 저으며 홀로 호텔을 나섰다. 그의 집에 가구가 오는 날이라는 얘기를 들었지만 차는 제 오피스텔 앞에 도착해버렸다. 몇 번이나 그의 집으로 가는 길이 그녀를 유혹했다. 핸들만 틀면 그를 볼 수 있다는 사실은 집까지 오는 그녀를 시험에 들게 만들었다.

"후."

봄은 완연한데 그녀의 마음은 추운 겨울을 헤맸다. 건휘와 만날 때는 행복했지만 그와의 미래는 상상 속에서도 암흑천지였다. 좋아한다는 마음만으로 핑크빛 미래를 꿈꾸기에는 그녀가 겪은 세파가 모질었다.

채원은 차에서 내려 오피스텔로 들어갔다. 직장인들이 주로 입주해 있는 오피스텔 로비에는 퇴근을 하고 집으로 돌아오는 사람들이 드문드문 보였다.

그녀는 낯이 익은 경비와 눈인사를 나누고, 엘리베이터를 타고 5층의 집에 도착했다. 낮에 누군가 다녀갔는지 음식점 스티커가 현관문에 붙어 있었다. 채원은 스티커를 떼어 제 손에 들고 비밀번호를 눌러 문을 열었다. 어둑한 방에 들어섰지만 불을 켜는 수고는 하지 않았다. 손에 들고 있던 가방을 아무렇게

나 내려놓고 옷도 벗지 않은 채, 좁은 침대에 몸을 뉘였다. 비록 내부는 좁았지만 아늑했다. 제 손으로 만든 공간에 대한 애착에 실눈을 뜨고 어두운 곳곳을 훑었다.

목장에서 가지고 나온 짐은 거의 없었다. 빚쟁이들 손에 죄다 넘어가고 그녀의 손으로 하나씩 이루어낸 것들뿐이었다. 비록 건휘의 집보다 좁고, 그가 사용하는 물건들보다는 현저하게 낮은 가격대의 것들이었지만 그녀에게는 소중한 것들인데…… 왠지 초라한 것 같은 기분은 숨길 수 없었다. 침대에 엎드려 세세하게 작은 공간을 살피던 그녀의 눈 꼬리에서 실처럼 물기가 새어나왔다.

"못났다. 참."

뭘 바란 적은 없었다. 어떤 기대감을 품고 그를 만난 것은 아닌데…… 자꾸 만나면 만날수록 제 마음의 욕심은 한계를 모르고 커져만 갔다. 온전히 그를 가지고 싶다는 엉큼한 마음은 저도 진저리가 쳐졌다.

한꺼번에 몰아치듯 닥친 불행 앞에 그녀는 속수무책으로 당할 수밖에 없었다. 제 것이라고 믿었던 것들을 빼앗기고, 가장 가까운 아버지마저 잃어버렸다. 늘 꽉 찬 삶이라고 자부했는데 막상 손을 펴보니 아무것도 없는 빈손을 쥔 채 착각을 하고 산 느낌이었다. 그날 이후 욕심이라는 것을 부리지 말자고 스스로에게 다짐을 했다. 그렇지 않았다면 지금까지 살아올 수 없었을 것이다. 채원은 몸을 말아 움츠렸다. 서늘한 기운이 온몸을 파고들어 회전하는 것만 같았다.

조용한 집 안을 울리는 전화벨 소리에도 그녀는 눈을 뜨지 않았다. 얼굴이 닿은 시트가 축축하게 젖었지만 꼼짝도 하지 않았다. 끈질기게 계속될 것만 같던 전화벨소리가 멈추더니 곧 이모의 목소리가 들려왔다.

- 아직 퇴근 안 한 모양이네. 채원아, 잘 지내지? 연락 좀 해. 이모 걱정되니까! 한동안 얼굴도 못 보고 이모가 도움도 못 주고 늘 미안해. 아프지 말고, 또 연락할게.

잊을 만하면 그녀에게 전화를 해서 안부를 묻는 이모. 엄마의 기억조차 없는 그녀에게 아버지의 죽음 이후에 나타난 이모는 남보다 조금 나은 존재, 그 이상도 이하도 아니었다. 어려운 형편 때문에 도움이 되지 못함을 미안해하는 모습도 왠지 그녀의 처지를 측은하게 여기는 것 같아 맘이 편하지 않았다.

만약이라는 가정처럼 허망한 것도 없지만, 채원은 속으로 만약이라는 단어를 끄집어냈다. 만약에 아버지가 살아계셨다면……. 만약에 목장이 망하지 않았더라면……. 만약에 건휘를 만나서 맘을 주지 않았다면……. 수많은 가정 속에서도 목이 멜 정도로 간절해지는 말 한 마디가 끝내 생각을 멈추게 만들었다.

"보고 싶네."

멈출 수 있을까.

자신의 처지로 인해 그를 포기한다는 못난 생각은 하지 않을 줄 알았다. 누구보다 열심히 살았고, 그 삶을 가꿔나가는 데 소홀하지 않았기에 언젠가 사랑이 그녀를 찾아올 때 당당하고 싶었다.

아프다고 지레 겁을 먹고 도망을 칠 정도로 나약한 인간은 아니었다. 다만, 그가 살고 있는 삶을 너무도 잘 알고 있기에 부담을 지우기 싫을 따름이다. 소문의 진원지는 알 수 없지만 그 소문 속에서 건휘를 난잡하게 만드는 사람은 그녀였다. 그녀의 귀에까지 들어올 정도면 알 만한 사람은 거의 다 알고 있다는 말이 아닌가.

최 회장. 그리고 조 여사.

첫 키스를 하고 건휘와 함께 최 회장 집 앞에서 만난 조 여사의 히스테릭한 반응이 떠올랐다. 작정하고 그에게 덤빈 여자 취급을 하던 조 여사의 말은 그녀의 마음에 이미 상흔을 남겼다.

"어떡하지……."

점심 때 그와 가졌던 소소한 일탈이 그녀의 숨결을 더욱 떨리게 만들었다. 호텔에 돌고 있는 소문을 무시하듯 그는 점심을 먹자며 그녀를 무작정 차에 태우고 목적지도 알려주지 않았다. 강남에 있는 호텔에서 올림픽대로를 타고 어디론가 향했다. 63빌딩이 있는 마포 쪽으로 차를 몰던 그는 벚꽃이 한창인 여의도 윤중로로 향했다. 점심시간을 이용해 봄꽃을 보러 나온 많은 인파 속으로 그녀를 데리고 나갔다.

"기사를 검색하는데 여기가 좋다고 해서 보여주고 싶었어."

그녀보다 키가 큰 건휘는 채원의 머리 위에 있는 나뭇가지를 흔들어 꽃눈을 만들어주었다. 머리에 소복하게 쌓인 벚꽃을 털어주며 남몰래 입을 맞추는 장난도 했다. 마치 아무런 일도 없는 것처럼 태연하게 낄낄거리는 그를 보며 채원도 잠시 걱정을 마음에서 내려놓았다. 길거리 노점을 차려놓고 지나가는 사람들을 유혹하는 포장마차에 서서 서로의 입에 군것질거리도 넣어주었다. 마치 꿈만 같던 시간은, 떨어지는 벚꽃처럼 유효기간이 다 되어버렸다는 생각이 왜 하필 가장 행복한 웃음을 짓고 있을 때 떠올랐을까.

"여기서 끝내야 하는데!"

침대에 묻고 있던 얼굴 사이로 가는 목소리가 떨려 나왔다. 그는 미래에 대한 말은 하지 않았다. 혼자 걱정하고 혼자 이별을 결심한다. 이제 막 호텔에서 자신의 꿈을 펼쳐나가는 건휘에게 짐은 되고 싶지 않았다. 누군가에게 부담이 되는 존재는 과거로 충분했다.

"아직 깊어지지 않았으니까……."

각오처럼 꺼낸 말은 끝을 맺지 못했다. 이미 깊어진 마음을 아는데, 부인하는 말로 차마 그와의 관계를 규정짓고 싶지 않았다. 캄캄한 방은 채원이 내뱉는 슬픔으로 어둠만 짙어가고 있었다.

"웬일이냐? 데이트 안 하고?"

"데이트……라."

술잔을 빙글빙글 돌리며 건휘는 비죽 입꼬리를 올렸다. 데이트다운 데이트를 한 적이 과연 있었을까. 퇴근 후에 잠시 짬을 내서 그녀와 얘기를 나눈 것이 데이트인가? 고작 점심시간 짧은 시간을 짜내어 드라이브 비슷한 것도 큰맘을 먹어야 가능한데! 말도 안 되는 루머에 등장하는 얘기들의 반만 해봤어도 이토록 답답하지는 않을 것이다. 채원의 어두워지는 표정을 보면서 달래는 말조차 조심스러웠다. 동요하지 않고 무시하면 그만인데, 채원은 자책을 하는 듯했다.

"곤란한 상황인 거야?"

"곤란할 것 없어."

건휘는 술잔을 단숨에 비우며 딱 잘라 말했다.

"어차피 예상했던 일이긴 하지만, 채원 씨까지 끌어들일 줄은 몰랐다. 너야 각오한 일이니 괜찮겠지만 채원 씨 입장은 또 다르잖아."

상진의 말에 그는 대답을 할 수 없었다. 하긴, 이런 일이 없을 것이라고 생각했던 자체가 무모한 발상이다. 그가 저들을 노리듯 저들 역시 그를 노리는 것은 당연한 이치였다. 요즘 거르지 않고 채원과 함께 퇴근을 하고, 백화점을 돌며 가구를 고르는 재미에 흠뻑 빠져 보는 눈이 있을 거라는 생각을 하지 않았다. 아니 그는 상관없었다. 어차피 가볍게 만나기 시작한 채원이 아니었으니까.

시간이 흐를수록 채원의 눈에 자신이 차지하는 부피가 커짐을 느꼈다. 생소한 감정이었지만 그는 이를 거부하지 않고 기쁜 마음으로 받아들였다. 그로 인해 상처를 받게 할 줄은 꿈에도 모른 채, 제 행복에만 취해 멍청하게 방심하고 있었다.

"개혁안도 호텔 내에서 부정적이야."

"알아."

"뭔가 전환점이 필요한데, 생각한 것은 있어?"

"물론."

"그럼 됐다. 마셔."

빈 잔에 술을 따라주며 상진이 다독거리듯 말을 했다. 호텔 내의 바를 두고, 굳이 시내의 술집까지 나와 아무리 알코올을 들이부어도 취기는 오르지 않았다. 이성은 더 또렷해지고 감정만 들끓었다.

"주식의 변동을 주시할 필요가 있는 것 같아."

"열심히 사들이겠지."

"아직은 방어할 수 있겠지만, 저들이 빼돌린 공금을 주식을 사들이는 데 쓴다면…… 아무래도 더 바짝 조여야겠어."

호텔의 경영권을 놓치기 싫은 외삼촌의 발악은 점점 더 극명하게 표면으로 드러날 것이다. 때를 기다리지만, 지루한 시간 싸움에 행여나 채원이 다칠까 그게 걱정이었다. 안전하면서도 그의 곁에 둘 수 있는 최선의 방법이 뭘까? 술잔을 비스듬히 들고 있던 그의 입가가 매력적으로 휘어졌다.

"채원 씨 생각하냐?"

"티나?"

"진해서 코를 들 수 없다, 자식아! 그렇게 좋냐?"

"점점 더 좋아져."

"하! 세상 참 오래 살 만하네. 네 녀석 입에서 여자 좋다는 소리가 다 나오고. 아마 내 눈으로 보지 않았다면 나조차도 믿지 못했을 거다."

건휘는 상진의 말에 동감하듯 고개를 끄덕였다.

"잘 지켜. 괜찮은 여자 같더라."

"눈 떼라."

"아주 지랄을 하십니다! 내가 친구 여자나 넘볼 놈으로 보이냐?"

"보는 것도 아까워."

"하! 아껴뒀다 한꺼번에 푸는 거냐? 냉정한 놈이라고 생각했던 것이 무색하게 채원 씨한테는 철철 넘치는 것 같은데, 조절을 해! 한꺼번에 다 들이붓고 나중에 고갈 났다고 방치하지 말고."

상진의 말에는 뼈가 담겨 있었다.

"무슨 뜻이야?"

"우리 나이가 그냥 여자를 만날 나이는 아니잖아. 이번 일도 너에게 타격을 주기 위해 채원 씨를 끌어들였어. 결국 널 잡기 위해 사방팔방에서 채원 씨를 이용할 텐데, 사랑이라는 감정으로 참으라는 소리만 할 수는 없잖아."

"그럼 헤어져? 하나마나 한 소리다. 채원이 보호할 능력…… 아직은 있다."

"그렇다면 다행이고."

친구라고 해도 상진은 어쩔 때는 무서울 정도로 본질을 파악

하는 데 능숙했다. 허세를 부렸지만 건휘 역시 걱정이 드는 것
은 사실이었다. 그녀를 놓치고 싶진 않았다. 흔들어놓고 나만
바라보게 만든 후, 지켜주지 못하는 것은 사랑이 아니라 감정
의 유희일 뿐이다. 책임이 뒤따르지 않는 비겁한 감정놀음 따위
는 그녀와 할 수 없다.

"우리 채원이 예쁘지 않냐?"

"눈이 멀 정도지."

"어릴 때도 그랬어."

"어릴 때부터 알던 사이야?"

상진의 물음에 그는 빙그레 웃음을 짓고 말았다. 군에서 제
대를 하고 목장에 들렀을 때만 해도 채원은 고작 고등학생이었
다. 어린 채원을 여자로 생각한 것은 아니라고 생각해왔는데 돌
이켜보면 그의 감정은 그때부터 시작이 아니었나 싶다. 그러니
한국에 들어와 거실에 있는 그녀를 단박에 알아봤겠지.

"꼬맹이 때부터."

"너 롤리타 콤플렉스냐?"

"훗, 그런 말 들어도 싸지. 그래도 그때는 보기만 했다."

"미친놈!"

상진의 욕에도 건휘는 웃음 띤 얼굴로 술잔을 기울였다.

"호텔 소문 따위는 신경 쓰지 말고 이번 세미나에 가서 데이
트나 진하게 하고 와라. 너 없는 동안 한국 호텔은 내가 지키고
있을 테니까."

"그러지."

"이 상황인데도 거길 간다는 소리가 나오냐?"

"좋으니까."

"진짜 미쳤군."

상진은 얼굴색도 변하지 않은 채, 감정을 고스란히 내보이는 건휘를 보며 고개를 휘휘 저었다. 사랑과 재채기는 숨길 수 없다고 하더니, 이러니 상대편에서 채원을 타깃으로 삼았나 싶었다. 결조차 쉽게 허용하지 않는 건휘의 성품을 알기에 상진은 염려를 지울 수가 없었다. 건휘의 집에서 과연 이 둘을 인정할까? 만약 인정을 하더라도 채원이 넘어야 할 장애물의 높이가 너무 높다. 하지만 상진은 그런 말은 아꼈다. 건휘 놈이 처음 하는 사랑이다. 8년을 넘는 시간동안 함께했지만 지금처럼 행복해 보이던 때가 없었다. 친구의 맹목적인 첫사랑이 그저 상흔을 남기지 않기를 누구보다 간절히 바랄 뿐이었다.

딩동, 딩동…….

누군가 왔는지 초인종 소리가 요란했다. 시끄러워! 그녀는 베개를 머리 위에 대며 소음을 피하려 힘껏 눌렀다.

탕탕탕! 탕탕!

누구야, 대체 이 밤에!

짜증이 확 치밀었다. 제발 누군지는 모르지만, 문 좀 열어주라고! 겨우 잠이 들었는데 요란한 소리는 꽤 가까운데서 들려 그녀의 귀를 자극했다.

"이채원!"

이채원? 그건 나잖아! 누가 찾아온 거지?

머리 위로 올린 베개를 들며 고단한 몸을 일으켰다. 옷조차 벗지 않고 침대에 누워 있다가 그대로 잠이 들었나 보다. 웅크리고 잠이 들어 온몸이 뻐근했지만 밖에서 다시 문을 두드리는 소리에 현관으로 향했다.

"이채원아! 문 열어주……라."

비몽사몽간에 움직이던 그녀는 잠이 확 깼다. 건휘였다. 그녀를 부르는 목소리는 분명 그의 것이 틀림없었다. 다급하게 현관문을 열자, 그가 흐트러진 모습으로 벽을 짚으며 서 있었다. 양복 상의는 어깨에 걸치고 넥타이는 아무렇게나 늘어져 있었다. 술 냄새가 확 풍기며 후각을 자극했다.

"술 마셨어요?"

"많이 마셨지이."

혀가 꼬인 모습도 술을 마시고 흐트러진 모습도 처음이었다. 벽에 팔을 대고 선 그는 그녀를 보자마자 다짜고짜 안겨왔다. 덩치가 큰 남자를 감당하기 힘들어 그녀의 몸이 휘청거렸다. 뒤로 주춤 물러섰지만 그는 술 냄새를 풍기며 그녀를 마구잡이로 끌어안았다.

"잠깐, 잠깐만요!"

건휘의 몸을 세우기 위해 팔에 힘을 주며 채원은 그를 부축했다. 그의 어깻죽지 밑으로 머리를 끼워 넣고 허리를 감싸며 집 안으로 들였다. 불도 켜지 않아 컴컴한 방으로 술에 취한 그를 부축하며 들어가는 것 자체가 힘이 들었다.

"후아!"

침대에 겨우 눕히자, 그가 숨을 몰아쉬었다. 이 지경으로 취해서 여긴 어떻게 왔을까 뒤늦은 걱정이 들었다. 채원은 급히 불을 켜고, 침대에 앉은 그를 위해 싱크대로 향했다. 꿀을 사다놓았던가!

싱크대를 뒤졌지만 사다놓은 적이 없는 꿀이 나올 리는 만무했다. 고작 찾은 것이라고는 거의 손도 대지 않은 설탕뿐. 설탕물을 타주고 싶진 않아 채원은 싱크대 문을 닫고 바닥에 아무렇게나 놔뒀던 가방에서 지갑을 꺼냈다. 침대 위에 앉아서 눈을 감고 꾸벅꾸벅 졸고 있는 남자를 쳐다보고는 등을 돌려 현관으로 향했다.

"어디 가?"

"잠깐 편의점 좀 다녀올게요. 피곤할 텐데 눈이라도 붙이고 있어요."

"가지 마……."

그가 그녀를 향해 팔을 벌렸다. 마치 안아달라는 투정처럼.

"꿀만 사올게요."

"괜찮으니까 오라고."

"속 괜찮아요?"

"응. 그러니까 어서!"

그는 침대를 손으로 툭툭 치다가 고개를 밑으로 툭 떨어뜨렸다. 채원은 지갑을 든 채 망설였다.

"그럼 내가 갈까?"

x

그가 비틀거리며 침대에서 일어나자, 채원은 지갑을 식탁에 내려놓고 그에게 다가갔다. 그의 앞에 선 채원을 보았는지 건휘가 숙인 고개를 그녀의 배에 댔다. 팔로 허리를 두르고 꼼짝도 할 수 없게 그녀를 얽어맸다.

"좋다."

한숨처럼 흘러나오는 그의 말에 채원은 어이없이 코끝이 시큰해졌다. 그녀의 집은 처음인데 술을 마시고도 용케 찾아온 그다. 거리를 두어야겠다는 생각을 한 지 얼마나 지났다고, 채원은 그의 머리카락을 부드럽게 쓸었다.

"졸리다."

"조금만 졸아요. 술이 깨면 내가 데려다 줄게요."

"싫어."

그는 투정처럼 말을 하고는 그녀가 떨어질세라 허리를 감은 손에 힘을 주었다. 그의 입에서 흘러나오는 뜨거운 입김이 배를 자극했다.

"옷 벗고 좀 누울래요?"

"벗겨주면!"

그가 허리에 둘렀던 팔을 빼, 위로 번쩍 들었다. 마치 그의 옷을 벗겨달라는 시위를 하듯. 채원은 양복 상의를 벗기며 삐뚤게 매달린 넥타이를 풀었다. 혹시나 답답할까, 와이셔츠 단추에 손을 대려다 어색함에 얼른 손을 뗐다.

"이리 와!"

그는 침대를 톡톡 치며 말을 하고는 뒤로 벌렁 자빠졌다. 푹

신한 매트리스에 누워 팔을 옆으로 뻗었다.

"아무 짓도 안 할게."

"잠이나 자요. 당신이 말하는 아무 짓 하나도 안 무서우니까."

"쿡, 많이 컸네! 이채원. 이제 시집가도 되겠어?"

"나이로는 벌써 성장을 멈추고 노화에 들어가요. 얼른 자요."

"편안하……다."

말이 느려지더니 곧 규칙적인 숨소리를 냈다. 좁은 침대에 장신의 그가 누워 있는 모습을 보며 채원은 처음으로 자신의 집이 작다는 생각을 했다. 비좁지만 그녀에게는 가장 편안한 안식처였는데…….

무릎은 침대 밖으로 나와 있고, 양말까지 신고 있는 그를 위해 채원은 무릎을 꿇었다. 양말을 벗기고 욕실에서 수건을 적셔 얼굴을 닦아주었지만, 그는 여전히 깊은 잠에 취해 있었다. 손으로 그의 얼굴을 조심스럽게 매만져도 건휘의 숨결은 흐트러지지 않았다.

"잘생겼네."

잠을 자는 그를 채원은 한참을 들여다보았다. 보고 또 봐도 질리지 않는 모습을 눈에 각인시키듯 손끝이 눈, 코, 입술을 차례로 스쳤다. 간지러운지 그가 얼굴을 찌푸렸고, 채원은 누가 뭐란 것도 아닌데 깜짝 놀라 손을 치웠다.

"더 만져줘."

그가 그녀의 손을 잡아끌며 제 얼굴에 댔다. 자고 있는 줄 알

앉는데 급작스런 행동에 놀란 채원은 잡힌 손을 빼려 힘을 주었다. 그가 손을 놓아주지 않자 손을 빼려는 채원과 작은 실랑이가 벌어졌다.

"네가 만져주면 잠이 올 것 같아. 피곤해."

채원은 차마 그 말을 듣고도 손을 뺄 수가 없었다. 그의 말대로 천천히 얼굴을 쓰다듬고, 머리를 매만졌다. 완전히 잠이 들어 미약하게 코를 골아도 그녀의 손길은 멈추지 않았다.

"융통성 없는 바보."

그에게 침대를 빼앗기고 새우잠을 자듯 몸을 웅크리고 있는 채원을 보며 건휘는 마른세수를 했다. 술김이라는 핑계가 없었다면 아마도 채원을 찾아오지 못했을 것이다. 그녀를 힘들게 했다는 자괴감은 몸도 제대로 펴지 못하고 잠이 든 채원을 보자 더 짙어졌다.

"미안해."

차마 듣는 데에서는 말을 못하고, 잠이 든 채원에게 비겁한 사과를 해버렸다. 치밀하게 계산을 하며 인간관계를 맺는 데 익숙한 그에게 채원은 셈을 할 수 없게 만드는 존재였다. 맹목적으로 치닫는 감정은 시간이 지날수록 더 깊어진다. 처음에는 생명이 없는 인형처럼 맥을 놓고 있는 그녀를 예전처럼 되돌리고 싶은 마음이었다. 하지만 계속 볼수록 그의 감정은 무럭무럭 자라났다.

내면의 상처 때문에 섣불리 사람에게 곁을 주지 않는 채원이 마치 제 모습처럼 느껴졌다. 그래서 먼저 손을 내밀고, 그녀를 흔들기 시작했다. 예전처럼은 아니어도 그의 품 안에서는 생기가 있길 바라는 마음뿐이었는데 겨우 얼마 되지 않아 제 몫의 짐을 그녀의 등에 지게 했다.

"이채원!"

자고 있는 그녀를 불렀기에 대답은 없었다.

"너만 있으면 다 괜찮을 것 같다."

그녀가 부드러운 손길로 그를 만졌듯, 그도 작은 얼굴을 손끝으로 훑었다. 눈, 코, 입을 차례로 만지다가, 하얀 목덜미를 제 손으로 감쌌다. 온전히 다 가지고 싶은 맹목적인 욕심을 어쩌나!

그를 악의적으로 비방하는 것은 괜찮았다. 하지만 그녀를 끼워 넣은 사람들은 용서할 수 없었다. 누구든지 그녀에게 해코지를 하는 사람이 있다면……. 반드시 찾아내서 응분의 대가를 치르게 할 생각이다.

"내 곁에만 있어."

놓을 수 없는 여자였다. 그렇기에 허망하게 흩어지는 말이라도 해서 그녀를 잡아야 했다. 건휘의 눈빛이 지독한 어둠을 닮아가고 있었다.

- 들어오라고 해!

인터폰에서 들려오는 소리에 영은은 덜덜 떨리는 손을 마주 잡으며 호흡을 골랐다. 얼뜨기처럼 벌벌 떠는 모습은 보이기 싫었다. 잘못을 했지만, 전혀 없는 사실이 아니었기에 괜스레 겁부터 집어먹은 모습을 총지배인에게 보일 이유는 없었다.

"들어가세요."

"예."

비서가 문을 열어주자 영은은 당당한 걸음으로 총지배인실에 들어갔다. 그녀 같은 말단 직원이 총지배인을 볼 수 있는 기회란 별로 없었다. 지나가다 얼굴은 볼 수 있지만 말을 걸어본 적은 없기에 긴장감이 드는 것은 어쩔 수 없는 일이다.

"배영은 씨, 앉아요."

"감사합니다."

소파에 엉덩이를 살짝 걸치고 앉았지만 총지배인은 책상에 앉은 채, 꿈쩍도 하지 않았다. 입 안에 쓴 물이 고이는 것 같았다.

"뭐 마실래요?"

"아닙니다."

"그래요, 그럼."

조 총지배인은 의자에 몸을 기대고 앉아 노련한 눈길로 그녀를 살폈다. 유니폼을 입고 있는 영은은 그리 뛰어난 외모를 지닌 것도 아니었고, 그다지 평가도 좋지 않은 터라 바라보는 눈길이 삐딱했다.

"아버지가 회장님과 친분이 있다고? 누님이 그러시던데?"

"예."

"그래서 이 호텔로 온 건가?"

"원래 동경하던 호텔이라 지원을 하게 되었습니다."

"그래?"

눈썹을 까딱 올리며 말을 하던 그가 자리에서 일어나 그녀가 있는 쪽으로 나왔다. 푹신한 소파에 위태롭게 앉아 있는 영은을 집요하게 바라보다 툭 말을 내뱉었다.

"무슨 목적이지?"

에둘러 가지 않고 정확하게 요점을 물었다.

"우리 건휘를 가지고 소문을 낸 이유, 물어도 될까?"

"저, 저는 그냥 본 것만 말했을 뿐입니다."

영은은 올 것이 왔다는 생각과 함께 오히려 기가 죽을 일이 아니라며 떨리는 속을 다독거렸다. 본 것을 얘기했다. 약간의 과장이 섞여 있었지만 아예 없는 일이 아니라는 사실에 그녀는 떨리는 가슴을 추슬렀다.

"이채원과 우리 건휘가 함께 있는 것을 봤다? 사실인가?"

"예, 총지배인님."

영은은 속까지 꿰뚫을 것 같은 눈길을 피하며 모기소리만하게 대꾸했다. 일을 하던 중 갑자기 총지배인실에서 오라는 전갈을 받고 겁이 버럭 났다. 처음부터 건휘와 채원의 얘기를 꺼내려고 한 것은 아니었다. 어차피 돌고 있던 소문 위에 그녀가 본 사실을 약간의 과장을 섞어 말한 것뿐이다. 그런데 그 여파는 대단했다. 사람들의 입을 지날 때마다 눈덩이처럼 과장되고 부풀려지는 소문은 나중에 그녀의 귀에 도착했을 때는 더럭 겁이 날 지경이었다.

"이채원과 친하지 않나?"

"친하다고 말하기는 좀……."

"왜, 안 친하나?"

"그건 아니고 안면 정도 있을 뿐입니다."

그녀의 대답이 맘에 안 드는 듯 조 총지배인은 눈살을 찌푸렸다. 소문의 근원지는 분명 그들이었지만 엄청나게 커져버린 루머로 인해, 누나의 걱정을 들었다. 우위를 차지하기 위한 결정이었지만 오히려 역효과가 될까 전전긍긍할 때 배영은이라는 여자가 그들의 소문에 양념처럼 진실을 섞었다는 것을 알게 되었다. 조 여사는 단박에 영은을 이용하라는 지시를 내렸다. 별로 내키지 않아 지금에서야 불렀지만 총지배인은 꼼꼼한 눈길로 앞에 앉은 여자를 살폈다.

이용가치가 있을까.

영은을 바라보며 계산기를 두드렸다. 어차피 매형과 관련이 있는 사람들이고, 말단 직원이니 일이 끝났을 때는 해고를 하면 그만이다. 누나의 개입은 매형이 알아차릴 리가 만무했고, 여차하면 모든 누명을 배영은에게 뒤집어씌우면 그만이다.

"식음료 파트에 있다가 순환근무를 한다고?"

"예, 전무님."

"매형이 친히 소개를 한 사람인데 그런 곳에 있어서 쓰나! 어디 특별히 일하고 싶은 부서가 있나?"

영은의 눈이 휘둥그레졌다. 시말서까지는 쓸 각오를 하고 찾아온 총지배인실에서 오히려 다른 부서로 갈 수 있는 기회를 제

공한다니 믿겨지지 않았다.

"지금에 만족하나?"

"아, 아닙니다."

"그럼 허심탄회하게 말해보게."

엄한 눈초리로 주시하던 조 총지배인의 눈길이 누그러졌다는 것에 용기를 얻어 영은은 차마 말하지 못한 욕심을 내보였다.

"전무실 비서로 일할 생각이 있나?"

"예? 저, 전무비서실요? 네."

"마치 기다리고 있었던 사람 같군."

그녀의 말에 포복절도를 하는 총지배인의 모습에 영은은 제 혀를 물었다. 제가 소문을 낸 당사자 밑으로 가고 싶다는 말을 했으니 당연한 반응이 아닌가 싶었다. 떠보느라 물어봤다면 큰 일이었지만 그래도 본심은 숨기고 싶지 않았다. 그만큼 영은은 최건휘의 옆에 있고 싶었다. 채원도 있는데 왜 저는 안 되나 하는 생각에 사로잡혀 총지배인의 웃음에도 말을 물리지 않았다.

"그럼 이채원 씨는 어쩔까?"

"네?"

"밀어내고라도 들어갈 자신이 있나?"

"그건…… 발령을 내주시면 가서 열심히 일을 하겠습니다."

"전공이 호텔경영이던가?"

영은은 전공을 묻는 말에 입술을 물고 말았다. 호텔경영학과 를 나왔지만 내세울 만한 학교도 학점도 가지지 못했다. 이럴 줄 알았으면 열심히 공부할 것을, 뒤늦은 후회가 들었지만 지금에 와서 어쩔 수는 없는 일이다.

"최건휘와 함께 있고 싶다! 좋지, 나쁠 것 없어."

총지배인의 말에 그녀의 가슴이 거칠게 뛰기 시작했다. 이룰 수 없는 소망이라고 생각했는데 이런 기회를 얻게 될 줄이야.

"감사합니다! 열심히 하겠습니다."

"대신 들어줘야 할 조건이 있어."

"뭐든지 말씀하세요. 제가 할 수 있는 일이라면 뭐든지 하겠습니다."

"좋아. 그렇다면 말이지……."

총지배인이 목소리를 낮춰 요구를 말하기 시작했다. 진지한 표정으로 얘기를 듣던 영은의 눈에 의아함이 서렸지만, 겨우 잡은 기회를 놓치기 싫어 열심히 고개를 끄덕였다. 손님들의 비위를 맞추며 서빙이나 하는 자신이었다. 물불 가릴 여유조차 없었다. 그저 자신을 선택해준 조 총지배인이 고마울 따름이었다.

seven

세미나라는 이름이 붙은 모임치고는 회의시간은 짧았다. 오히려 각 호텔의 임원들이 서로의 안면을 익히고 인사를 나누는 성격이 훨씬 강했다. 한국 호텔의 전무자격으로 참가한 건휘에게 호감을 표하는 동종 업계의 사람들과 안면을 익히며 인사를 나누었다. 경쟁 관계에 있는 사람들이었지만 하나라도 더 정보를 얻기 위해 친목을 다지는 것에도 소홀할 수 없었다. 제주도의 특급 호텔에서 이뤄진 회의는 2박 3일이라는 날짜와 달리 첫날에 거의 모든 일정이 몰려 있었다. 나머지 날들은 개인적인 여행과 휴식을 하라는 말은 모처럼의 여유를 찾을 수 있는 핑계가 되어 주었다.

   바다낚시를 하자는 권유가 있었지만 건휘는 다른 계획이 있다는 말로 호텔에서 체크아웃을 하고 나왔다. 채원과 함께 온 첫 출장길이었기에 그녀를 혼자 두고 싶지 않았다. 회의가 이뤄

지는 호텔에서 나와 신엄으로 차를 몰았다. 미리 알아둔 곳은
고급스런 펜션이 몰려 있는 곳이기도 했다. 이국적인 모습으로
지어진 펜션이 보이자 그는 옆자리에 앉은 채원을 살폈다. 오랜
만에 제주에 왔다는 말을 공항에서 들은 터라, 안 좋은 기억에
아파하는 것은 아닌지 신경이 쓰였다. 해안도로의 수려한 장관
을 바라보는 채원의 우울한 얼굴이 차창에 비쳤다. 말을 꺼내
려다가 어설프게 아는 척하지 않는 것이 좋다는 생각에 그 역
시 침묵을 지켰다. 차는 미리 예약한 펜션 입구로 향했다. 우거
진 야자수의 풍경과 어우러진 통나무 펜션은 꽤 마음에 들었
다.

"내리자."

"짐만 풀고, 목장에 갔다 오면 안 될까요?"

그도 생각을 안 해본 것은 아니었다. 그녀의 집을 들러야 하
나, 고민을 했었지만 채원의 마음이 어떤지 몰라 섣불리 결정을
내리지 못하고 있었다. 하늘 목장, 예전에는 그녀의 집이었지만
이제는 제 부친의 소유가 되었다. 제 잘못도 아닌데 미안한 마
음에 운조차 떼지 못했는데!

"목장?"

"가보고 싶어요. 서울로 올라간 후 한 번도 가보지 못했거든
요."

채원의 말에 건휘는 그대로 핸들을 돌렸다. 짐도 내리지 않고
차를 돌렸지만 채원은 별다른 말을 하지 않았다. 어제부터 지
금까지 그녀의 표정은 우울했고, 좋은 추억을 만들고자 했던 건

휘까지 맥이 풀리는 기분이었다.

"나 때문에 신경 쓰지 말아요."

"그런 말이 어디 있어. 맘 상할 것 같으면 이대로 차 돌리고."

"아빠는 보고 가야죠."

"아…….."

제주까지 왔으니 당연한 일인데 미처 거기까지 헤아리진 못했다. 미안한 마음에 건휘는 차의 속도를 높였다. 서울과 달리 한산한 도로는 차들이 드문드문 보였고, 신호만 아니라면 막힘없이 질주를 할 수 있었다.

"아버지를 목장에 모셨어요."

"목장에?"

"목장에 있는 나무에 수목장을 했거든요."

소유권은 최 회장이 가졌지만 여전히 목장을 지키는 사람은 채원의 아버지 같았다. 죽어서도 목장을 지키고 있는 것 같은 느낌은 그로 하여금 말을 잊게 만들었다. 한참을 달렸을까. 드넓은 목초지가 보이기 시작했고, 하늘 목장이라는 간판이 관리되지 않은 모습으로 눈에 들어왔다.

나무로 만든 팻말은 한 귀퉁이가 떨어져 바람에 달랑달랑 거렸고 주인의 애틋한 손길로 정리가 잘되었던 목장의 목초지는 잡풀이 무성하게 자란 모습이었다. 건휘의 인상이 절로 찌푸려졌다. 차가 목장 안으로 들어섰고, 인적조차 보이지 않는 썰렁한 집터는 마치 흉가처럼 방치되어 있었다.

"내리자."

맘 같아서는 흉흉한 모습을 더 이상 보여주기 싫어 이대로 채원과 목장을 빠져나가고 싶었지만 아버지를 보겠다는 그녀의 의지를 꺾을 수는 없었다.

　"사람이 안 사는 모양이다."

　제가 살던 집을 바라보는 채원의 눈이 안타까움에 좁아졌다. 부끄러움 때문일까. 건휘는 그녀의 눈을 제 손으로 막고 싶은 충동을 애써 눌렀다. 되도록 태연하게 행동해야 하는데, 너무도 초라한 목장의 모습에 목소리가 잦아들었다.

　"그러네."

　"집은 사람의 훈기가 있어야 하는데."

　제가 자란 집을 쳐다보는 채원의 눈길이 애틋하게 젖어갔다. 말만 목장이지, 거의 방치되다시피 한 곳은 금방이라도 귀신이 나올 것처럼 음산한 분위기였다. 채원의 말대로 사람의 훈기가 없는 집은 폐가처럼 보여 그녀의 곁에 선 건휘의 귓가를 화끈하게 만들었다.

　"고치자. 내가 고칠게."

　변명처럼 빠르게 말을 했지만 채원은 고개를 흔들었다.

　"됐어요. 집도 살 사람이 있어야 하는데, 여긴……."

　"나중에 우리가 와서 살면 되지, 뭐 어렵다고!"

　건휘는 제가 말해놓고도 깜짝 놀라고 말았다. 여기서 살 생각은 하지 않았는데…… 그럼에도 채원의 눈치를 살피게 됐다. 그녀도 그와 같은 꿈을 꿀 수 있을까. 어쩌면 그의 말에 감동이라도 받은 것은 아닐까. 하지만 채원은 서늘하게 웃으며 나직한 소리를 낼 뿐이었다.

"훗! 미래는 장담하는 게 아니래요. 가요, 아빠 소개시켜줄 테니까."

"이보세요, 이채원 씨! 나 원래 댁 아버지와 친했거든요?"

"거짓말."

채원이 말간 웃음을 지었다. 제 아픔을 덜어주기 위해 가벼운 농담을 해주는 건휘가 고마웠다. 물론 아버지와 친했다는 거짓말을 눈도 깜짝 하지 않고 하는 모습은 약간의 얄미움을 느끼게 했지만.

"저기에요."

목장의 울타리가 쳐진 곳에 수령이 꽤 되는 아름드리나무가 서 있었다. 초록의 짙은 잎사귀가 나무 밑으로 시원한 그늘을 만들어 놓았고, 그 밑에 작은 팻말에는 채원의 아버지 이름이 쓰여 있었다.

"아빠!"

채원이 물기가 그득 고인 목소리로 제 아버지를 불렀다. 나무 밑에 쪼그리고 앉아 제 아버지의 이름이 쓰인 팻말을 소중하게 쓰다듬었다.

"너무 늦게 왔죠? 미안."

한껏 어리광을 부리고 싶었지만 그저 나무로 만든 팻말만 하염없이 쓰다듬으며 가슴속에 그득 들어찬 말을 속으로 중얼거리기만 할 뿐이었다.

"안녕하세요, 저 기억하시죠? 건휘예요."

마치 처가에 처음 인사를 온 사람처럼 뻣뻣한 말을 내놓는 건휘를 보며 채원은 아버지에게 속으로 그를 소개했다.

'아빠, 내가 좋아하는 사람이에요.'

아까워 다른 놈에게 어떻게 우리 딸을 주겠냐며 너스레를 떨던 아버지의 생전 모습이 떠올랐다. 아마, 지금도 아버지는 구시렁대며 그녀와 함께 온 건휘를 못마땅하게 생각할지도 모르겠다.

'그래도 봐주세요. 제가 많이 좋아하거든요!'

채원은 진심을 고백했다. 아직 건휘에게도 말하지 못한 마음속의 감정을 솔직하게 드러내며 6년 만에 찾아온 아버지에게 서투른 고해성사를 계속 이어갔다.

"이게 누구마씨?"

"아줌마!"

집에서 일을 봐주던 순자 아줌마가 머리에 수건을 쓴 채, 눈을 가늘게 뜨고 채원을 살폈다. 목장에는 사람이 아무도 없는 줄 알았는데, 차를 보고 급히 왔는지 순자의 숨이 꽤 거칠게 흘러나왔다.

"기여, 우리 채원이 맞구나!"

"네, 저예요."

"영 보게 얼굴이 이게 무사, 서울서 고생만 해샤?"

순자는 살갑게 채원의 얼굴을 쓰다듬으며 눈시울을 붉혔다. 아기 때부터 그녀를 돌봐주며 생계를 이어갔던 아줌마가 지금

258

은 어떻게 살고 있는지 궁금했다. 목장이 망하는 바람에 다들 뿔뿔이 흩어져 소식조차 모르니 반가운 마음은 이루 말할 수 없었다.

"아줌마도 늙었네."

"게메. 이젠 쭈그랑 할망탱이가 됐져."

"건강하시죠?"

"무사 남 걱정 햄시냐? 니가 더 걱정인디. 잘 지냄시냐?"

"그럼요."

"저 소나이는 누구?"

순자는 얼마간의 거리를 두고 서 있는 건휘를 가리키며 물었다. 살피는 눈길이 얼마나 노골적인지 어지간해서는 눈을 피하는 법 없는 건휘가 고개를 돌렸다.

"최 회장님, 아시죠?"

"누게? 최 회장?"

"네, 그분 아들이에요."

"너 지금 제 정신 맞으디야?"

순자는 와락 성을 내며 채원을 향해 소리를 질렀다. 마치 못 들을 소리를 들은 것처럼 과격한 반응이었다. 채원은 순자의 모습에 당황해 얼굴을 굳혔다. 적대감이 묻어나는 표정으로 건휘를 바라보는 순자의 모습을 이해할 수 없었다.

"왜 그래요, 아줌마!"

"니가 미쳐샤! 저 소나이들이 누겐디…….."

순자는 말을 채 잇지 못하고 채원의 팔을 꽉 움켜잡았다.

"저 소나이들이랑 어울영 못 쓴다. 내가 고는 말 꼭 새겨들어야 한다. 이?"

채원은 격앙된 반응을 보이는 순자를 어리둥절한 눈길로 쳐다보았다. 마치 원수를 바라보는 눈길이 아닌가. 건휘도 분위기가 심상치 않았던지 그들이 있는 곳으로 다가오고 있었다.

"뭐야?"

"아무것도 아니에요."

채원은 걱정이 묻은 목소리로 묻는 건휘의 말에 얼른 대답을 했지만 순자의 적의 어린 눈길까지는 숨길 수가 없었다.

"채원아 니 정신 똑똑히 챙겨라. 배씨나 저 소나이들이나 똑같은 사람들이여. 절대로 맘 주지 말고 상종하지 말어, 알아샤."

사투리가 가미된 억양이었지만 건휘는 순자가 하는 말을 다 알아들은 듯 미간을 찌푸렸다. 다짜고짜 채원을 다그치며 어울리지 말라는 소리를 하니 그 역시 황당한 모습이었다.

"혹시 목장에서 일하세요?"

"예 일햄스다. 무사, 경 물엄스강?"

"혹시 저희 집에서 실례를 한 일이 있나 싶어서 여쭈었습니다."

"일 없수다. 기냥 우리 채원이만 건드지 맙서예!"

어미 닭처럼 그녀를 챙기는 순자였지만, 애먼 건휘에게 화풀이를 하듯 소리를 지르는 모습이 채원을 민망하게 만들었다.

"밥은 먹엉 다념시냐?"

"그럼요."

그녀가 대답을 하자마자 목장 울타리 밖에서 누군가 순자를 부르는 소리가 들렸다. 아마도 함께 일을 하던 사람들 같았다.

"무사 기냥 가젠 햄시냐? 우리 집에 강 있으라, 좀 있당 가켜."

"가야 해요. 다음에 또 올게요."

"어떵 영 보내주랴?"

그녀의 손을 놓지 못하고 안타깝게 말을 하던 순자는 밖에서 재촉하는 소리에 더는 머물지 못하고 발길을 돌렸다. 가면서도 뒤를 얼마나 돌아보던지, 바라보는 그녀의 마음까지 짠했다.

"친했던 분인가?"

"저 키워주신 분이요."

"목장에서 일하시는 분이었어?"

"그때는 집에서 살림만 해주셨는데⋯⋯."

"그랬구나."

건휘는 일행들과 얘기를 하면서도 계속 이쪽을 주시하고 있는 여자를 바라보며 입술을 굳혔다. 분명히 저 여자는 적의를 보였다. 이유도 없이 남을 해코지할 사람으로 보이지 않았는데⋯⋯.

뭔가 영 께름칙했다. 채원에게는 말을 하지 않지만 석연치 않은 이유가 있을 것만 같은 느낌. 무시하고 지나치고 싶지만, 그래도 알아봐야 한다고 직감이 외쳤다.

"가자."

"그래요, 가요."

"뭐 먹고 싶은 것 있어?"

"아뇨."

차로 나란히 걸어가며 건휘는 불안감을 숨긴 채 채원에게 말을 걸었다. 올 때보다는 한결 편안해 보이는 그녀의 어깨를 끌어당기며 애써 여자가 했던 말들을 머릿속에서 밀어내려 노력했다.

"다시 올 때는 지금과 다른 모습을 보여줄게."

"응?"

"집도, 목장도! 예전처럼 만들어 놓을게."

"그럴 필요 없다니까요."

"내 마음이 안 좋아서 그래."

채원에게 방치된 목장의 모습은 더 보여주지 않을 것이다. 너른 목장을 이토록 방치해두는 이유가 뭘까. 필요 없는 목장을 굳이 사들인 이유는 또 뭐고! 꼬리를 물고 이어지는 의문에 대한 답은 쉽게 떠오르지 않았다. 목장을 살 때의 재정 상태를 서울로 올라가서 뒤져봐야 하는지 고민이 깊어졌다. 건휘는 더 깊게 채원의 어깨를 끌어안았다.

집게를 들고 고기를 능숙하게 뒤집던 건휘가 그녀와 눈이 마주치자, 집게를 허공에 대고 흔들었다. 의자에 앉아 그 모습을 바라보는 채원의 얼굴에 고요한 미소가 어렸다. 숯을 피우느라 연신 기침을 하던 건휘의 모습은 간데없고 일류호텔의 주방장처럼 요리를 해내고 있었다. 채원은 팔짱을 끼고 그를 바라보던 시선을 돌려 노을이 지는 하늘을 바라보았다. 육지에서 제주로 오는 비행기가 금방이라도 뚝 떨어질 것처럼 머리 위를 맴돌고 있었다.

"채원아!"

그가 부르는 소리에 채원은 의자에서 일어났다. 굵게 짜인 얇은 반팔 니트 아래 입은 긴 치마가 다리를 휘감겨왔다. 육지와는 다른 소금기 묻은 바람이 머리카락을 스치고 지나가자, 그녀는 손으로 머리를 꽉 잡으며 그에게 다가갔다.

숯으로 달아오른 불판에서 화끈한 열기가 느껴졌고, 그 앞에서 고기를 굽던 건휘의 얼굴 역시 붉게 상기가 되어 있었다. 콧잔등 위에 송송 맺힌 땀을 보며 채원이 손을 뻗어 닦아주었다.

"아, 해봐."

"내가 먹을게요. 잘 익었어요?"

"그럼, 누가 한 요리인데!"

집게로 고기 하나를 집어 그녀의 입에 넣어주며 건휘가 거들먹거렸다. 입 안에서 말캉하게 씹히는 고기는 연했고, 톡 터지는 육즙은 식욕을 돋우었다.

"나도 줘 봐. 아!"

입을 벌리고 선 그를 위해 채원은 잘 익은 고기 하나를 집었다. 펜션에 오면서 장을 봐왔기에 싱싱한 채소가 소쿠리에 한가득이었다. 신중하게 야채를 골라 고기를 쌈 싸 그의 입에 넣어주었다.

"역시, 맛있어."

눈을 곱게 접으며 과장되게 말을 하자, 채원이 까르르 웃음을 지었다. 세상의 걱정 따위는 전혀 없는 것처럼 둘은 서로를 먹여주며 식사를 했다. 마치 현실을 잠시 떠나 낙원에 온 것 같은 착각을 누구도 깨려 하지 않았다. 보기보다 손이 큰지 불판에는 남은 고기가 꽤 있었지만 배가 부르다며 서로에게 밀기도 하고, 설거지를 두고 가위 바위 보까지 하는 유치함도 만끽했다.

식사는 즐겁게 끝이 났고, 붉게 노을이 졌던 하늘과 맞닿은 바다에는 불을 밝게 켠 고깃배들의 차지가 되었다. 멀리 보이는 불빛을 풍경삼아 둘은 야외 데크에 앉았다. 성수기가 아니어서 그런지 펜션은 한적했다. 오가는 사람들이 적었고, 오직 두 사람을 위해 존재하듯 시끄러운 방해자도 없었다.

"자, 건배!"

그가 건네 준 잔에는 피보다 붉은 와인이 담겨 있었다. 알코올과는 친하지 않은 편인 채원이었지만 오늘은 마다하지 않았다. 그의 말대로 잔을 부딪치고 쌉싸래한 와인의 향을 음미했다.

"우리 만난 지 며칠이나 됐는지 알아?"

"아, 그러고 보니 벌써 3개월이 넘었다. 정확하게 며칠이 됐는지 기억나요?"

"기억나요, 소리가 나와?"

"세심한 사람이 아니라 기억 못 했어요."

"100일은 지났더라."

"아……."

지금까지 며칠이나 만났는지 기억도 못 했으면서 지났다는 100일은 아쉽기만 했다. 기억에 남는 추억 하나쯤 간직해도 좋았을 텐데. 사람 마음이 이렇게 간사했다. 건휘에게 마냥 미안하고, 마냥 고마웠다.

"밤바다가 꽤 운치 있다."

채원은 그의 말에 동감했다. 바닷가에 살아서 그런지 사람들이 바다바다 노래를 부르면 잘 이해가 되지 않았다. 하지만 서울로 상경을 한 뒤, 그녀 역시 너른 바다에 대한 그리움에 한동안 힘들었다. 짭조름한 향기도, 산들바람이 아닌 휘몰아치는 거센 바람도, 귀에 익은 투박한 사투리까지 모든 것이 매끄러운 서울에 쉽게 적응하지 못했다.

"내일 올라가야 하는 거죠?"

"아쉬워?"

"모르겠어요."

"세미나 장소가 제주라고 했을 때 고민을 했지. 혹시 데리고 내려왔는데 지독한 향수병에 걸려 혼자 올라가라고 할까 봐."

"풋, 그런 게 어디 있어요!"

"내 맘이 그랬다는 소리야. 들어가자. 밤바람이 차다."

그녀의 어깨에 그의 스웨터까지 걸쳐주고도 걱정이다. 둘이 함께하는 오붓한 시간을 늘리고 싶어 조금만 더 있다 들어가자는 소리가 혀 밑까지 차고 올랐지만 채원은 선뜻 자리에서 일어났다. 그의 얼굴에 밴 피곤함을 봤기에.

"호텔은 괜찮겠죠?"

한바탕 루머로 몸살을 앓았으니 채원의 입에서 걱정이 나왔다. 건휘는 별것 아니라는 듯 시큰둥하게 대답을 했다.

"상진이가 지킨다고 큰소리쳤으니까 별일 없을 거야."

"풋!"

"별로 믿음이 안 가지?"

얼굴을 기울이며 하는 말에 채원은 고개를 끄덕였다. FM이라는 별명을 가지고 있다는 상진에 대한 얘기는 건휘를 통해 종종 들었다. 만약 호텔에 일이 터졌다면 전화는 빨리 했을 것이다. 그리고 그들이 서울에 도착했을 때는 미리 준비한 수십 장의 대책을 건휘의 손에 보고서로 만들어 들려줄 것이고.

"먼저 씻을래?"

펜션 안으로 들어온 그가 나직이 물었다. 갓 신혼여행을 온 새색시처럼 의도하지 않았는데 볼이 화끈거렸다. 그가 있는데 욕실로 들어갈 용기는 나지 않아 고개를 가로저었다.

"그럼 나부터 씻을게."

"네."

다른 때와 달리 이번 여행에서 건휘는 그녀에게 키스조차 하지 않았다. 루머 때문에 조심을 해야 한다는 것을 알지만 서운한 마음이 들었다. 그가 꼭 안아주면 세상의 근심 따위는 저와 상관없는 일이 되는 것 같았다. 그가 호흡을 거칠게 앗아가면 완전히 흡수되는 듯 일체감을 느꼈는데…….

갈아입을 옷을 가지고 욕실로 들어가는 건휘의 뒷모습을 채원은 뜨거운 시선으로 바라보았다. 그의 품이 자꾸만 탐났다

늦은 시간임에도 최 회장은 퇴근을 미루며 시계만 계속 들여다보았다. 도착할 때가 됐음에도 아직 소식이 없는 터라 초조함이 들었다. 불이 환하게 켜진 사무실 밖으로 화려한 야경이 펼쳐졌지만 이미 익숙해진 아름다움은 퇴색한 듯 느껴졌다.

똑똑.

노크 소리가 들렸고, 급히 황 실장이 들어왔다. 거구였지만 황 실장의 행동은 민첩했다. 그가 원하는 서류를 건네며 가쁜 숨을 몰아쉬었다.

"확인했나?"

"네."

최 회장은 급히 서류로 눈을 내렸다. 소유권 이전이 완전히 끝난 제주도 목장을 담보로 은행에 대출을 신청했다가 난감한 사실을 뒤늦게 알아내고 말았다. 모두 그의 것으로 만들었다고 자신했는데!

"어떻게 이게 빠진 건가!"

"죄송합니다. 당연히 목장에 속해 있는 줄 알았습니다."

"어차피 대출은 물 건너가게 됐군."

최 회장은 체념이 묻은 눈길로 중얼거렸다. 이제 와서 멈춰야 한다는 것을 알지만 한번 빠진 경마라는 것에서 쉽게 나올 수가 없었다. 결국 제 욕심을 채우기 위해 목장을 담보로 잡혀 돈

을 꺼내려던 것을 제지하듯 우연치 않은 걸림돌이 그의 행동을 막았다.

"제가 이채원 씨를 만나볼까요?"

"아니야."

"아무래도 어수룩했던 어릴 때와 달리 지금 말을 하기는 좀 그렇기는 할 겁니다. 목장이 완전히 넘어간 줄 알 텐데 이 사실을 알면 영악하게 나올지도 모르고요."

최 회장은 손가락 끝으로 책상을 톡톡 치며 고개를 저었다. 이미 대출이 불가능하다는 통보를 받은 터라 미련은 접었다. 외산마를 들이려고 했던 결심은 포기하면 그뿐이다. 그런데 등기 서류를 할 때 미흡했던 처리는 어쩌면 그에게 한 가닥 기회를 주는 것이 아닐까 마음을 흔들었다. 목장에 있는 저택이 따로 등기가 나와 있는 줄은 미처 몰랐다. 집까지 모두 그의 소유가 됐다고 생각하는 채원에게…… 돌려주면서 건휘의 곁을 떠나라고 한다면 어떤 결정을 말할까.

똑똑한 아이였다. 현명하기도 했고, 충동적으로 일을 저지르는 성격이 아니라는 것은 곁에 두고 보면서 터득한 사실이었다. 그런 아이가 건휘와 급속도로 가까워졌다면……. 악연이다. 절대 이루어질 수 없는 인연. 지금 그가 원망을 듣는 것으로 끊어놓을 수 있다면 건휘와 채원의 상처는 최소한으로 줄일 수 있다.

"회장님……?"

"아, 잠깐 뭐 좀 생각했네. 내가 원하는 만큼 대출이 안 된다면 굳이 목장을 가지고 있을 필요는 없을 것 같아. 어차피 지금은 필요도 없는 곳이기도 하고."

"그럼 매물로 내놓을까요?"

"매물이라……."

최 회장은 제 턱을 손으로 쓰다듬으며 생각을 정리했다. 적당한 대가를 주고 떨어지라는 말을 해야 하는 것일까. 안 그래도 내내 마음이 쓰였던 아이였다. 자신들이 저질러 놓은 일들을 덮기 위해 볼모처럼 붙들고 있었는데! 나이가 드는 것일까? 쓸데없는 노파심이 그의 가슴을 흔들었다.

"참, 호텔에 소문이 파다하게 났습니다. 이채원 씨와 최 전무님이 깊은 관계라고 직접 목격한 사람까지 있어서 거의 사실처럼 알고들 있습니다."

최 회장은 눈을 감고 생각에 잠겼다. 건휘를 이용한다! 천애고아나 마찬가지인 이채원을 며느리로 생각한 적은 없었다. 고아가 문제가 아니었다. 이어질 수 있는 사이가 아니었다. 더군다나 건휘라니……. 아내인 조 여사와 건영의 견제가 멀지 않은 날 시작될 것이다. 그런 건휘를 위해서는 뒤를 받쳐줄 수 있는 재력을 가진 든든한 아내가 필요하다.

"그 사람인가?"

"……네. 처음의 시작은 그쪽입니다, 회장님."

"무모하군."

"건영 씨가 제대할 때가 다가오고 있잖습니까."

"벌써 그렇게 됐나?"

조 여사를 대적하기에 아들의 위치는 불안했다. 그래서 생각했던 혼처가 바로 오 회장이었다. 든든하게 건휘를 지켜줄, 있으나마나한 자신보다는 장인이라도 번듯하게 뒤를 보호해준다면 걱정이 없을 것이라고 생각했는데 조 여사가 먼저 그들과 손을 잡고 뒷거래를 시도했다. 건영이가 제대를 한다? 지금껏 숨을 죽이고 자신의 존재를 드러내지 않았던 아내가 움직인다면 얼마 있지 않아 한국 그룹은 내분을 겪을 것이다. 건휘, 아들이지만 만만한 녀석이 아니라는 것은 너무 잘 알고 있다. 적이 되면 부모라고 봐줄 녀석이 아니었다. 건영과 달리 그 녀석은 제 생모와 너무 많이 닮아 있었다. 끝내 그의 실수를 용서하지 않았던 그녀와.

"둘 사이가 심상치 않다 이 말이지?"

"네, 회장님."

최 회장은 결정을 쉽게 할 수 없었다. 건휘가 채원을 대하는 모습은 그도 의외였다. 대체 그 아이의 어디를 보고 그토록 쉽게 빠져든 것일까. 차갑고 냉정한 성정으로 쉽게 사람들에게 곁을 주지 않는 녀석이었기에 더욱 예상외였다.

"이채원을 회사로 들인 것이 실수일까?"

"전화위복이라고 했습니다, 뭔가 방법이 꼭 있을 겁니다, 회장님."

"처가 쪽의 움직임은 어떤가?"

"최 전무에게 경영권을 빼앗길까 봐 주식이 나오는 족족 매입하며 사태의 추이를 지켜보는 중인 것 같습니다."

결코 만만한 사람들이 아니었다. 아직까지 건휘는 조 여사를 제 친어머니로 생각한다. 조 여사의 영악한 계산을 모르고 있었던 것은 아니다. 그래도 제 자식을 구박덩어리로 만들지 않고 그럭저럭 어미 노릇을 하는 것에 모른 척 눈을 감았었는데!

본격적으로 건휘가 귀국해 호텔에 들어가자마자 조 여사는 행동을 시작했다. 마치 건휘를 사랑하는 친어미 행세를 하며 뒤에서 칼을 꽂을 만반의 준비를 하는 아내에 대응해야 했다. 건영이 제대를 하는 순간 치고 빠지게 놔둘 수는 없었다. 건영은 여린 심성으로 제 어미와 외가에 휘둘릴 공산이 크다. 아니라고 생각하면서도 절대 반기를 들지 못할 것이 뻔했다.

호텔부터 면세점까지 조씨의 집안 사람들이 벌써 꽤 들어와 장악을 하고 있었다. 경마에 빠져 사업을 소홀히 한 최 회장의 책임도 있었지만, 조 여사에게 대응하기 위해서는 건휘에게 막강한 힘을 실어줄 사람이 필요했다.

"은행에 대출을 얻을 것이 아니라, 아예 이참에 다른 쪽으로 정리를 하지."

"하지만 자금을 확보하기 위해서는……."

"현금 확보는 포기하지. 어차피 욕심만 버리면 그뿐이니까. 그리고 감사팀에게 슬쩍 언질을 넣어서 조 총지배인의 뒤를 캐 봐."

"감사팀이 나서면 회장님의 결정이라는 것을 저쪽에서도 알 텐데요?"

"어차피 알려질 일이야."

"하지만 신중하게 접근하시는 편이 훨씬 낫지 않을까 합니다."

황 실장의 말에도 일리가 있었다. 아직 싸움의 시작 단계부터 그가 적극적으로 건휘 편에 서면 저들은 꼬리를 자르고 숨을 가능성이 농후했다. 거기다 다음 달이면 건영이 제대를 할 것이다.

"황 실장, 오 회장의 여식에 대한 소문 알아보라고 했지, 어떤가?"

"착실하고 똑똑하다는 평이 많습니다만 회장님, 이미 오 회장님은 사모님이 접근해서 선을 성사시켰습니다. 오 회장님이 이미 최 전무는 접고 다른 곳과 혼인을 추진한다고 들었습니다."

"음……."

"좀 더 알아볼까요?"

최 회장은 책상을 두드리던 손가락의 움직임을 멈추고 턱을 쓸었다. 오 회장이라면 건휘에게 든든한 뒷배가 되어 줄 것이다. 하지만…….

망설여졌다.

다른 사람도 아닌 아내가 먼저 접근해 소개를 했다면 그들 사이에 암묵적인 어떤 약속이 존재할 가능성이 컸다. 그를 제외하고 혼사를 추진한 것도 맘에 걸렸다. 거기다 걸림돌이 되어 버린 이채원을 맘에 둔 건휘의 생각을 돌리는 것도 쉽지 않을 것이다.

"이채원을 만나봐야겠군."

"서류도 이참에 확실히 처리해야 합니다. 목장 한가운데에 있는 건물 전부 이채원 씨의 이름으로 되어 있는데 섣불리 목장 부지만 사겠다고 나설 사람은 없을 겁니다."

"됐어, 다른 생각이 있어."

"회장님!"

"돌려줘야겠지."

착잡한 목소리로 대답을 한 최 회장은 의자를 빙그르 돌려 황 실장을 등지고 앉았다. 좋은 아버지도 아니었지만, 아들에게 더 이상 상처를 주고 싶지는 않았다. 처음부터 분명하게 경고를 했다. 절대 건휘와 채원은 이루어질 수 없었다. 그의 욕심이 저지른 일이긴 했지만 어차피 그가 아니더라도 하늘 목장은 다른 사람의 손에 떨어졌을 것이다. 채원의 소유로 된 것을 빼앗는 것 따위는 불편하지 않았다. 문제는 그 아이를 맘에 담아버린 건휘 때문이었다. 이대로 돌려준다고 해서 건휘가 맘을 돌릴 것인가. 넘지 못할 선이라는 것이 있다. 이미 그 선을 넘어버린 최 회장의 불편한 심기를 나타내듯 두툼한 볼이 실룩거렸다.

"어맛!"

욕실에서 문을 열자마자 건휘가 앞에 떡 버티고 서 있었다. 젖은 머리를 수건으로 감싸고, 욕실에 있던 가운을 입고 나온 그녀가 깜짝 놀라는 소리를 내며 뒤로 물러섰다.

"안 잤어요?"

"음."

그는 몸을 비키지 않고 대답했다. 뜨겁게 응시하는 그의 눈길이 버거워 저도 모르게 고개를 돌렸다.

"안 나와?"

"비켜줘야……."

"싫은데?"

그가 개구쟁이처럼 눈을 찡긋거리며 얘기를 하자, 채원은 떨리는 손길로 가운 깃을 꽁꽁 여몄다. 화장도 안 한 민낯을 그에게 보여주기 싫어 고개를 숙였지만, 곧 그녀의 어깨에 와 닿는 손길에 들려졌다.

"왜 떨어?"

"누, 누가 떨어요?"

"이리 와! 채원아."

그는 그녀의 어깨를 끌어당겼다. 어느새 욕실에서 나와 그의 품에 폭 감싸 안겼다. 그녀에게서 나는 향과 똑같은 냄새가 그에게서 느껴진다. 밀착된 몸 사이로 심장의 박동이 적나라하게 느껴졌다.

머리를 감싼 수건 때문에 하얗게 드러난 목덜미에 그가 입을 맞췄다. 소름처럼 전율이 온몸을 강타했다. 후끈한 입김을 따라 뭔가가 목에 걸렸다. 그녀의 목에 가늘게 둘러진 목걸이 주변을 혀로 핥았다.

"100일 선물."

하아!

채원은 가슴에 몰려든 뜨거움을 가쁘게 내뱉었다. 그의 입술은 점점 더 노골적으로 그녀의 목을 배회했고, 급기야는 말캉한 귓불을 입 안으로 쏙 빨아들였다.

"흡."

귀에 이런 감각이 있었나! 싶을 정도로 그녀의 감은 눈 안에서 빛이 터졌다. 등줄기를 따라 전율이 흘렀고, 그녀의 입에서 약하게 앓는 소리가 흘러나왔다.

"너, 안고 싶다."

어쩌면 함께 제주에 세미나를 가자고 했을 때부터 각오했던 일인지도 모르겠다. 채원은 고개를 끄덕였다. 그가 말하는 것이 뭔지 알고 있기에 거부하고 싶지 않았다. 그녀가 싫다고 하면 두말 않고 물러날 것이라는 것도 안다. 채원은 그의 목에 팔을 두르며 제 마음을 내보였다.

"안아줘요."

채원의 성격상 대단히 용기를 내어 한 말일 것이다. 건휘는 긴장을 하고 있다가 원하는 대답이 흘러나오자 그녀를 더 강하게 끌어안았다. 수동적이기만 했던 그녀에게 밀어붙이듯 다가서고 싶지는 않았다. 그런데 그녀가 안아달라는 말로 그를 기쁘게 만들었다. 건휘는 그녀의 몸을 안고 방으로 들어갔다. 침대에 조심스럽게 내려놓고는 그녀의 몸 위에 자리를 했다.

"채원아!"

"안아주세요. 꼭."

그의 간절한 눈빛에 호응하듯 수줍은 그녀의 입술에서 만족스러운 말이 흘러나왔다. 안고 싶었다. 그녀의 모든 것을 제가 다 가지고 싶었고, 한시라도 떨어지는 것도 싫었다. 하지만 강요가 될까 봐, 그가 멋대로 그녀를 파괴할까 봐 욕망을 힘겹게 제어했었다. 건휘는 머리를 내려 그녀의 목덜미에 코를 묻었다. 아기 피부처럼 부드러운 감촉이었다. 밀착된 그녀의 살결에 욕망은 거세게 타올랐다.

목덜미로 입술을 미끄러뜨려 여태까지 억눌려 왔던 소유욕을 드러냈다. 자신의 것이라는 붉은 낙인을 찍고, 그 위를 혀로 달래며 쓸었다. 완벽하게 하나가 되고 싶다는 조급함이 낯설었다. 몰아치는 욕망을 참을 수 없었다. 건휘는 그녀의 가운 깃 안으로 손을 넣었다. 눈을 꼭 감고 있던 채원의 입에서 가는 신음이 흘러나왔다. 내려진 눈꺼풀이 간헐적으로 떨렸지만 거부하는 몸짓은 아니었다.

건휘는 가운 깃을 열고 브래지어를 밀어 올렸다. 소담하게 부푼 가슴을 보고 호흡을 멈췄다. 예뻤다. 조심스럽게 주변을 매만지다 그녀의 가슴을 움켜쥐었다. 적당한 볼륨을 가진 가슴은 그의 손 안에 매끄럽게 들어찼고, 부드럽고 따뜻한 감촉에 그의 욕망은 거칠게 타올랐다. 그녀가 움찔하는 것을 느꼈지만 놓을 수가 없었다. 힘을 주어 잡았다가, 손가락으로 정점을 매만졌다. 그녀의 입술에서 나른한 한숨이 흘러나오자, 건휘는 가슴을 뭉개지도록 꽉 쥐었다.

"건휘 씨……."

그녀의 입에서 나오는 그의 이름은 들어도 질리지 않았다. 그녀의 입술에 깊은 키스를 하고는 입술을 밑으로 미끄러뜨렸다. 핑크색의 정점에 다다르자, 채원이 숨을 흑 들이마셨다. 건휘는 아이처럼 그녀의 가슴을 베어 물었다. 볼이 홀쭉하게 될 정도로 깊이 빨아 당겼다가, 다시 놓아주고, 혀로 달랬다. 낯선 감각 때문인지 채원의 입술 새로 쉴 새 없이 뜨거운 호흡이 새어나왔다.

　그의 손길과 입술에 적나라한 반응을 보이는 채원의 몸에서 가운을 벗겨냈다. 그 역시 몸을 반쯤 일으키고 가운을 아무렇게나 던졌다. 위에서 그녀를 내려다보던 건휘가 천천히 제 몸을 내렸다.

　"아……."

　채원은 수줍은 듯 몸을 웅크렸고, 그는 부드럽게 손을 움직였다. 허리를 쓸다가 얕은 골을 이루는 배꼽도 만지고, 그의 손으로 일그러뜨렸던 가슴의 선도 유려한 손끝으로 그림을 그리듯 스쳤다.

　취한 듯 몽롱한 표정을 짓고 있는 여자의 모습은 지독할 정도로 매혹적이었다. 건휘는 가슴에 머물고 있던 손을 천천히 내리며 그녀의 남은 속옷을 벗겨냈다. 그녀가 두 무릎을 꼭 붙이자, 건휘는 다그치지 않고 허벅지를 손으로 쓸었다. 매끈하고 가는 허벅지를 오가는 손길에 익숙해진 듯 그녀가 긴장을 풀자, 그 순간을 놓치지 않았다.

　까슬까슬한 숲 사이로 손가락을 넣었다. 촉촉하게 젖은 입구를 빙빙 돌다가, 작은 돌기를 꼬집듯 매만졌다.

"흑……."

채원이 머리를 흔들며 다리를 더 붙이려 하자, 건휘는 다리를 밀어 넣어 공간을 확보했다. 뜨거운 입구를 손가락으로 열고 점점 깊게 밀어 넣었다. 아픈 듯 인상을 찌푸리는 그녀의 모습이 안쓰러워 잠시 빼냈지만, 속살이 그의 손가락을 잡아당겼다. 치명적인 유혹이었다. 건휘는 조심스레 더 깊은 곳을 향해 손가락을 밀어 넣었다. 아픈 듯 채원이 그의 어깨를 꽉 잡았지만 움직임을 멈추지 않았다. 오히려 더 깊이 넣고 자극을 했다.

"아읏!"

채원은 달아오른 숨결을 허공에 내뱉었다. 그의 손길에 점점 몸이 뜨거워졌다. 부끄러움 때문에 자꾸 몸이 움츠러들었지만, 그의 부드러운 손길을 끝내 물리치지는 못했다. 안을 휘젓는 손, 그리고 배 근처를 배회하는 그의 입술. 내뱉는 숨길마저 말라붙어 소금덩이가 될 것처럼 뜨겁다.

야릇한 감각의 물결에 그녀는 속수무책으로 빨려 들어갔다. 배를 배회하던 입술은 천천히 밑으로 향했고, 그녀의 중심을 배회했다. 채원은 그의 머리를 끌어안았다. 더는 안 될 것만 같다. 여기서 더 하면…….

"하핫."

그의 얼굴이 그녀의 중심에 닿았고, 손으로 인해 촉촉하게 젖은 입구가 벌려졌다. 채원은 급히 몸을 빼기 위해 바둥거렸지만 그가 더 빨랐다. 그녀의 은밀한 곳에서 느껴지는 선명한 치아, 그리고 미끈거리는 액을 휘젓는 뜨거운 혀. 진저리가 쳐졌다. 안 된다고 밀어내려 잡았던 머리에 손가락을 넣으며 지금 느끼는 감각을 부인했다. 이건 내가 아니야! 건휘 앞에서 수치심도 잊은 채 두 다리를 벌리며 가장 은밀한 곳을 허락하고 있다니!

"흑."

아무리 도리질을 쳐도 감각은 더 또렷하게 느껴질 뿐이었다. 그녀의 양쪽 허벅지를 어깨에 올리며 그는 본격적으로 탐닉하기 시작했다. 작은 돌기를 물었다 놓아주며 힘껏 빨아 당겼다. 그녀의 허리가 파닥거렸지만, 허벅지를 꽉 잡아 움직이지 못하게 고정시켰다. 좁디좁은 입구에 혀를 밀어 넣었다가 빼내기를 반복했고, 완전히 흡입하듯 그녀의 여성 전체를 입 안에 물기도 했다.

"흐윽! 그, 그만……!"

채원이 거칠게 머리를 흔들며 그의 머리를 밀었다. 그녀의 여성 안에서 리얼하게 움직이는 혀와 입술 때문에 채원은 아찔한 쾌감을 느끼며 거의 울부짖고 말았다.

이대로 가다가는 죽을지도 모르겠다는 생각이 들었다. 엉덩이에 손자국이 날 만큼 강하게 그녀를 잡아당기며 그는 더 깊이 혀를 진입시켰다. 부끄럽게도 그녀의 샘에서는 뜨거운 애액이 넘쳐났고, 건휘의 머리카락을 쥔 채원의 손은 부들부들 떨렸다. 벗어나야 했다. 더는 못 견딜 것 같아 그의 어깨에 올린 다리를 움직였지만 건휘는 놔주지 않았다. 거부하며 흔들리는 그녀의 엉덩이를 손아귀에 단단히 움켜잡아 고정시키고 더욱 깊숙이 파고들어 여린 속살을 엉망으로 헤집었다.

"흑! 그만 해요, 제발!"

노골적인 격한 애무에 채원은 정신이 반쯤 나가 흐느꼈다.

반들거리는 입술이 그녀를 민망하게 만들었다.

"완전히 다 먹어버리고 싶어."

그는 입술을 혀로 핥으며 그녀를 자극했다. 그의 입술이 아직도 여성 깊은 곳에서 유영을 하는 것처럼 느껴졌다. 채원은 간헐적으로 숨을 몰아쉬었다. 건휘는 제 어깨에 놓인 그녀의 두 다리를 내려주며 옆으로 벌렸다.

그 역시 더는 참을 수가 없었다. 부풀어오를 대로 부푼 남성을 그녀의 여성에 맞추며 천천히 진입을 시도했다. 여전히 좁아 그를 온전히 받아들이지 못할 것 같은 작은 입구에 맞추고는 허리를 힘껏 튕겼다. 그녀의 깊숙한 곳은 그를 쉽게 허락하지 않았다. 좁은 입구를 지나치자마자 등줄기를 관통해 뇌수까지 치고 올라오는 쾌감이 느껴졌다. 하지만 아직은 완벽한 결합이 아니었다. 아픔에 얼굴을 찌푸리고 있는 채원을 바라보며 그는 자신을 완전히 밀어 넣었다.

"아……!"

고통스럽게 흘러나온 신음소리를 들으며 그는 완벽하게 결합이 된 부분을 응시했다. 그녀와 한 치의 틈도 남기지 않고 밀착되어 있는 모습에 욕망은 미친 듯이 날뛰기 시작했다. 거칠게 그녀 안을 휘젓고 싶었다. 하지만 고통으로 일그러진 그녀의 얼굴에 맘처럼 움직일 수가 없었다. 경직된 허벅지를 부드럽게 매만지며 그는 달래듯 속삭였다.

"괜찮아, 이젠!"

그녀가 자신의 몸에 적응하도록 혼신의 힘을 다해 움직임을 참았다. 허벅지를 연신 만져주고, 입술에 키스를 하는 동안 그녀의 얼굴에 깃든 아픔이 조금씩 빠져나갔다. 건휘는 천천히 제 몸을 뺐다 다시 깊숙이 넣었다.

아직까지 그녀의 여성은 낯선 침입을 본능적으로 거부하며 밀어내고 있었다. 건휘가 허리에 힘을 주고 단박에 다시 밀고 들어왔다. 채원은 날카로운 통증을 느끼며 시트를 세게 움켜잡았다.

"아!"

고통만을 안겨 주던 그의 음직임이 부드러워지고 규칙적으로 변했다. 아픈 것뿐이라고 생각했던 곳에서 어느 순간부터인가 색다른 느낌이 들었다. 숨이 달뜨고 그가 움직임에 본능적으로 채원의 허리도 움직이기 시작했다.

"하아……."

고통과 다른 감각이 그녀를 찾아왔다. 채원은 제 뜨거움을 견디지 못하고 건휘의 목을 끌어안았다. 거친 숨소리가 그녀의 귓가에 퍼졌고 그가 강하게 들어올 때마다 채원은 몸 깊은 곳에 피어나는 열기로 뜨겁게 달아올랐다.

"건휘 씨……."

제 이름을 부르는 소리에 건휘는 그녀를 으스러질 듯이 강하게 안은 채 거칠게 밀어붙였다. 몸을 몇 번이고 꿰뚫는 거센 움직임에 그녀는 비명을 질렀다. 땀으로 번들거리는 건휘의 등을 움켜잡았다.

숨마저 제대로 쉴 수가 없었다. 그가 몸 안을 가득 채우고 있는 완벽한 합일감에 채원은 신음조차 제대로 토해내지 못했다. 움직임은 절정의 고지를 향해 막바지로 치달았다.

"하악!"

채원은 그의 움직임에 엉망으로 마구 흔들리며 머릿속이 새하얗게 타들어가는 듯한 아찔한 쾌감으로 비명을 질렀다. 몇 번이고 반복해 으스러지듯 강하게 들어오던 움직임이 멈추자 그녀의 몸이 잘게 경련을 일으켰다. 건휘는 절정을 느끼며 그녀 안에서 자신을 터뜨리고 말았다.

어제와 똑같은 해가 떴지만 그녀에게는 모든 것이 새롭게 보였다. 물론 미약한 통증 때문에 움직이는 데 불편은 있지만 창문을 열고 바다를 바라보는 눈빛은 생기가 넘쳤다. 희뿌옇게 밝아오는 바다에는 조업을 마친 배들이 항구를 향했고, 갈매기들이 떼를 지어 먹이를 찾듯 낮게 비행을 했다. 헤어질 생각을 하면서도 무모하게 그를 자극했다. 안아달라며 먼저 다가섰다. 후회는 없었지만, 이젠 정말 상처 없이 헤어진다는 것은 생각할 수 없게 되어버렸다. 스스로 상처를 받을 것임을 알면서도 움직인 것이다. 후회 따위는 하지 않을 것이다. 그렇기에 채원은 희미한 미소를 지을 수 있었다.

팔짱을 끼고 수평선 너머를 바라보고 있는 그녀의 등을 건휘가 꼭 끌어안자, 채원은 그의 몸에 머리를 기댔다.

"안 힘들어?"

새벽이라 그런지 그의 목소리가 한결 낮게 들렸다. 허스키한 중저음의 목소리에 뱃속에 은근한 열기가 몰려들었다. 부끄럽기도 했지만 채원은 고개를 숙이지 않았다. 제 사랑 앞에서만은 떳떳하고 싶었다.

"괜찮아요."

"나 봐! 괜찮은지 좀 보게."

"됐어요."

"왜, 부끄러워?"

뒤에서 머리를 숙여 그녀의 흰 목덜미를 탐하며 건휘가 부드럽게 물었다. 채원은 그의 숨결에 화끈 달아오르는 몸의 열기를 들키기 싫어, 앞으로 움직였지만 꽉 잡힌 몸은 제 맘대로 할 수가 없었다.

"일어났는데 없어서 놀랬다."

"도망친 줄 알았어요?"

"응."

"도망칠 곳도 없는데, 뭘."

채원의 말에 건휘는 그녀의 허리를 더 바짝 끌어당겼다. 도망칠 곳이 없다는 말이 애잔하게 들렸다.

"서울에 가면 짐 옮기자."

"짐이요?"

"우리 집으로 들어와."

"그건…… 싫어요."

"싫어?"

건휘는 채원의 몸을 돌려 세워 마주했다. 당연히 그의 집으로 옮기겠다는 말을 들을 줄 알았는데 의외였다. 더는 떨어져 지낼 이유가 없었다. 어차피 호텔 내에서도 그의 나이와 결혼 여부를 가지고 말들이 많다는 것을 알기에, 이참에 그녀를 완벽한 제 사람으로 만들 결심을 굳힌 터였다.

"소문 때문에?"

"그것도 걸리지만…… 우리 겨우 시작인데 너무 빨라요."

채원의 말에 그의 눈이 가늘게 좁혀졌다. 너무 빠르다는 말은 서운하게 들렸다. 그녀를 온전히 가지고 싶어 헐떡이는 그는 전혀 생각하지 않고 타인의 눈만 의식한다는 말로 들렸기 때문이다.

"형식이 필요하다면 식을 올리자."

"그런 말이 아니잖아요. 우리 둘만 좋다고……."

채원을 말을 하다 말고 한숨을 내쉬었다. 행복하고 편안한 느낌에 취해 현실을 잊을 만큼 감정적인 사람이 아니었다. 식을 올리자는 건휘의 말은 가슴을 설레게 했지만 그녀는 꿈만 꾸는 소녀가 될 수 없음을 안다. 그녀를 받아들일 최 회장 내외던가! 아니라는 답을 미리 알고 있으면서 미련한 기대를 품는 우매한 짓은 저지르고 싶지 않았다. 사랑을 한다. 하지만 사랑을 한다고 해서 모두 결혼이라는 결론을 짓는 것은 아닐 것이다. 채원은 허전하게 뻥 뚫려오는 가슴을 제 손으로 감싸듯 안으며 쓴 웃음을 지었다.

"나만 믿으면 돼."

"믿어요."

그의 기분을 상하게 하고 싶지 않아 바로 원하는 대답을 해주었다. 싸우기 싫었다. 특히 오늘 아침은.

"무슨 생각해?"

어색하게 구겨진 그녀의 얼굴을 손으로 펴주며 건휘가 물었다. 채원은 억지로 웃음을 지으며 그의 품에 안겼다.

"당신 생각."

"착하네."

"원래, 난 착해요."

"알아."

그는 부드럽게 등을 쓸어주며 나직한 대답을 해주었다. 더 없이 평온하고 행복한 시작처럼 보였지만 채원의 가슴에는 서서히 음산한 바람이 불기 시작했다.

"좋은 아침!"

사무실 문을 열고 들어가며 경쾌한 목소리로 인사를 하던 건휘의 표정이 삽시간에 굳어졌다. 채원이 있어야 할 자리에 낯선 여자가 있었다. 그를 보며 상냥하게 웃음을 짓고 있는 여자를 보며 그는 주변을 두리번거렸다.

"이채원 씨는 어디 있지?"

"아직 출근 전입니다, 이사님."

"당신 누구지?"

건휘는 서류가방을 든 채 무심히 물었다. 남의 자리를 차지하고 있는 여자의 정체가 궁금했다. 불편한 심기가 담긴 얼굴을 마주하고도 그녀는 전혀 동요하지 않았다. 오히려 더 환한 미소를 지으며 자신을 소개했다.

"오늘부로 전무실에 발령받은 배영은입니다."

"뭘 받아?"

"제가 오늘부터 전무님의 비서입니다."

우습지도 않았다.

누구 맘대로 그의 비서란 말인가!

그는 날선 눈빛으로 앞에 선 여자를 뚫어져라 쳐다보았다. 본 적이 전혀 없는 여자였다. 외삼촌이 무슨 꿍꿍이로 전무실로 밀어 넣었는지는 모르겠지만, 그로서는 수긍할 수 없는 결정이었다.

"나가지?"

"네?"

"나가라는 소리 못 들었나?"

"하지만……."

이제야 사태를 파악한 듯 영은은 웃던 낯을 굳혔다. 벌써 며칠 전부터 출근을 해서 전무실을 지켰던 터라 이런 상황을 맞이하게 될 줄은 몰랐다. 총지배인이 직접 인사를 내려주었기에 영은은 건휘가 출근을 하기만을 기다렸다. 좋은 인상을 주기 위해 거울을 보며 수도 없이 연습했던 미소를 지어도 그는 싸늘하게 노려보기만 했다.

"총지배인님의 지시대로 전무님을 열심히 보필하겠습니다. 제가 미흡한 점이 있으시더라도……."

"닥치고 나가!"

그의 말에도 꿈쩍하지 않고 서 있는 여자의 뻔뻔한 모습에 건휘는 서류가방을 책상에 올려놓았다. 거칠게 인터폰의 수화기를 든 그가 내선 번호를 빠르게 눌렀다.

"총지배인님 출근하셨습니까?"

그는 여전히 영은을 바라본 채 낮게 뇌까리듯 말을 했다.

"바꿔주십시오."

영은은 그의 시선에 갇혀 꼼짝을 할 수가 없었다. 전무실에 오기만 하면 다 된다고 생각했는데 그는 냉혹할 정도로 무자비하게 그녀를 무시했다. 나가라는 말을 할 땐 수치심으로 온몸이 굳어졌다.

"접니다, 제 방에 발령 낸 여자 당장 데려가든지 제 눈앞에서 치워주십시오.……싫습니다. 아뇨, 절대 받아들일 수 없습니다."

이대로 내쳐지는 것일까. 통화내용에 귀를 곤두세우며 있던 영은은 실망감에 입술을 물었다. 왜 싫다고 하는지 모르겠다. 아직 그녀에 대해서 아무런 정보도 없으면서 왜 이토록 매정하게 쫓아내지 못해 안달일까.

"지금 올라가겠습니다."

건휘가 거친 숨을 몰아쉬며 수화기를 내려놓는 순간, 또 한 명의 비서가 사무실에 들어서고 있었다. 건휘의 시선이 저를 떠나 채원에게 고정되었다.

"영은아!"
"언니!"
무슨 상황인지 모르고 채원은 제자리에 서 있는 영은과 건휘를 번갈아 바라보았다. 어제 헤어진 남자는 화가 잔뜩 난 표정이었고, 영은은 울상을 짓고 있었다.
"무슨 일이에요?"
"이 여자 아나?"
"네, 전무님."
채원은 영은의 눈치를 살피며 사무적으로 대답을 했다. 건휘는 신경질이 가득 담긴 음성으로 영은을 향해 쏘아붙였다.
"나가라는 소리 못 들었나?"
"하지만……."
"내 비서가 출근했는데 남의 자리에서 뭐 하나!"
"전무님, 전……."
건휘와 영은이 나누는 대화에서 채원은 어렴풋이 현재의 상황을 짐작할 수 있었다. 누군가 영은을 건휘의 비서로 발령 낸 모양이다. 하긴 더러운 루머까지 돌았는데 위에서 아무런 조치가 없다는 것은 이치에 맞지 않았다. 몰아세우듯 쏘아붙이는 건휘를 말려야 했지만 영은이 보는 앞이라 섣불리 말을 건넬 수가 없었다. 그녀 역시 소문에서 자유로울 수가 없었다. 사적인 감정을 영은의 앞에서 내보이는 것은 조심했다.

"안 나오나!"

벼락같은 고성이 나오자, 영은은 그제야 책상을 돌아 나왔다. 채원은 영은이 입은 유니폼을 바라보다 희미하게 한숨을 내쉬었다. 그녀의 것이었다. 탈의실에 걸어두었던 제 유니폼을 멋대로 꺼내 입은 것에 대한 불쾌감은 들지 않았다. 하지만 왜 하필 그녀 대신 영은인지는 궁금했다. 건휘의 지시로 호텔 조직도를 거의 외우듯 상기하고 있던 채원은 식음료부서부터 순환근무를 하던 영은이 이곳으로 온 이유가 궁금했다.

"총지배인실에 다녀올 테니 그때까지 정리하고 나가요."

건휘는 매몰차게 말을 하고는 사무실 문이 부셔져라 닫으며 나갔다. 한바탕 회오리가 분 것 같은 느낌에 채원은 얼이 다 빠질 지경이었다. 뭐라고 말을 해야 할지 몰라 가만히 서 있는데 영은이 훌쩍거리기 시작했다.

"어떻게 된 일이야?"

채원은 조심스럽게 물었다. 서럽게 우는 영은의 흐느낌에 묻기도 미안했지만 현재 상황은 파악하고 있어야 할 듯싶어서 한 말이었다.

"내가…… 왜 싫을까요?"

"뭐?"

울면서 내놓는 말이 가관이었다. 좋고 싫고의 문제가 아니라 건휘의 의견도 묻지 않고 인사조치가 이뤄진 것 때문에 화가 났을 것이다. 그런데 영은은 개인적인 감정처럼 말을 하고 있다. 채원이 대답을 하지 못하고 머뭇거리고 있는데 머리를 후려치듯 단호한 말이 영은의 입에서 흘러나왔다.

"……나가요."

"영은아!"

"나가 달라고요! 조금 있다가 전무님 오시면 또 뭐라고 하실 텐데, 언니가 있으면 더할 것 아니에요. 그러니까 나가달라고요! 이제부터 전무님 비서는 저예요."

"그렇게는 못 하겠는데?"

적어도 인사이동의 당사자에게는 어떤 통고라도 해주는 것이 예의였다. 그녀는 오늘 아침까지 아무런 통보를 받은 것이 없었고, 제자리인 양 나가라고 말을 하는 영은의 얘기에 따를 수가 없었다. 영은과 반목을 하고 싶지는 않았다. 하지만 바보처럼 제자리를 놓고 스스로 물러날 수는 없었다.

"그럼 나보고 나가라는 소리에요, 지금?"

세상이 끝난 것처럼 울던 영은이 목청을 높여 따졌다. 마치이 모든 잘못은 그녀에게 있기라도 한 듯 독을 잔뜩 품은 눈을 번들거리며.

"일단 어떻게 된 상황인지 파악이라도 해봐야겠어. 일단 그옷은 내 옷 같은데 오늘은 입고 내일부터는 그냥 놔두겠니?"

"하. 웃긴다. 총지배인님께 가서 직접 따져요. 나한테 이러지 말고!"

차분하게 대응하던 채원의 눈에 불편한 기색이 어린 것은 그때였다. 높지도 낮지도 않은 어조였지만 거부할 수 없는 분위기를 띄며 채원이 영은을 향해 말을 했다.

"벗어줄래?"

"뭐라고요!"

"벗어달라고."

채원은 담담하게 말을 하고는 제자리로 향했다. 이미 부팅이 된 컴퓨터며, 그녀가 쓰던 비품들이 책상에 엉망진창으로 어질러 있는 것을 보며 희미하게 눈살을 찌푸렸다. 주섬주섬 볼펜들과 자질구레한 사무용품을 챙겨 서랍 안에 정리했다. 책상에 놓인 건휘의 가방을 들고 전무실에 가져다 놓았고, 탕비실로 들어가 약하게 커피를 내렸다. 당황스러운 상황이었지만 침착하게 대처를 해야 했다. 감정에 휘둘려 화를 내고 싶은 맘도 없었다. 다만 빨리 상황이 정리되기만을 기다렸다.

"정말 재수 없어."

밖에서 들리는 영은의 욕설에 표정이 굳어졌다. 멋대로 행동하는 것은 어릴 때나 지금이나 별 다를 것이 없었다. 배 마필관리사만 아니었다면 굳이 아는 척하며 지내고 싶지 않은 부류였다. 최 회장도 배 마필관리사도…… 그녀에게는 은인이었다. 그렇기에 제 감정을 눌렀다. 지금까지 그랬던 것처럼. 채원은 전무실에서 나오며 영은을 향해 친절하게 말했다.

"커피 마실래?"

"웃겨."

사근사근한 말투로 함께 식사를 하자던 영은의 모습이 떠오르자, 채원의 눈동자가 약하게 흔들렸다.

"그럼 나만 마실게."

갓 내린 커피를 담은 머그컵을 들며 탕비실을 나왔다. 팔짱을 끼고 서서 적의 어린 눈빛으로 그녀를 노려보는 영은을 지나 책상에 자리를 했다. 일단 오늘 건휘의 스케줄부터 체크하고, 출력해 보고서 파일에 끼워 넣었다. 출장을 다녀와서 그런지 우편물은 꽤 많았고, 일일이 체크를 하던 중 개인적인 우편물이 뜯겨 있는 것을 발견했다.

"혹시 이거 뜯어서 읽었니?"

"뭐가 잘못됐어요?"

"이건 전무님 개인우편물인데 뜯어서 읽으면 안 돼."

"지금 나 혼내는 거예요? 웃기지도 않아."

채원은 뜯어진 우편물을 망연자실 바라보았다. 발령이 날 때 나더라도 마지막까지 그녀는 최선을 다하고 싶었다. 화를 낼 처지도 아니었고, 영은이한테 개인적으로 화풀이를 할 이유도 없다.

하지만 사소한 실수를 지적하는데도 약이 바짝 오른 표정으로 대드는 영은을 보자, 짜증이 밀려들었다. 소문에 대한 질책이 있을 것이라 예상했다. 너무 빠른 인사 조치에 당황스럽기도 했지만 나름대로 영은에게 인수인계를 하는 마음으로 얘기를 한 것뿐인데 그녀의 적의는 당황스럽기까지 했다.

"오늘부로 발령이 난 거야?"

"그게 왜 궁금한데요?"

"그러게, 그게 왜 궁금할까? 밥벌이하는 직장이니 잘릴까 봐 나도 무섭나 보다."

채원의 시니컬한 말투에 약간의 동정을 느꼈는지 영은은 한 풀 꺾인 모습으로 들릴 듯 말 듯한 소리를 냈다.

"취직한 것부터가 실수지. 원수나 마찬가지인 회사에 빌붙어서 돈을 벌고 싶은가? 멍청하긴!"

채원은 영은의 말이 예사로 들리지 않았다. 원수라는 단어와, 애써 잊으려 노력했던 순자의 말이 어딘가 모르게 닮아 있었다. 채원은 순간 가슴이 콱 막혀옴을 느꼈다. 진정해야 했다. 아무렇지도 않은 듯 태연하게 물어야 했지만 하얗게 질린 얼굴로 영은을 향해 다그치듯 빠르게 질문을 했다.

"너 그게 무슨 소리니?"

"내가 무슨 말을 했다고 그래요!"

"원수라고 했지? 그게 무슨 뜻이냐고? 혹시 너 뭐 알고 있는 것 있어?"

영은의 얘기를 귀담아 들을 필요가 없다고 생각하면서도 밀려드는 불안감을 지울 수는 없었다. 채원은 몰아치듯 저를 감싸는 이상한 예감을 거부하며 영은을 간절하게 쳐다보았다.

"모르는 게 바보지."

비웃듯 조소를 흘리며 영은이 쏘아붙이듯 말을 했다.

"너는 아는데, 나는 모른다는 얘기니?"

"더는 얘기할 수 없어요. 그러게 아까 내가 나가라고 했을 때 나갔으면 얼마나 좋아? 이채원 씨, 헛똑똑이인 줄은 알았지만 이렇게 멍청할 줄은 또 몰랐네요. 저도 근무해야 하니까 이만 가주시겠어요?"

채원은 망연자실 허공을 쏘아보았다. 뭔가 자신이 알지 못하는 진실이 있는데, 다들 힌트만 주고 정답은 알려주지 않았다.

"채원이 니 정신 똑똑히 챙겨라. 배씨나 저치들이나 똑같은 사람이여. 절대 맴 주지 말고 상종하지 말어."

순자의 말이 섬뜩하게 기억났다. 채원은 눈을 질끈 감고 말았다.

eight

건휘는 머리를 거칠게 쓸어 올렸다. 외삼촌이라는 작자의 입에서 나온 말들 중 일리가 있는 말은 반도 안 된다. 채원과는 거리를 두라는 시답지 않은 충고와, 발령을 취소할 수 없다는 말. 아무리 친척이라도 위아래 구분은 정확히 하라는 얘기에 그는 허탈한 웃음을 짓고 말았다.

"젠장!"

채원이를 둘러싼 루머가 그에게 이로울 것 없다는 섣부른 충고를 할 때는 아무리 외삼촌이라도 주먹이 날아갈까 끊어질 듯 간당간당한 이성의 끈을 힘겹게 잡고 견뎠다. 발령을 취소할 수 없다는 아둔한 말을 들었으니 그도 나름대로 결정을 내면 된다. 건휘는 빠른 걸음으로 사무실을 향했다. 인사를 하며 지나가는 직원들에게 감정을 내보이지 않으며 화답을 하는 것도 꽤 힘든 일이었다.

"이채원 씨!"

문을 벌컥 열며 안으로 들어가면서 부른 이름의 주인공은 비서실 어디에도 보이지 않았다. 가라고 소리를 질렀던 여자만 자리를 차지한 채 앉아 있을 뿐이었다.

"아직 안 갔나?"

"그게……."

몸을 배배 꼬면서 말조차 제대로 끝맺지 못하는 여자의 모습에 꾹 눌렀던 화가 폭발할 듯 기지개를 켰다.

"언성 높이게 하지 맙시다. 그 사람 어디 갔나?"

"모르겠습니다. 그냥 가방 들고 나가던 걸요!"

"가방을 들고 나갔다고?"

"네."

"그래서 당신은 거기 앉아 있는 거고?"

화가 날수록 목소리는 더 차분하게 가라앉았다. 하지만 영은은 그의 목소리가 차분해지자, 이제 됐다는 생각인지 표정이 상기되었다. 채원의 몸에 맞춘 유니폼은 통통한 그녀의 몸 굴곡을 여지없이 드러내게 해주었고, 글래머러스한 가슴을 앞으로 내밀며 영은은 유혹적인 미소를 지었다.

"시키실 일 있으면 시키세요."

"시키면 뭐라도 할 태세군. 안 그래?"

"네. 최선을 다하겠습니다, 전무님."

건휘는 그녀의 태도가 재미있다는 듯 입 끝을 당겨 올렸다. 미소 비슷한 표정을 짓자, 영은의 웃음은 더욱 짙어졌다.

"찾아와."

"네?"

"당장 이 비서 찾아오라고. 귀가 막혔나?"

"전무님, 그걸 제가 어떻게……."

"못 해? 못 하겠나?"

건휘는 책상을 두 손으로 짚고 영은을 향해 얼굴을 들이밀었다. 금방이라도 화가 폭발할 듯 눈동자가 가파르게 흔들렸다.

"저, 전무님!"

"못 찾으면 해고야. 알겠나?"

"……네."

영은은 기어들어가는 소리로 대답을 했고, 말을 마친 건휘는 찬바람이 불 정도로 서늘한 표정을 지은 채 전무실로 들어갔다. 벌벌 떨며 서 있던 영은은 닫힌 문을 보고서야 자리에 털썩 주저앉고 말았다.

내가 감당할 수 있는 사람이 아니야!

마냥 친절할 것이라고 희망을 품었다. 그녀가 첫눈에 알아본 것처럼 혹시 그도 알아봐주지 않을까 설레며 지낸 이틀의 시간이 허망했다. 곁도 주지 않는 매몰참은 그녀의 상상을 한순간에 깨뜨렸다.

"해고? 이채원을 왜 내가 찾아야 하는데!"

억울한 면도 있었고, 또 혹시나 호텔에서 잘리는 것은 아닌지 두렵기도 했다. 그리고 화가 나서 무작정 해댔던 말들이 차례로 떠올랐다.

"나 어떡해!"

지나친 욕심은 화를 부른다고 한 말이 왜 이제야 떠올랐을까. 건휘의 옆에만 있을 수 있다면 더 바랄 것 없겠다던 부질없는 욕심이 지금에서야 후회가 됐다. 하지만 이미 총지배인과 약속한 일이 있기에 물릴 수도 없다. 영은의 얼굴이 울상으로 일그러졌다.

미친 듯이 속도를 냈다.

가속페달에서 발을 떼지 않고 힘을 주었지만, 고물차의 속도는 일정한계에 오르자 더는 높아지지 않았다.

"제발!"

영은의 말이 시발점이 되었다. 그리고 순자의 말까지 떠오르자, 채원은 사무실에 넋을 놓고 앉아 있을 수만은 없었다. 급작스럽게 쓰러진 아버지, 마치 기다렸다는 듯 목장을 인수한 한국 그룹, 그리고 뿔뿔이 흩어진 목장 식구들과 달리 몇 명의 목장 직원들은 최 회장의 도움을 받아 서울로 올라왔다.

그저 고맙게만 받아들였던 사실들이 지금은 모두 의심을 품게 만들었다. 확인을 해야 했다. 그녀를 늘 곁에서 걱정해주던 배 마필관리사까지 의심하고 싶지 않아 무작정 과천으로 차를 몰며 달렸다.

경마장이라는 표지판을 보고도 그녀는 속도를 줄이지 않았다. 오히려 조바심이 들었다. 연락조차 하지 않고 달려가는 중이라 못 만날 가능성이 있다는 것도 무시했다. 어쨌든 봐야 했다.

채원은 경마장의 주차장에 차를 세우고 튕기듯 내렸다.

휴대전화를 꺼내 배 마필관리사의 번호를 누르던 그녀가 인상을 찌푸렸다. 손이 덜덜 떨려 숫자가 몇 번이나 잘못 눌렸다. 차분하게 마음을 가라앉혀야 하는데, 이미 제 능력으로는 통제가 되지 않았다.

- 여보세요?

배진형의 목소리가 들리자, 그녀의 입에서는 참았던 숨이 일제히 터져 나왔다.

"하, 아저씨!"

- 채원……이니?

배진형의 목소리가 예사로 들리지 않았다. 피붙이처럼 생각한 그였는데 전화를 받는 음성은 마치 내키지 않는 듯 들려왔다.

착각일 거야!

그래, 오해가 맞아.

그녀는 자신을 다독거렸다. 드러난 것은 아무것도 없는데, 사람부터 의심하지 말아야 한다. 알지만…… 이미 이성보다 감정이 그녀를 휘둘렀다.

"지금 뵐 수 있을까요?"

- 지, 지금?

"어디 계세요? 제가 갈게요."

채원은 급하게 경마장 건물로 들어갔다. 마사회 마크가 박힌 옷을 입은 사람 몇이 지나가다 그녀와 부딪쳤지만 휘청거리던 몸을 세우고 그대로 배 마필관리사가 있는 사무실을 향해 빠르게 걸었다.

　- 지금 경마장에 없는데, 어쩌지?

　"경마장 아니면 어디신데요? 지금 뵙고 싶어……."

　채원은 귀에 대고 있던 휴대전화를 스르르 내리고 말았다. 태연하게 다른 기수와 함께 담배를 피면서 경마장이 아니라고 거짓말을 하는 배진형이 그녀의 눈에 보였다. 사무실로 돌아가는 계단 옆 열려진 문으로 보이는 비상구 앞에 서서 휴대전화를 귀에 대고 있는 사람은 빼도 박도 못하게 배진형이 맞았다. 피하는 거구나! 그렇게 생각할 수밖에 없는 모습이었다.

　"아저씨!"

　그녀는 휴대전화를 손에 쥔 채, 건물 계단 난간에 서 있는 배진형을 향해 빠르게 다가갔다. 그녀의 소리를 들었는지 배진형은 깜짝 놀란 표정을 짓더니 몸을 돌려 외면했다. 채원은 기가 막혔다. 저를 뻔히 보고도 못 본 척을 하는 배진형의 모습은 그녀를 돌처럼 굳게 만들었다. 더는 한 발짝도 움직일 수가 없었다.

　"저기 아는 사람 아니에요?"

　"아니야."

　"저 여자, 자꾸 형님만 쳐다보는데요?"

　"아니라니까. 담배 다 폈으면 가지."

　키가 작은 것으로 봐서는 기수로 보이는 이가 그녀를 흘끔거리며 배진형에게 하는 말이 고스란히 들렸다. 끝까지 부인을 하면서 그녀를 외면하고 가는 배진형의 모습은 그녀를 허탈하게 만들었다. 온몸의 기운이 쭉 빠졌다. 미친 듯이 속도를 내서 온 경마장이었는데, 맥없이 허탈한 웃음이 튀어나왔다. 기수와 함께 계단을 올라가는 진형을 채원은 차마 잡을 수가 없었다. 사람을 면전에다 두고도 태연하게 거짓말을 하는데 진실을 알려줄 것이라고 생각하고 온 제가 우스울 따름이었다. 대체 뭘 보고 산 것일까.

채원은 힘없이 몸을 돌렸다. 미친 듯이 왔던 것과는 대조적으로 그녀의 걸음은 터덜터덜 힘겹게 움직였다.

"훗!"

너무 기가 막히니 나오는 것은 웃음뿐이었다. 배진형을 아버지 대신으로 생각하고 따랐는데 고작 이런 결말인가. 그러니 영은에게 바보라는 소리까지 듣지. 헛똑똑이라며 비아냥거리던 영은의 목소리와 그녀를 보고도 못 본 것처럼 등을 돌리던 진형의 모습이 교차해 떠오르며 그녀를 괴롭혔다.

"채원아!"

뒤에서 들리는 배진형의 목소리는 이제 그녀를 세울 힘조차 가지지 못했다. 배신감은 그만큼 컸고, 말도 안 된다고 생각했던 의심은 체계적으로 변했다. 채원은 이를 갈며 뒤에서 부르는 소리에 대답을 하지 않았다. 타닥타닥, 급하게 옮기는 발자국 소리와 함께 인기척이 바로 뒤에서 났다. 차마 앞서 가는 그녀를 잡지 못하는 듯 성급한 말이 빠르게 흘러나왔다.

"잠깐 얘기하자."

"무슨 얘기요?"

다급하게 다가와 옆에서 걷는 배진형을 쳐다보지도 않은 채 채원은 맥없이 중얼거렸다. 더는 당하고 싶지 않아. 무조건적으로 믿으며 혼자 상처받지 않을 거라고! 채원의 결심은 굳어졌다. 늘 따뜻하고 정감 있게 향하던 채원의 마음은 차갑게 얼어버렸다.

"영은이한테 전화 받았다. 저 앞에 자판기가 있는데 커피라도 마실래?"

"됐습니다."

"그럼, 여기서 얘기할까?"

그녀는 걸음을 멈췄다. 옆에서 찌를 듯이 쳐다보는 배진형의 눈빛이 느껴졌지만 돌아볼 수가 없었다. 차마 그의 얼굴을 마주하고 물어볼 수가 없었다.

"우리 목장, 아버지…… 아저씨와 최 회장님 상관 있어요?"

"……후!"

한숨소리나 듣자고 물은 말이 아니었다. 소리라도 고래고래 질렀으면 좋겠다. 안개가 낀 듯 답답한 가슴이나 뻥 뚫리게.

"피하려고 하셨잖아요. 그새 영은이가 전화를 해서 마음이 변하신 건가요? 모르는 사람이라고 천연덕스럽게 말을 하고 그새?"

"언성 높이지 말고 차분히 얘기하자. 묻고 싶은 게 정확하게 뭐야?"

언성을 높이지 말고 차분하게 얘기하자고!

그 얘기를 듣자 벼락처럼 고래고래 소리를 지르고 싶었다. 미친년이라는 소리를 듣더라도 속에 들어찬 의혹들을 깨끗하게 풀어야 했다. 채원의 이런 속도 모르고 주머니를 뒤적거린 배진형은 담배를 꺼내 물었다. 라이터가 없는지 옷을 더듬거리다, 지나가는 사람을 붙들고 불을 빌렸다.

"후!"

긴 숨을 내뱉자, 매캐한 담배연기가 허공을 타고 춤을 추듯 날아갔다. 채원이 이 모든 것이 현실처럼 느껴지지 않았다. 믿었는데, 그토록 가까이서 힘든 세월을 지내는 것을 뻔히 보고도 거짓행동으로 위로했다는 것이 믿기지 않았다. 어떤 말부터 꺼내야 할지 몰라 당황하다가 맨 처음 의혹을 가지게 만든 이를 기억해냈다.

"순자 아줌마한테 들었어요."

배진형은 순자라는 이름에 뜨끔한지, 얼굴을 씰룩거렸다. 지금까지 왜 진형의 얼굴을 선하고 순박하게 봐왔는지 모르겠다. 입술을 비틀며 그녀를 바라보는 눈길은 차가운 냉기가 가득했다.

"그래서?"

"사실대로 말씀해주세요. 제발!"

알아야 했다. 가슴을 치고 통곡을 하는 일이 있더라도 그녀는 진실을 알아야 했다. 그래서 더 간절하게 말을 했다. 그가 사실을 말해주길 바래서…….

"네 아버지의 죽음은 우리와 상관없다. 너도 알다시피 네 아버진 고혈압으로 쓰러진 것이지 우리가 어떤 해코지를 한 건 아니다."

"그리고요?"

"목장은……, 그래! 편법을 이용해 최 회장이 한 입에 꿀꺽한 것이 맞아. 어차피 최 회장이 아니어도 누군가는 하늘 목장을 먹었겠지. 넌 아무것도 모르는 철부지고, 목장은 군침이 날 만큼 매력적인 곳이니까."

하늘이 핑 돌았다.

진형의 입에서 뿜어낸 연기가 몽글몽글 춤을 추며 현기증이 이는 그녀의 시야를 꽉 채웠다. 아버지의 죽음과 관계가 없다고 자신 있게 말을 하는 진형의 소름끼치는 음성에 구역질이 치솟았다.

"하하……. 최 회장에게 협조한 목장 식구들은……."

"돈푼깨나 만졌지."

"아, 아저씨도요?"

"내가 그럼 과천에 왜 있겠냐? 어차피 잘됐어. 널 마주하는 것이 나도 힘들었다. 꼴에 양심이라는 것이 있어 만날 때마다 주눅이 들고 들킬까 봐 조마조마했는데, 이렇게 된 게 오히려 나한테는 시원하다."

차라리 거짓말이라도 해서 아니라고 하지! 믿었던 사람은 이참에 잘됐다는 말로 그녀의 심장을 쥐어짰다. 누군가 숨구멍을 꽉 틀어막는 느낌이다. 꺽꺽, 목에서 기괴한 소리가 흘러나왔고, 채원은 제 가슴을 급하게 부여잡았다.

"자, 잘된 거라고요? 그래요!"

"어차피 지난 일이다. 너도 최 회장 덕분에 대학물이라도 먹었잖냐! 네 말대로 은혜를 입었다면 입었으니 따지려면 나한테 이러지 말고 최 회장한테 가서 말해라. 난 더 할 말이 없으니 이만 간다."

불도 끄지 않은 담배꽁초가 바닥에 내팽개쳐졌다. 마치 제 신세처럼 보였다. 뒤도 돌아보지 않고 가는 진형은 그녀가 좋아하던 배 아저씨가 아니었다. 지독하게 낯선 사람, 단지 그뿐이었다. 채원은 원망도 풀어놓지 못하고 가슴을 쥐어 잡은 채 허물어지듯 그 자리에 맥없이 주저앉고 말았다.

하루 종일 연락이 되지 않아 사람 애간장을 태우는 여자는 집에도 없었다. 불 꺼진 오피스텔 밑에서 얼마나 서 있었을까. 퇴근시간에 잠깐 오피스텔로 들어가는 인적이 많다가 이제는 오가는 인적마저 뚝 끊겨버렸다. 손에서 놓지 않았던 휴대전화를 들고 다시 통화를 시도했지만 여전히 꺼져 있다는 안내 멘트만 들렸다.

"어디 간 거야, 대체!"

그가 알고 있는 이채원은 이토록 무모한 사람이 아니다. 무작정 회사를 나갈 사람도 아니었고, 이유 없이 연락을 끊을 사람도 아니다. 그가 모르는 일이 생긴 것 같은데 이유를 모르니 미칠 것만 같았다.

"젠장!"

욕설을 내뱉었지만 초조함은 더해갔다. 시간이 흘러갈수록 그의 입술은 바짝바짝 타들어갔다. 그녀의 얼굴을 보기 전에는 여기서 한 발짝도 움직일 수가 없었다. 확인해야 한다. 무사하게 집으로 들어가는 모습만이라도!

손에 들고 있는 휴대전화의 벨이 울렸다. 미처 번호도 확인할 새 없이 그는 통화를 연결시켰고 다급하게 수화기에 입을 가져다 댔다.

"여보세요!"

– 어디 있어요?

"이채원!"

그의 입에서 비명처럼 채원의 이름이 흘러나왔다. 태평한 목소리로 마치 아무 일도 없는 것처럼 얘기를 하는 그녀 때문에 애가 얼마나 닳았는지……. 애타는 마음은 섣부른 화가 되어 그를 광포하게 만들었다.

– 나 지금 당신 아파트 앞인데, 한참을 기다려도 안 와서 전화했어요.

"꼼짝하지 말고 거기 있어. 아니 전화 끊지 마."

그는 차를 향해 뛰면서도 휴대전화를 귀에서 떼지 않았다. 그녀의 음성이라도 계속 들어야 진정이 될 것 같다.

– 기다릴 테니까, 와요. 통화하면서 운전하면 위험하잖아요.

"네 목소리 못 들으면 더 위험하니까, 계속 말해."

그는 차에 올라 안전벨트를 매자마자 튕기듯 출발했다. 급하게 핸들을 트느라 찢어지는 스키드마크 소리가 들렸지만, 속도를 늦출 수가 없었다. 왜 이렇게 불안한 것일까. 겨우 연락이 되지 않던 몇 시간에 느꼈던 불안은 일조차 하지 못하게 그를 흔들었다.

- 무슨 소리예요?

"아무것도 아니야. 10분, 아니 8분이면 도착해. 꼼짝하지 말고 거기 있어. 만약 움직이면 혼나! 알았지?"

- 안 도망가요.

그녀의 확답에도 심장은 왜 이리 미친 듯이 뛰는지 모르겠다. 초조했다. 속도를 높이며 전화를 받는 것이 얼마나 위험한지 알고 있지만 차마 휴대전화에서 손을 뗄 수가 없었다. 금방이라도 그녀의 목소리가 들리지 않게 되고, 모습도 볼 수 없을 것만 같았다.

"이채원!"

- 네? 더 할 말 있어요?

"계속 말해."

- 무슨 말을 할까요?

"시시껄렁한 말을 해도 괜찮으니까, 침묵하지만 마."

절실하게 말을 하는 그와 달리 채원의 목소리는 가벼웠다. 웃음기마저 깃든 목소리가 그를 더 불안하게 만들었다.

- 건휘 씨!

"응."

- 나 좋아해요?

끼익!

급하게 브레이크를 밟았으니 망정이지 아니면 앞 차를 들이박을 뻔했다. 심장이 우둔거리며 미친 듯이 움직였다.

"가서 말해줄게."

- 아뇨, 지금 말해줘요.

"듣고 싶으면 참아."

- 안 좋아하나 보다.

"골 부리는 척해도 안 통해. 아파트 보인다. 금방 들어갈 테니까, 아파트 입구에 나와 있든가!"

- 알았어요.

그녀가 전화를 끊자, 그는 휴대전화를 아무렇게나 집어던지고 두 손으로 핸들을 잡았다. 초록등이 점멸하기 무섭게 황색등이 켜졌지만 그는 속도를 줄이지 않았다. 막 교차로를 지나는데 붉은 불이 들어왔고, 경적 소리가 도로를 울렸다.

자칫하면 사고로 이어질 뻔한 위태로운 상황이었지만 건휘는 아파트 입구를 향해 가속페달을 더 힘껏 밟았다. 그리고 미친듯이 올렸던 속도가 서서히 줄어들었다. 아파트 입구 앞에 한 사람이 서 있었다. 가방을 앞으로 들고 고개를 숙인 채, 자기 발끝만 바라보는 그의 여자가!

빵빵.

그는 경적을 눌러 채원에게 자신이 온 것을 알렸다. 안전벨트를 막 풀며 차 문부터 여는데 채원이 그에게 달려오고 있었다. 이토록 자제심이 없던 사람인가! 고작 하루도 아닌 몇 시간 동안 연락이 되지 않았고, 얼굴을 못 봤을 뿐인데 그녀의 얼굴을 보자마자 참을 수 없는 갈증을 느꼈다.

"건휘 씨!"

차 문을 열고 그의 이름을 부르는 여자! 손보다 눈이 먼저 그녀를 만졌다.

"너 뭐 하는 사람이야!"

이게 아닌데.

뒤늦은 후회가 들었지만 이미 입을 통해 고성이 흘러나온 후였다. 차에 올라타던 채원이 당황한 듯 놀란 표정을 지었고, 건휘는 숨을 고르며 화를 진정시켰다.

"화났어요?"

"그럼, 말도 없이 사무실에서 나가고, 하루 종일 휴대전화는 꺼져 있었는데 화 안 나게 생겼어? 그리고 여길 오면 온다고 연락이라도 했어야지. 괜히 네 오피스텔까지 가서 미친놈처럼 발동동 구른 내 모습을 네가 못 봐서 다행이다."

서운함의 발로인가.

그의 입에서는 쉴 새 없이 말이 흘러나왔다. 아파트로 들어가기 위해 뒤에 있는 차가 경적을 누르지 않았다면 그의 분노는 계속되었을 것이다.

"미안해요."

차를 비켜주기 위해 단지 안으로 진입한 그를 향해 채원이 조용히 사과를 했다. 그는 대답을 하지 않은 채 주차장으로 들어갔다. 차를 주차시키고 내렸지만 채원은 자리에서 꼼짝 않고 있었다. 보닛을 돌아 차 문을 열어주자, 그제야 그를 쳐다보았다.

"내려."

"미안하다고 했잖아요."

"……후, 들어가서 얘기하자."

"화내지 않는다고 약속하면 들어갈게요."

"그래."

그의 지친 음성 때문일까. 채원이 순순히 차에서 내려 그와 함께 엘리베이터로 향했다. 집까지 올라가는 동안 뻣뻣하게 굳은 표정의 그에게 채원이 먼저 손을 내밀었다. 조급했던 마음이 그녀의 손길에 잦아들었다. 먼저 다가와 그의 손에 깍지를 낀 채원이 건휘의 어깨에 머리를 기댔다.

"미안해."

"아니, 내가 잘못했어요."

그는 비밀번호를 눌러 아파트 문을 열었고, 그녀의 등을 감싼 채 황급히 안으로 들어갔다. 센서 등이 켜진 현관으로 들어가자마자 문을 닫았고, 그녀를 밀어 신발장에 기대서게 만들었다. 그녀의 어깨에 양 팔을 올리고 한동안 뚫어지게 쳐다보았다. 환하게 빛을 발하던 센서 등은 꺼진 지 오래였다.

"널 얼마나 좋아할까, 생각해본 적 있어. 사람의 감정을 무게로 잴 수 있다면, 부피로 환산할 수 있다면 정확하게 표현하겠지만…… 널 사랑해. 그런 것 같아. 널…… 이렇게 사랑하게 될 줄은……."

그는 채원의 어깨를 당기며 거칠게 키스를 했다. 허겁지겁 그녀의 모든 숨결을 빼앗듯 모든 것을 들이마셨다. 보드라운 아랫입술을 거칠게 이로 잘근잘근 씹었고, 뭉툭한 혀를 집어넣어 그녀의 혀를 뽑힐 듯 빨았다. 한번 터진 욕망은 이성으로 제어할 수 없을 만큼 거대했다.

"거, 건휘 씨……."

숨을 할딱거리는 채원의 음성은 최음제였다. 그의 욕망을 미친 듯이 끓어오르게 만드는 촉진제. 건휘는 채원의 목덜미를 흡입하며, 한 손으로는 그녀의 다리로 자신의 허리를 감게 했다. 매끄러운 허벅지를 손으로 매만지며, 안쪽 깊숙한 곳까지 거침없이 흘러들어갔다.

"흑……."

이미 질척하게 젖어 있는 그녀의 속살을 매만졌다. 이대로 완전히 가지고 싶었다. 거칠게, 탐욕스럽게 그녀를 온전히 차지해야 했다. 얇은 속옷을 거침없이 찢고 그는 자신의 남성을 그대로 돌진시켰다.

부드럽고, 뜨거운 그녀 안에서 그제야 맘의 평화를 얻었다. 하아! 저도 모르게 안도하는 신음과 함께 거친 욕망을 그대로 표현했다. 완전히 하나로 결합되어도 완벽하게 만족을 할 수 없었다. 그녀의 입술을 아무리 빼앗아도 그녀 안으로 빈틈없이 들어가도 허기짐은 여전했다.

대체 이 여자가 뭐라고!

사랑한다는 고백을 하게 만들고 그 자신을 잃어버리게 했다. 가지고 가져도 부족했고, 살 냄새를 맡으면서도 그립다는 생각을 하게 만드는 이채원이라는 여자!

"으읏!"

아픈지 얼굴을 찌푸리는 채원의 신음소리에도 그는 멈출 수가 없었다. 아니 더 깊게, 더 거칠게 안으로 파고들었다. 목에 팔을 두르고 그를 가깝게 끌어당기는 채원을 온몸으로 느끼며 그는 성급하게 파고든 것처럼 제 자신을 풀어놓았다. 허망한 한숨과 함께 그의 고개가 그녀의 목덜미에 힘없이 떨어지고 말았다.

"사랑한다."

그의 고백을 들은 후, 채원은 계속 패닉 상태였다. 거칠게 그녀를 파고드는 그를 거절할 수 없었던 이유도 바로 그가 말한…… 사랑 때문이었다.

좋아한다는 말은 여러 번 들었지만 사랑이라는 말은 고집스럽게 꺼내지 않던 남자였다. 통화를 하면서 혹시나 싶어 요구를 했지만 그는 끝내 그 말을 해주지 않았다. 그런데 갑자기 터트리듯 사랑을 외치는 그의 고백에 채원은 똑같은 말을 되돌릴수가 없었다. 가슴 밑으로 깊숙이 묻어둬야 한다는 생각을 했는데!

말의 효력은 의외로 컸다. 세상을 다 가진 듯 뿌듯하다가도 다시 절망해야 하는 현실의 상황에 그녀는 가슴이 새카맣게 타들어갔다.

"나도…… 사랑해요."

물소리가 들리는 욕실을 향해 그녀는 작은 소리로 중얼거렸다. 그의 얼굴을 보며 감정을 고백하면 얼마나 좋을까. 하지만 그녀는 자신이 없었다. 최건휘! 그는 최원석 회장의 아들이었다. 아버지, 그리고 목장…… 차마 무서워 더는 알아내지 못한 묻힌 진실 앞에 허락되지 못할 관계였다.

배진형을 만나고 무작정 거리를 헤매고 다녔다. 그가 한 잔인한 얘기들을 차라리 모두 잊어버리자, 생각도 해봤다.

'아버지를 죽인 것도 아니잖아! 배진형의 말처럼 아버지는 고혈압으로 돌아가신 것이고, 재산이야 나이가 어려 지키지 못한 내 잘못이야!'

그렇게라도 믿고 싶었다.

그래야 건휘를 만날 수 있으니까. 허망하게 놓쳐버린 아버지처럼 제가 먼저 건휘의 손을 놓고 어떻게 살아갈까, 생각만으로도 견딜 수가 없을 것 같았다.

'그와 헤어진다고 돌아가신 아버지가 살아나는 것도 아니잖아, 이채원! 눈 한 번 질끈 감아! 그리고 건휘를 잡아!'

그녀의 이기심은 그렇게 부추겼다. 건휘의 집에 올 때까지만 해도 모든 사실을 없었던 것으로 돌리려고 했다. 그녀에게 화를 내던 건휘의 모습에서 결국 그녀는 현실을 인정하고 말았지만.

더는 그를 힘들게 하고 싶지 않았다. 얼마나 추악한 진실이 묻혀 있는지는 모르겠지만, 만약 최 회장이 저의 아버지에게 한 짓을 건휘가 알아낸다면…… 그녀는 신음이 터질까 손으로 입을 꽉 틀어막았다.

자학할 거다.

스스로를 용서하지 못할 것이고…….

결국 파괴적인 사랑으로 힘들어하는 건휘를 보면서 그녀는 또다시 이별을 선택할 것이 분명했다. 그런데 그를 잡을 수 있을까. 부모와 자식 사이를 완전히 끊어놓고서라도 그를 잡고 싶은 욕망이 왜 안 들까.

하지만 그렇게 해서 완벽하게 행복할 수 있을까. 그의 희생을 딛고 만들어진 관계에 그녀는 자책하지 않을 자신이 있나!

아니, 없었다.

잃어버릴 수밖에 없는 인연! 짧아서 더 애틋했고, 더 절박하게 느껴지는 것뿐이다. 아버지가 돌아가셔도 살아남았다. 고작 100일 넘게 만난 남자 때문에……. 아무리 강요하듯 생각을 굳히려 해도 지워낼 수 없는 한 가지.

사랑한다.

세상에 태어나 처음으로 내 남자로 만들고 싶은 최건휘를…… 미치게 사랑했다.

거대해진 욕망의 파도에 자신을 모조리 풀어놓고 싶지만 거친 행위로 그녀를 다치게 할 것 같아 차가운 물에 샤워를 하고 나왔다. 도망갈 생각은 하지 말라는 엄포를 했음에도 욕실에서 나오며 침대부터 살피는 그의 눈길에는 불안감이 설핏 어렸다, 사라졌다.

그는 허리를 두른 수건을 풀며 그대로 침대에 들어가 누웠다. 그녀가 다가와 가슴에 손을 얹자, 그가 몸을 모로 세워 누웠다.

"할 말 있으면 해."

그가 그녀의 머리카락을 매만지며 부드럽게 말했다. 채원이 그의 가슴에 얼굴을 묻고 고개를 흔들었다.

"미안, 힘들었지?"

"아뇨."

"안 힘들었나? 그럼 다시……."

농담 삼아 한 말인데, 그녀가 그의 머리를 내리며 입술을 파고들었다. 서투른 혀를 밀어 넣고, 그의 욕망을 부추기는 행동에 겨우 잠재웠던 욕망이 가파르게 타올랐다. 시작은 채원이 했지만, 그에게 사로잡힌 채 숨을 헐떡거렸다.

"하! 안아줘요."

이미 거친 행위로 부풀었던 여성에 손을 내리며 건휘는 기꺼이 그녀의 초대를 받아들였다. 그가 짙게 만들었던 목덜미의 얼룩을 혀로 핥았고, 더 진하게 빨아들여 지워지지 않을 정도로 꽃을 피웠다. 불그스름한 열락의 증표가 마치 그의 것이라고 낙인을 찍은 표시 같아 만족감이 들었다.

휘몰아치는 욕망을 참지 못하고 건휘는 곧장 채원의 살갗을 더듬었다. 실크보다 매끄러운 피부를 타고 그의 손은 본능의 불꽃을 피워냈다. 속옷을 벗기고 그녀의 부풀어오른 가슴을 손끝으로 비볐다. 그녀의 숨소리가 거칠어지는 것을 확인하고 입술을 내려 강하게 흡입했다. 그녀의 입에서 간헐적으로 신음이 흘러나왔지만 봐주지 않았다.

안아달라는 말은 그의 동물적인 본능을 삽시간에 깨워버렸다. 잔인하고 사납게 제 여자를 탐닉하고 싶어 하는 야수를.

"날 모두 줄게요."

채원이 억눌린 소리로 얘기를 했다. 그의 눈빛이 강렬하게 빛났다. 그녀의 몸 위로 올라가자 채원이 그의 목에 팔을 감고 안겨왔다. 서로의 맨살이 닿으며 요철처럼 꼭 맞아 들어갔다. 자극을 받은 채원의 유두는 이미 곤두서서 제 존재를 드러내며 그를 자극했다. 건휘의 입술에서 성마른 신음이 터져 나왔다.

"윽."

건휘는 손을 내려 그녀의 옆구리를 더듬어 내려갔다. 그리고 더 느리게 움직여 까슬까슬한 숲 사이에 도달했고, 손가락이 촉촉하게 젖어들었다. 이미 그의 몸을 받아들였던 곳은 몹시도 뜨거웠다.

열정에 들떠 가쁜 숨을 토해내는 채원의 얼굴을 홀린 듯이 쳐다보던 건휘는 그녀의 입술을 뜨겁게 빼앗았다. 잠깐의 행위로 미진했던 욕망은 그를 부추겼다. 더 뜨겁게 안으라고, 완전히 네 것으로 만들라고!

건휘는 채원의 허벅지를 잡아 넓게 벌렸다. 손가락이 먼저 작은 돌기를 매끄럽게 돌렸다. 이미 흘러나온 윤활유로 그의 손은 젖어들었고, 그녀의 허리가 들썩거렸다.

"앗!"

그녀의 성감대, 그는 더 정성껏 그곳을 만지며 애무했다. 턱을 들고 가쁜 숨을 몰아쉬는 그녀를 만족스럽게 쳐다보던 건휘는 급하게 머리를 내렸다. 작은 꽃잎을 양손으로 가르고 그 안

으로 혀를 밀어 넣었다. 뜨거운 호흡과 함께 혀의 움직임만으로
도 채원은 머리를 거칠게 흔들며 진저리를 쳤다.

아찔한 쾌감!

채원의 복잡했던 머리가 텅 비어버렸다. 허벅지가 들리고 그
의 얼굴이 은밀한 곳에 더 가까이 다가왔지만 꼼짝도 할 수가
없었다. 아니 이미 여성은 기대를 품고 호흡을 하듯 벌름거렸
다.

"제발……."

창피함도 들지 않았다. 그가 더 해주었으면 하는 바람으로 두
다리를 스스로 활짝 열었다. 그녀의 여성에 입술을 묻은 건휘
는 다급한 움직임을 자제하며 채원을 만족시키기 위해 최대한
천천히 움직였다.

얇은 꽃잎을 핥다가, 다시 돌기로, 그리고 그의 분신을 품었
던 곳까지 그의 혀가 닿지 않는 곳은 없었다.

"으읏!"

채원은 그의 머리를 잡아당겼다. 두 사람의 입술이 합쳐지고,
질척이는 젖은 소리가 침실을 울렸다. 그녀의 맛이 나는 그의
혀를 잡아끌며 채원은 자신을 잊어버릴 정도로 절박하게 움직
였다.

그때, 그가 그녀 안으로 들어왔다. 아까와 달리 천천히, 그녀
의 안으로 들어오다가 다시 뒤로 물러나고……. 속살이 빨려나
가듯 그를 잡자, 이를 악물고 다시 강하게 허리를 튕겼다. 채원
은 다리로 그의 허리를 감았다. 더 완벽하고 뜨거운 결합을 위

해, 그녀의 몸이 그에게 매달렸다.

엉덩이를 받치고 건휘가 더 깊게 들어왔다. 그녀의 머리가 침대 헤드에 부딪쳤지만 멈추지 않았다.

쿵.

쿵, 쿵.

그 소리에 더 자극을 받은 듯, 건휘는 누워 있는 채원의 상체를 일으켰다. 그의 몸 위에 앉은 자세가 되자, 채원이 목을 끌어안고 얼굴을 묻었다.

"움직여 봐."

그가 허리를 잡아주자, 채원은 소극적으로 움직이기 시작했다. 그가 들어오는 것이 아니라 이제는 그녀가 품는 입장이었다.

"아……."

"더 빨리."

그는 채원의 허리에 힘을 주며 서툰 움직임을 도왔다. 그녀의 움직임이 점점 빨라지고, 가슴이 흔들렸다. 건휘는 한 손으로는 허리를, 또 한 손으로는 그녀의 가슴을 쥐었다. 바로 눈앞에서 흔들리는 가슴에 입술을 대며 강하게 흡입했다. 그러자 그녀의 안에서 강한 수축이 일어났다.

"흑."

건휘는 밀려오는 쾌감에 미칠 것만 같았다. 요부가 되어 그를 품는 채원을 미친 듯이 끌어안다가 몸을 뒤집었다. 갑작스런 그의 행동에 채원이 당황한 듯 몸을 당겼지만, 놔주지 않았다. 그녀의 허리를 잡고, 하얗고 탐스러운 엉덩이를 탐욕스럽게 쳐다보았다. 건휘는 입술을 내려 하얀 엉덩이에 제 잇자국을 냈다.

"앗!"

"쉬이."

치아자국이 선명하게 난 엉덩이를 혀로 핥다가 무릎을 반쯤 세우고 채원의 허리를 잡아당겼다. 그녀의 번들거리는 중심을 향해 아직 우람한 남성은 이끌리듯 움직였다.

"하앗!"

뒤에서 그녀를 가졌다.

익숙하지 못한 자세 때문인지, 채원은 자꾸 피하려 했지만 건휘는 음흉한 미소를 지으며 더 강하게 허리를 튕겼다.

"아훗."

그의 치골과 그녀의 하얀 엉덩이가 완벽하게 맞물렸다. 움직임을 멈추고 유연한 등에 자잘한 키스를 퍼부었다. 엉덩이를 잡았던 손으로 그녀의 가슴을 강하게 잡으며 그는 자신의 인내심을 시험했다.

"제발……."

"어떻게 해줄까? 채원아, 말해. 원하는 걸 말하라고!"

"움직여…… 아웃!"

그녀의 요구를 마다할 이유가 없었다. 그는 채원의 안으로 깊게 밀고 들어갔다. 천천히, 리드미컬하게 움직이며 그녀의 쾌감을 높여갔다. 엉덩이를 높이 세운 채, 침대에 머리를 묻은 채원은 미칠 것 같은 느낌에 연신 신음을 흘렸다. 아플 정도로 깊이 들어오는 그로 인해 숨이 하얗게 말라갔다.

신음조차 낼 수 없는 쾌감.

그의 남성이 자궁 끝까지 밀려오자 그녀는 진저리를 치며 이불깃을 입 안에 넣으며 신음을 죽였다.

더 강하게…….

그를 완벽하게 느끼고 싶었다. 미칠 것 같은 갈증은 곧 고지에 도착한다는 것을 알기라도 하듯 그녀를 애달프게 만들었다.

아…….

통증과 맞닿은 쾌감에 그녀는 자신을 놓아버리고 말았다. 더는 참을 수 없을 것 같아 비명을 지르는 순간, 그녀의 몸이 떨려왔다. 하지만 그는 멈추지 않았다. 더 길게…… 더 뜨겁게 파고들어 아예 숨통을 조이려고 한다.

"그, 그만!"

더는 감당할 수 없다고 생각하는 순간, 그녀의 안에서 뜨거운 폭발이 일어났다. 건휘는 그녀의 등 위에 몸을 늘어뜨리면서도 끝내 자신을 빼내지 않았다. 완벽하게 하나로 이어진 그들의 거친 숨소리가 방을 가득 채웠다. 이게 정말 마지막이다. 절박한 숨결을 타고 채원의 눈에서 눈물이 흘러내렸다.

어차피 이판사판이었다. 딸의 전화를 받고 어차피 벌어질 일이라는 판단에 배진형은 모질게 채원을 대했다. 벌써 끊어졌어야 하는 인연이다. 저를 보면서 편치 않은 그의 심정을 채원은 모를 것이다. 웃는 얼굴로 대하는 채원을 차마 밀어버리지 못한 탓에, 벌써 몇 년 동안 마음고생을 했다. 진실의 절반쯤 말을 했을 뿐인데, 아차 싶은 마음이 들었다. 부랴부랴 과천에서 차를 몰아 서울 한국 그룹 앞에 도착했지만 최 회장을 만날 용기는 아직 미진한 모양이다.

"이미 벌어진 일이니 알려야지."

최 회장의 반응은 짐작조차 되지 않았다. 화를 낼지, 아니면……. 그는 휘황찬란한 로비를 가로질러 안내데스크로 향했다. 철저하게 출입이 제한되는 회장실에 가려면 으레 거쳐야 할 절차였다.

"어떻게 오셨습니까?"

"최 회장님 뵈러 왔습니다."

"약속은 되셨습니까?"

"그게…… 배진형이 회장님을 뵙고 싶어 왔다고 전화나 넣어 주세요."

상냥한 웃음을 짓고 있는 여직원에게 용건을 말하고 인터폰을 드는 것을 확인한 후 등을 돌렸다. 설마 안 만나겠다는 소리는 나오지 않겠지, 하는 기대감으로 엘리베이터 근처를 바라보았다.

"올라오시랍니다."

그럼 그렇지!

최 회장이 그를 피할 입장이 아니었다. 하늘 목장 출신 중에 최 회장이 저지른 악행을 모두 아는 사람은 그뿐이었으니까. 뿐인가, 그의 아내가 저지른 일까지 모두 알고 있다. 제 손으로 만든 일은 단지 조 여사만 알 뿐, 최 회장은 짐작조차 하지 못할 것이라는 생각이 그의 두려움을 잠재웠다. 다들 지레짐작을 할 뿐, 일이 어떻게 돌아가는 줄은 미처 파악하지 못한다는 믿음으로 성큼 걸음을 옮겼다.

알게 모르게 최 회장에게 동조를 한 이들은 돈 몇 푼을 받고 뿔뿔이 흩어져버렸고 기수와 자신 단 둘만 최 회장 곁을 끝까지 지키고 있었다. 엘리베이터를 타고 회장실까지 가는데 긴장을 했는지 등줄기를 타고 땀이 흘렀다. 봄이 짧다고 하더니, 벌써 여름인가 싶을 정도로 덥게 느껴졌다.

엘리베이터가 열리자마자 황 실장이 그를 못마땅하게 쳐다보며 서 있었다. 진형은 고개를 꾸벅 숙이며 말을 건넸다.

"갑자기 찾아와 죄송합니다."

"무슨 일입니까?"

짜증이 밴 음성은 면박을 주듯 퉁명스러웠다.

"용건은 회장님께 직접 말씀드리겠습니다."

"따라와요. 앞으로는 이런 짓 절대 하지 말고."

"예."

마치 제가 회장이라도 된 것처럼 거들먹거리며 앞서 가는 황 실장의 등을 쏘아보며 눈빛과 달리 굽실거리는 음성으로 대답했다.

"기다려요."

비서실로 들어선 황 실장이 먼저 회장실로 들어가자, 한쪽에 앉은 비서가 그를 유심히 쳐다보았다.

"물 좀 먹을 수 있을까요?"

"네, 잠시만 기다리세요."

싫다는 소리 없이 그에게 물을 가져다주는 비서에게 고맙다고 인사를 하며 갈증을 잠재우듯 벌컥벌컥 들이켰다.

"잘 먹었습니다."

"아니에요."

상냥한 아가씨의 호의에 그나마 숨통이 좀 트이는 것 같았다. 때마침 회장실 문이 열리고 안에서 황 실장이 나오며 들어가 보라는 눈짓을 보냈다. 진형은 마른 침을 삼키며 호화스러운 회장실 안으로 들어섰다.

"뭐라고 했나, 지금!"

"어쩔 수 없었습니다. 순자 그 아줌마가 채원이에게 말을 전한 모양입니다. 다 알고 찾아왔는데 아니라고만 할 수 없어서 그만……."

딸의 실수는 쏙 빼고 진형은 모든 책임을 순자에게 돌렸다. 매섭게 쏘아보는 최 회장의 눈길을 피하며 끝내 말을 잇지는 못했지만 어쨌든 사실대로 말을 하고 나니 속이 시원했다. 며칠을 전전긍긍하며 불안해했더니 살까지 부쩍 빠졌다.

"못난 사람!"

"죄송합니다, 회장님."

"이게 죄송하다고 끝날 일인가! 그 아이가 알게 됐다면 시끄럽게 할 가능성이 농후하지 않나! 나하고 상의도 없이 일을 터뜨리면 어쩌자는 말이야!"

채원의 여린 심성에 시끄럽게 분란은 일으키지 않을 것이라
고 생각한 그와 달리, 최 회장은 버럭 성을 내며 지레 걱정을 하
고 있었다. 어릴 때부터 봐 왔던 채원이라 잘 안다고 생각하며
배진형은 최 회장을 안심시키기 위해 입을 열었다.

"채원이 그런 애도 아닐뿐더러, 누가 회장님을 의심하겠습니
까? 제품에 제가 나가떨어질 테니 두고 보세요."

"말도 안 되는 소리!"

최 회장은 그의 말을 가차 없이 자르고는 인터폰의 버튼을
눌렀다.

"황 실장, 들어와."

벌을 서듯 서 있는 그에게 앉으라는 권유도 하지 않고 최 회
장은 황 실장을 호출했다. 진형은 바로 문을 열고 들어오는 우
람한 황 실장의 모습에 기가 죽어 신발 끝만 바라보았다. 최 회
장의 성난 눈빛도, 황 실장의 무시하는 눈빛도 어쩔 수 없는 그
의 몫 같았다.

"부르셨습니까, 회장님."

"이 사람이 이채원에게 다 불었다네. 이채원 뒤 쫓아봐."

진형은 노골적인 최 회장의 말에 더럭 겁을 먹고 말았다. 저
는 홀가분하게 잘됐다고 생각했는데 최 회장의 말을 들으니 채
원에게 피해가 갈 수도 있을 것 같다. 이미 끊어진 인연이라고
생각을 했지만 막상 자신이 듣는 데서 채원의 뒤를 쫓으라는
말을 들으니 후회가 밀려들었다. 마지막 남은 양심이라고 해도

좋았다. 어차피 끝이 났고, 잘 해결되기만을 바라는 마음이 컸다.

"정말 다 말했습니까?"

황 실장이 추궁을 하듯 묻자, 그는 고개를 가로저었다.

"다, 다는 아니고 대충……."

"말 똑바로 해요. 대충이면 어디까지 말했다는 소립니까?"

최 회장보다 훨씬 강압적으로 추궁하는 황 실장의 물음에 그는 채원과 나눴던 대화를 떠올렸다. 크게 문제될 것은 거의 없었다.

"그게 그러니까요……."

더듬더듬 말을 하는 그에게 두 남자의 얼굴은 점점 더 굳어졌다.

영은은 사무실로 들어가다 말고 화들짝 놀랐다. 유니폼을 입고 채원이 제자리에 앉아 있는 모습은 마치 귀신같이 보였다. 며칠 나오지 않아 안심을 했었다. 건휘가 저를 바라보는 눈길은 여전히 냉담했지만 조 총지배인은 시간이 지나면 괜찮을 거라며 그녀에게 더 참으라는 지시를 내렸다. 내선으로 걸려오는 전화와, 최 전무의 개인적인 우편물, 그리고 컴퓨터 자료만 주면 다 잘될 거라고 해서 그 말만 믿고 버티는 중이었다. 건휘 역시 그날 이후 특별히 그녀에게 화를 내지 않았고, 이렇게 자리를 잡으면 되나 믿고 있었던 차에 마른하늘에 날벼락 같은 일이었다.

"좋은 아침!"

"우……리 아빠한테 얘기 못 들었어요? 그런데도 지금 출근을 해서 일을 한다고 제자리에 앉은 건가요?"

영은은 기가 막혀 따지듯 물었다. 물론 채원이 안쓰럽긴 했지만 그녀 역시 다시 식음료 파트로 돌아가 여러 부서를 전전하는 것은 질색이었다. 몸도 편하고, 할 일도 별로 없는 자리를 스스로 박차고 나갈 바보가 아니었다.

"걱정 마. 사표 내러 왔으니까."

"정말요?"

"응."

"진즉에 그랬어야죠. 참, 갈 데는 있어요?"

오지랖 넓다는 것을 광고하듯 영은은 채원을 걱정했다. 제 손으로 밀어내는 모양새가 맘에 걸리기도 했기에 말투에는 염려가 묻어났다.

"갈 데 없으면 소개시켜주려고?"

"제가 그럴 주제만 되면 이러고 붙어 있지도 않아요."

"미안해하지 않아도 돼. 영은아."

"누가 미안하대요? 말도 안 되는 소리를 하고 있어."

영은은 약한 제 마음을 이용할까, 소리를 버럭 지르며 부인을 했다. 미안하다는 말을 입으로 전하지는 못했지만, 며칠 새 살이 내린 채원의 작아진 얼굴을 보는 게 영 껄끄러웠다. 빛바랜 얼굴 때문인지, 채원의 분위기는 훨씬 연약하고 보호본능을 일으켰다.

"전무실 청소는 내가 했어. 아침에 전무님 출근하자마자 약하게 내린 커피 드리고, 스케줄 표 출력해서 보고하는 것 잊지 말고."

"언니 없어도 제가 잘했거든요?"

"아, 그랬지? 인수인계를 어떻게 해야 하나 걱정이었는데 그래도 다행이네. 전무님 그리 까다로운 분 아니니까, 영은이 네가 잘하면 크게 문제될 것은 없을 거야."

영은은 채원의 말에 입을 삐죽거렸다.

까다롭지 않은 남자라고?

잘생긴 겉모습 때문에 호감을 가지긴 했지만, 고약하게 구는 것을 보면서 만정이 다 떨어졌다. 애틋한 감정 따위는 이미 사라진 후였다. 그저 편안하게 결혼할 때까지만 여길 다녔으면 하는 마음으로 버티고 있는 중이었다.

"옷은 오늘만 내가 입을게. 그리고 총무과에 말해서 비품하고 유니폼 새로 맞춰달라고 하면 알아서 해줄 거야."

"치, 누가 몰라서 입었나!"

차라리 화를 내고 따진다면 맘이 훨씬 편할 것 같았다. 저만 나쁜 년처럼 보이게 만들고 혼자 착한 척을 하는 것은 여전하다. 한 책상에 둘이 앉을 수는 없어, 영은은 한쪽에 놓인 소파 위에 자리를 잡았다. 사표를 쓴다고 하니 그 정도는 양보할 수 있었다.

"전무님 나오십니까?"

영은이 화장을 고치느라 콤팩트를 두드리는데 건휘가 들어

오고 있었다. 영은은 화들짝 놀라 가방에 콤팩트를 넣고 일어
나 인사를 했다.

"전무님 나오셨습니까?"

채원보다 더 상냥하게 인사를 했건만 찬바람이 휙 불 정도로
싸늘한 표정으로 저를 보더니 '이채원 씨 들어와요!' 하는 말만
남기고 사무실로 들어갔다.

"이러다 심장마비로 죽겠네."

중얼중얼 혼잣말을 하는데, 채원이 손에 하얀 봉투를 들고
의자에서 일어섰다. 괜히 미안한 마음에 고개를 돌려버렸다. 채
원이 전무실로 들어가자, 영은은 손으로 얼굴을 폭 감쌌다. 마
음이 약해지면 안 되는데, 화조차 내지 않는 채원의 모습에 제
가 꼭 못된 년이 된 것 같았다. 고얀 느낌이었다.

"빌어먹을!"

"가까이 와."

문 앞에 선 채원을 향해 말을 하고 그는 양복 상의를 벗었다.
5월로 접어들었을 뿐인데 아침부터 후덥지근했다.

"차 마시자."

"전무님!"

"응?"

책상에 엉덩이를 걸치고 건휘는 팔짱을 낀 채, 오라고 턱을
까딱했다. 하지만 채원은 희미하게 미소만 지을 뿐, 그에게 다가
오지 않았다.

"이제 원상복귀 시켜야지. 배영은 씨 보낼 테니까……."

"이거 수리해주세요."

그의 말을 자르고 채원이 봉투를 내밀었다. 눈썹을 올리며 뭐냐고 물었지만 채원은 경직된 표정을 지우지 않은 채, 고집스럽게 내민 팔을 거두어들이지 않았다. 건휘는 채원의 손에서 봉투를 받았다. 그리고 봉투에 적힌 한문을 바라보며 인상을 찌푸렸다.

辭職書.

그녀의 진지한 표정은 이미 결심을 굳힌 듯 보였다. 건휘는 봉투를 책상에 던졌다.

"수리해 달라고?"

"네, 전무님."

"왜?"

"며칠 전무님 덕분에 휴가를 썼더니 꾀가 났나 봐요. 좀 다른 일에 도전해보고 싶기도 하고, 아무튼 그러네요."

"그 말을 믿으라고?"

건휘의 물음에 그녀는 가볍게 고개를 끄덕였다.

"믿어주세요."

"알았어, 믿지. 사표도 냈으니까 이제부터 신부수업을 받는 것은 어떤가, 응?"

채원의 얼굴이 얼음처럼 굳어졌다.

nine

아직 장마철은 이른데, 며칠 내내 비가 질척하게 내렸다. 무겁게 내려앉은 하늘을 좁은 유리창으로 바라보던 채원은 시간을 확인했다.

올 때가 됐는데.

호텔에 사표를 내자마자 부동산에 집을 내놨다. 몇 푼 안 되는 보증금이었지만, 되도록 빨리 빼고 싶다는 의사를 말했고, 근 보름이 지난 지금 구경을 오겠다는 사람이 있다며 집에 꼭 있으라는 신신당부를 들었다.

딩동.

초인종이 울리자, 채원은 나름 깔끔하게 치운 방을 둘러보다 문을 열어주기 위해 현관으로 나갔다.

"누구세요?"

- 부동산에서 왔습니다.

중년 여성의 목소리에 그녀는 문을 열어주었다. 수더분한 인상의 여자는 학생처럼 보이는 남자를 데리고 안으로 들어왔다.

"어휴, 깔끔하게 해놓고 사시네."

"감사합니다."

"워낙 깔끔하게 써서 도배 안 하고 들어와도 되겠어요. 꼼꼼하게 둘러봐요."

부동산에서 온 아주머니는 좁은 실내를 둘러보며 연신 칭찬을 늘어놓았다. 남자와 얘기를 나누며 계약을 하라고 부추겼다.

"계약할게요."

남자는 선선히 말을 하고 채원을 바라보았다.

"언제까지 빼주실 수 있어요?"

"입주가 급하세요?"

"빨리 들어왔으면 하는데 가능할까요?"

"한 달 정도 여유를 주면 될 것 같아요. 괜찮으시겠어요?"

"한 달, 좋습니다."

부동산 아주머니는 이런 집은 쉽게 구할 수 없다며 남자의 결정을 반겼다. 채원은 그들이 나가는 모습을 배웅했다. 이제 정말 끝이구나! 하는 생각에 맘이 울적해졌다.

한 달!

바로 빼도 상관이 없는데, 그녀는 어중간한 기간을 말했다. 건휘와 함께할 수 있는 기간. 유예기간을 받은 사람처럼 그녀는 오늘 날짜를 확인하느라 탁자에 놓인 작은 달력을 들었다.

"얼마 남지 않았네."

아쉬움의 탄식처럼 그녀는 낮게 중얼거렸다. 그는 당장이라도 제 집으로 짐을 옮기라고 난리였지만, 채원은 그럴 수 없었다. 나중이라는 말로 기간을 연장하며 공중에 매달린 줄을 타듯 위태롭게 버티고 있었다. 채원은 답답한 마음을 달래듯 꽉 닫힌 창문을 열었다. 비 때문인지 비릿한 냄새가 먼저 느껴졌고, 축축한 습기가 느껴졌다.

열린 창밖으로 손을 뻗었다. 버석거리게 말랐던 손바닥은 벌써 축축하게 젖어들었고, 옷에 물기가 튀었다.

"하아!"

서늘한 한기가 손바닥을 타고 팔뚝에 소름을 만들었다. 춥지는 않지만 비가 주는 느낌은 서글픔이었다. 계약을 할 사람은 주인을 만날 것이고, 이제 그녀는 거처를 정해야 한다.

어디로 가나!

바보처럼 여행조차 가지 않고 바쁘게 살아온 것이 후회되었다. 제주로 갈까, 생각을 했지만 그 안에서 버틸 자신이 없다. 서울에서 그리 멀지 않고, 한적하게 지낼 수 있는 도시의 이름을 떠올리며 그녀는 물기로 축 젖은 손을 옷자락에 닦았다.

퇴근을 하려고 책상을 정리하는데 인터폰이 울렸다. 적응할 때도 됐는데 채원의 목소리가 아닌 다른 사람의 목소리에 언짢은 기분이 들었다. 퇴근을 하고 함께 저녁을 먹자고 약속을 했으니 서운할 것도 없는데, 문만 열면 볼 수 있는 기회를 박탈당한 느낌은 여전했다.

- 사모님께서 오셨습니다.

"안으로 모시세요."

뜻밖의 방문이었다. 집에서 독립을 하고, 다시는 안 볼 것처럼 화를 내던 조 여사가 먼저 그를 찾아온 것은 의외였다. 문이 열리고 조 여사가 안으로 들어왔다.

"어쩐 일이세요?"

"저녁이나 함께하자고 왔다."

모처럼 온 어머니에게 안 된다는 말이 나오지 않았다. 그렇다고 그만 오길 기다리는 채원에게 못 간다는 전화를 하기도 싫었고. 갈등하는 마음을 숨긴 채 그는 태연히 자리를 안내했다.

"앉으세요."

"사무실이 좋구나."

"외삼촌이 배려를 많이 해주셨어요."

"그렇구나."

어딘가 모르게 어색한 대화였다.

"이리 와 좀 앉아봐라."

건휘를 앞에 앉히고 조 여사는 핸드백을 열었다. 두툼한 봉투를 꺼내 그의 앞으로 밀었다. 건휘는 뭐냐고 눈으로 물었다.

"봐라."

봉투를 열자, 호텔 개혁안이 나왔다. 정리해고 대상자라는 서류도 있었고, 각 부서의 실적 및 부실한 부서의 통합 안까지 상진과 함께 만들었던 서류였다. 이게 어떻게 조 여사의 손에 들어갔는지 이해할 수 없었다.

"네 외삼촌을 내쫓고 싶었니?"

"어머니, 사적인 감정은 배제하고 말씀드리겠습니다. 그동안 조 총지배인님은 호텔의 공금을 유용했습니다. 아시잖아요."

"그래서?"

"어차피 호텔의 명성도 예전 같지가 않습니다. 새롭게 탈바꿈 하지 않으면 다른 호텔과의 경쟁에서 살아남을 수 없습니다. 외국 손님의 클레임이 많았던 하우스키핑은 점점 서비스의 질이 높아진다는 얘기가 들려옵니다. 물론 식음료나, 호텔의 레스토랑의 적자는 아직 눈에 띄게 실적이 높아지지 않지만, 직원들의 교육을 통해 개선해나갈 생각입니다. 문제는 총지배인님의 전횡입니다. 윗사람은 잘못하면서 직원들에게 최선을 다해달라는 말을 어떻게 합니까!"

조 여사는 그의 얘기를 듣고도 시큰둥한 태도를 보였다. 마땅치 않다는 기색이 뚜렷해 건휘의 마음이 답답했다.

"호텔은 네 외삼촌께 맡기고 넌 면세점으로 가는 것은 어떠냐?"

"어머니!"

이해가 되지 않았다. 아들보다 동생을 더 신뢰하고, 잘하려고 노력하는 그에게 기회조차 주지 않으려는 모친의 행동을 어떻게 받아들여야 하나. 외가 식구들이 호텔은 물론 그룹 전반에 포진해서 경영에 참여하는 것을 반대하고 싶진 않았다. 하지만 사유재산처럼 여기며 사업장을 망치는 일은 더는 두고 볼 수 없는 일이었다.

"건영이 제대 보름 남았다. 아직 학교에 복학해야 하지만, 총지배인 말로는 너보다 건영이와 맘이 더 맞는다고 하더구나. 너도 괜히 부딪치지 말고 이참에 따로 나가서 면세점을 키우는 것도 좋을 것 같은데?"

"저는 호텔에 남고 싶습니다."

"그럼 건영이는?"

"건영이도 호텔경영에 참여하고 싶다면 말릴 생각 없습니다. 능력이 있다면 당연히 참여해야죠. 막지 않을 생각입니다."

그는 호텔의 서비스를 대폭으로 강화하며, 직원들 교육에도 열을 올리기 시작했다. 점점 쇠락해가는 호텔의 이미지를 높이기 위해 실험적으로 도입한 프로젝트는 다행히도 성공적이라는 평가를 받고 있었다. 그를 비방하는 말들은 여전했지만, 그의 능력을 의심하는 사람들은 점점 줄어들었다. 다행이라면 다행인데, 그게 총지배인의 마음을 불편하게 만든 모양이다. 조 여사가 직접 호텔에 와 그의 사무실까지 찾은 것을 보면.

"나도 뭐가 뭔지 모르겠구나. 네 외삼촌이 이 서류를 들고 와서 한참을 걱정하더구나. 호텔 내부에 적까지 만들 필요가 있는지 묻는데 할 말이 없었어. 엄마는 다른 것 바라지 않는다. 그저 식구들끼리 화목하게 지내는 것 그거면 돼."

화목을 위해 그가 호텔을 포기하길 바라시는 건가. 건휘는 동의할 수 없는 말이었다. 어려서부터 어머니와는 이상하게 대립적인 관계로 고착이 되고 말았다. 정을 느끼고 살갑게 굴어야 하는 아들임에도 어머니의 품에 안기는 것조차 어색했다. 특별하게 드러내 놓고 미워한 것도 아닌데 선을 긋고 대한다는 느낌은 지울 수가 없었다.

"나도 좀 살자. 너는 너대로 고집부리고, 엄마 말은 우습게 여기니 내가 요즘 통 살 맛이 안 난다."

"죄송합니다."

"그리고 오 회장의 딸, 다시 만나봐라. 이제부터 서둘러도 가을이 돼야 식이라도 올릴 수 있을 거 아니니?"

"좋아하는 사람 있습니다."

"뭐?"

건휘는 솔직하게 마음을 드러냈다. 채원의 존재를 언제까지 숨길 수 없었다. 아니 숨기고 싶지 않았다. 가족들에게 먼저 인정을 받고, 정식으로 청혼을 할 생각이었다. 차일피일 미뤘지만 이제는 더 숨길 필요를 느끼지 못했다.

"누구니, 혹시 나도 아는 사람이니?"

조 여사의 언성이 높아졌지만 건휘는 차분히 대답을 했다.

"어머니도 아시는 사람입니다."

"혹시 이 비서니?"

"네."

"네가 미쳤구나!"

조 여사는 말도 안 된다는 듯 고개를 절레절레 저었다. 인정할 수 없다는 의사표현이었다. 짐작은 하고 있었지만 명확하게 반대의 뜻을 드러내는 어머니에게 건휘는 절제된 감정으로 대했다.

"제가 사랑합니다."

"그 애가 맹랑하구나! 내가 안 된다고 그렇게 말을 했는데, 감히 누굴 넘봐? 안 된다. 쥐뿔도 없는 애를 들여 무슨 망신을 당하라고! 설사 그 애를 받아들인다고 해도 사람들이 뭐라고 하겠니? 날 욕할 것 아냐!"

"어머니를 왜 욕합니까? 그리고 사람들이 뭐라고 하든지 저는 제 결심대로 진행할 생각입니다. 올 가을에 식을 올렸으면 싶어요, 어머니."

조 여사는 손으로 머리를 짚었다.

어지간하면 건휘의 결혼에 그녀도 크게 반대를 할 생각이 없다. 물론 건휘의 앞을 막을 생각도 하지 않았다. 하지만 사람이 어지간해야지. 아무것도 없는 천애고아를 며느리로 들인다면 사람들의 손가락질은 건휘가 아닌 그녀를 향할 것이다. 거기다 이채원이다. 보는 것조차 끔찍한 아이! 절대 받아들일 수가 없었다.

"현주 만나, 차라리."

"제가 좋아하는 사람입니다. 인정해주세요."

"너 아주 맛이 갔구나?"

"어머니!"

"내가 네 어미는 맞니? 사사건건 내 말에 어깃장을 놓는 것으로도 모자라, 이제는 말도 안 되는 애를 며느리로 들이라고? 싫다, 난 싫어."

조 여사가 자리에서 벌떡 일어나더니 두말 않고 사무실을 나갔다. 건휘는 앉은 자리에서 눈을 감았다. 어디서부터 뒤틀린 것일까. 어머니가 화를 내는 이유를 모르겠다. 오현주를 자신에게 미는 이유는 어렴풋이 짐작이 된다. 커오면서 느낀 것이지만 장남인 그보다 건영이에게 더 신경을 쓰셨다. 어려서는 그게 불만이었지만 커서까지 불편한 감정을 내보이고 싶지 않았는데……. 건휘는 손으로 얼굴을 감싼 채 팔꿈치를 허벅지에 댔다. 모친의 방문으로 너무나 지쳐버렸다.

"저긴가?"

"네, 회장님."

황 실장의 대답에 최 회장은 꽤 높게 지어진 오피스텔을 올려다보았다. 사람이 있는지 작은 창에 불빛이 새어나왔다.

"가지."

차에서 내리자 가는 빗줄기가 그의 얼굴을 때렸다. 황 실장이 바로 다가와 우산을 씌우고 손수건을 내밀었다.

"닦으시죠."

"그러지."

반듯하게 접힌 손수건으로 얼굴을 꾹 누르고는 걸음을 옮겼다. 배진형의 얘기를 듣고 채원에게 사람을 붙였지만 특별하게 만나는 사람도, 수상한 움직임도 없었다. 살고 있는 오피스텔을 부동산에 내놓았다는 말을 듣고 사람을 보내 계약을 성사시켰지만, 아직 마음을 놓을 수는 없었다.

황 실장의 안내를 받으며 채원이 살고 있다는 문 앞에 도착했다. 밖에서 볼 때보다 내부는 훨씬 초라했다. 황 실장이 초인종을 누르고 안에서 여자 목소리가 들렸다. 아마도 이채원이리라.

"누구세요?"

"이채원 씨, 나야."

"황…… 실장님?"

"그래."

"잠시만 기다려주세요."

놀랐는지 바로 문이 열리지 않았다. 최 회장은 안경 너머로 문을 응시했고, 쇳소리를 내며 문이 열리고 채원이 밖으로 나왔다.

"안녕하세요, 회장님."

"황 실장은 밖에 있게. 채원아, 잠시 들어가도 되겠지?"

"네."

채원은 몸을 비켜 최 회장이 들어갈 자리를 만들었다. 최 회장은 비좁기 그지없는 오피스텔 안으로 들어섰다. 앉을 자리도 마땅하지 않은 공간이었다. 식탁 의자를 꺼내 앉자, 채원이 주방으로 들어갔다.

"차 드릴까요?"

"아니네. 앉지?"

"네."

2인용 작은 식탁을 사이에 두고 마주 앉았지만 어색한 해후일 뿐이었다. 채원은 채원대로 최 회장은 최 회장대로 어떤 말부터 꺼내야 할지 몰라 숨소리만 규칙적으로 냈다.

"얼마 전에 배진형이 왔더구나. 난 모르는 얘기를 배진형은 잘 아는 것처럼 말했다는데 혹시 오해를 했을까 봐 이렇게 찾아왔다."

"오해……인가요?"

"합법적인 방법으로 구매를 했을 뿐이다. 네가 원한다면 법무팀에 얘기해 그때의 서류들을 보여줄 수도 있다."

최 회장은 채원의 얼굴을 살폈다. 어쨌든 좋게 마무리를 져야 했고, 그러자면 사실보다는 거짓이 훨씬 유리했다. 심증은 있다고 해도 그들이 치밀하게 작성한 서류가 완벽하니 반박할 수 있는 근거가 되지 않는다.

"법무팀 한동안 바빴겠네요."

"내가 서류를 위조라도 했다는 소리로 들리는구나."

"그건 회장님께서 더 잘 아시겠죠."

"맹랑하구나, 너!"

"죄송합니다."

지금까지 은인처럼 굴던 애가 하루아침에 안색을 바꾸고 말을 하니 그가 모르는 뭔가가 더 있나 의심이 들었다. 차분하고 이성적이어서 데리고 있는 동안 참 편하게 지냈다. 영리한 구석이 있어 두 번 말하게 만들지 않았고, 성가신 구석이 없어 괜찮은 집안에 시집이라도 보낼 생각을 하고 있었는데 의외로 당돌했다.

"의심나면 언제든 말해. 법대로 처리한 서류 증거로 남았으니까."

"그러시겠죠."

"그건 그렇고, 우리 건휘…… 언제까지 만날 셈이냐?"

또박또박 말대꾸를 하던 채원은 건휘의 얘기가 나오자 표정이 변했다. 어쩌면 그는 처음부터 이런 상황을 감지했는지도 모르겠다. 건휘가 채원을 비서로 달라고 했을 때 거절하지 않은 이유이기도 했다.

"왜 대답을 못 하지?"

"곧 헤어질 겁니다."

"믿어도 될까? 내 아들이지만 야망이 큰 놈이야. 겨우 한국 호텔 하나로 만족할 수 있는 놈이 아니지. 괜히 엄한 사람 발목 잡지 말고 이참에 깨끗하게 정리하지. 나도 날 의심하는 며느리는 껄끄러워 싫네."

채원은 무릎에 올린 손으로 주먹을 쥐었다. 진형이 최 회장을 찾아갔다면 그녀가 경마장에 들른 그 무렵일 것이다. 열흘이 넘은 뒤 나타나 법적인 하자가 없다고 말을 하는 최 회장의 말을 믿을 정도로 어수룩하지 않았다.

"저도 회장님을 아버님이라고 부를 수는 없습니다."

"의견의 일치인가?"

"걱정하시는 일, 절대 없을 겁니다."

"그럼 다행이고."

최 회장은 거침없이 말을 했다.

"혹시라도 제가 무슨 소리를 할까 봐 입막음하시러 오신 것 같은데, 걱정하실 필요 없으세요. 죄가 없다면…… 이렇게 찾아오실 분도 아니죠. 제가 아는 최 회장님은!"

채원은 적의를 숨기는 노력조차 하지 않았다. 건휘와 헤어지라는 종용을 하기 위해 왔으리라는 것은 이미 알고 있었다. 그 말에 전적으로 동의를 하면서도 원망하는 마음은 무럭무럭 자랐다. 그녀가 어찌해볼 수 없을 만큼. 채원은 처음으로 최 회장을 향해 날선 말투로 소리를 질렀다. 당황한 듯 최 회장의 표정이 움찔했지만 그녀는 더는 참을 수가 없었다.

"뭐?"

"아닌가요? 꿀리는 것이 없는데 왜 저희 집까지 오셔서 법무팀을 들먹이고, 건휘 씨를 거론하나 생각해봤는데 역시 제 결론은 그렇다는 겁니다. 목장을 다시 찾겠다고 문제를 일으킬까 봐 걱정되세요?"

채원은 최 회장을 똑바로 응시하며 물었다.

"누가 들으면 내가 도둑질이라도 한 줄 알겠구나. 네가 지금 하는 말들이 얼마나 엄청난 일인지나 알고 떠드는 거냐?"

"그러게요, 말을 하고 보니 참 엄청난 일이네요. 한때 회장님께 고맙다고 생각한 것을 후회합니다. 죄가 없다면 떳떳하실 것이고, 죄가 있다면…… 아마도 대가를 치르시겠죠. 전 더 생각을 할 겁니다. 어떻게 해야 나중에 후회하지 않을 건지! 아, 물론 최 전무님과도 바로 정리를 하겠습니다. 걱정하지 마세요."

채원의 말을 들으며 최 회장은 금방이라도 때릴 듯 눈을 치켜떴다. 위협적인 모습이었지만 채원은 겁이 나지 않았다. 차라리 솔직하게 말을 하고 사과를 했다면 용서는 하지 못해도 원망은 더 이상 하지 않았을 것이다. 그런데 끝까지 뻔뻔한 모습으로 일관하자, 채원도 가슴 속의 말들을 거침없이 쏟아냈다.

"우리 건휘에게 허튼소리 하면……."

그럴 수만 있다면 이토록 가슴을 쥐어뜯지도 않았을 것이다. 유예기간을 두고 그의 곁을 떠나고 싶지 않아 미련을 부리지도 않았을 텐데. 그게 억울했다. 헤어져야만 하는 이유를 만든 최 회장도, 어리석게 당한 아버지도 원망이 되어 미치겠다. 채원은 가쁘게 흘러나오는 숨결을 애써 추스르며 최 회장을 힐난하듯 응시했다.

"자식은 무서운가 봅니다, 회장님!"

"버르장머리 없는 년!"

채원은 입귀를 올리며 시니컬하게 웃었다. 최 회장은 화를 참지 못하고 두툼한 볼을 씰룩거렸다. 이렇게까지 했으니 채원 스스로 건너지 말아야 할 강을 건넌 셈이다. 건휘와는 어떤 끈으로도 얽힐 수 없게 스스로 잘라버렸다.

미련도 가지지 않을 거야!

그에 대한 사랑 때문에 아픈 가슴은 제가 해결해야 할 몫이다. 그러니 아픈 내색조차 하지 않을 테다. 당당하게 최 회장을 대하고, 억울한 것이 있으면 따질 것이다. 곁에 남고 싶은 미련마저 잘라버릴 것이다.

"다시는 마주하지 말자."

"저도 바라는 바입니다, 회장님."

"의견의 합일을 보다니 다행이구나!"

최 회장의 빈정거림에도 그녀는 미소를 지우지 않았다. 최 회장은 당장 분함에 잊고 있겠지만 그에 대해 그녀는 속속들이 알고 있었다. 근 1년이 넘는 시간 동안 최 회장의 최측근으로 그를 보좌했다.

호텔에서, 면세점에서 공금을 횡령해 도박자금으로 쓴 내역도 나쁘게 이용하려면 얼마든지 그럴 수 있었다. 건휘만 만나지 않았다면 그녀의 손으로 최 회장을 고발했을지도 모른다. 그만큼 그에 대한 분노는 컸고, 이 상황에 이성적으로 대처할 수도 없었다.

착한 사람이 잘된다고?

천만에!

착한 사람은 당할 뿐이다. 독해서 자신을 지킬 수 있는 사람만이 치열한 세상에서 살아남을 수 있다. 채원은 최 회장이 나가는 소리에도 자리를 지키고 앉아 있었다.

탕!

갔다.

격렬하게 움직이는 심장의 움직임도 서서히 가라앉았다. 더는 최 회장 일가에 얼굴을 붉힐 일도 목소리를 높일 일도 없길 바랐다. 건휘, 최건휘! 그 사람과의 인연도 서서히 매듭을 지을 때가 왔다.

"가지 마."

그녀의 허리를 감고 놓아주지 않는 손길에 잠시 갈등이 들었다. 밤새 괴롭힌 것으로 모자라 새벽까지 그녀의 몸을 탐하던 건휘였다. 소진되어 사라져도 괜찮을 욕망은 그의 품에 안길 때마다 무럭무럭 자라났다.

　"출근하려면 일어날 시간이에요."

　"10분만 이러고 있자."

　그는 채원을 품에 안고 눈을 감았다. 그녀 역시 더는 뿌리치지 못하고 그의 가슴에 얼굴을 묻었다. 따뜻한 온기가 조금은 버거운 계절, 이제 이런 시간은 추억으로만 기억하게 될 것이다.

　"다음 주에 시간 비워둬."

　"다음 주요?"

　"응. 집에 인사 갈 거야."

　그녀의 뒷목덜미에 코를 비비며 잠이 아직 덜 깬 목소리로 건휘가 얘기를 했다. 그의 집에 정식으로 인사를 드리러 가자는 말은 곧잘 했지만 날짜까지 정해 말을 하는 것은 처음이었다. 다음 주라…….

　"왜 대답 안 해?"

　"그냥 튕기고 싶어서요."

　채원의 말을 농담으로 받아들인 건휘는 그녀의 가슴을 조몰락거렸다. 부푼 남성을 엉덩이에 대고 느릿하게 움직이자, 채원이 얼른 침대에서 일어났다.

　"이리 와."

　"지각하지 말고 일어나요. 토스트 해놓을게요."

"말 들어."

"싫어요. 나 배고파."

채원은 침대에서 벗어나 아무렇게나 벗어놓은 옷가지를 몸에 걸쳤다. 치마에 주름이 진 모습이 맘에 걸려 콧잔등을 찌푸렸다.

"그러니까 옷도 가져다 놔. 아니 살림 합치자."

"누구 좋으라고!"

채원은 눈을 흘기며 말을 하고는 주방으로 향했다. 한 달을 이렇게 보냈다. 저녁에 와서 그가 일어나기 직전에 집으로 향하는 일상. 겨우 잠이 들기 전 몇 시간만 그와 눈을 맞추는 것이 다인데 그것도 이제는 마지막이었다.

오늘 이후, 그녀는 다시는 건휘를 보지 않을 것이다. 마지막 식사를 차리기 위해 채원은 냉장고를 열었다. 미리 준비해 온 드레싱과 야채, 그리고 빵을 꺼내 음식을 준비했다. 다른 때보다 더 정성스럽게 야채를 손질했고, 토스트기에 넣은 빵은 먹기 좋을 정도로 노릇하게 구워졌다. 음식이 거의 다 됐을 무렵, 그가 출근 복장으로 나왔다.

"다 된 거야?"

"네."

채원의 대답에 그는 주방 벽에 팔을 기대고 서서 한참을 바라보았다. 마치 마지막인 것을 알듯, 그의 뜨거운 눈길은 그녀에게서 떨어지지 않았다. 마지막이라는 것에 큰 의미를 두지 말자, 건휘의 집으로 오는 내내 다짐했다. 그저 평소와 똑같이 행동하고 건휘의 출근까지 보고 갈 생각이었다.

"드세요."

정성스럽게 준비한 음식을 식탁에 차려내자, 건휘가 다가와 그녀의 허리를 끌어안았다. 시원한 쿨 워터의 향기가 그녀의 폐부 깊숙이 파고들었다. 그의 얼굴이 기억나지 않을 때가 오더라도 이 향기는 잊히지 않을 것 같다. 그와 똑 닮은 향기……

"무슨 날이야? 너무 후한데?"

"이런 날도 있어야죠. 싫으면 앞으로는 안 하고."

"누가 싫다고 했나. 나야 좋지."

선선하게 웃는 얼굴로 그녀를 달래는 건휘의 모습을 유심히 쳐다보았다. 머리는 자를 때가 된 듯 길어졌지만 인상은 훨씬 부드럽게 보이게 했다. 냉정해 보일 것 같은 외모와 달리, 그녀에게는 늘 후하기만 했던 남자. 채원은 목이 꽉 메었지만 샐러드를 포크로 찍어 입에 넣었다.

울면 안 돼.

구질구질한 것 딱 질색이야.

아삭아삭 씹히는 야채의 질감에 집중했다. 그가 맛있다는 칭찬을 하자, 어깨를 으쓱이며 거만하게 굴기도 하고, 가벼운 얘기에 응수를 하듯 농담도 했다. 평소와 똑같은 행동이었지만 그녀에게는 죽을 것처럼 어려운 일이기도 했다.

"갔다 올게. 집에 와 있을 거지?"

"어서 다녀와요."

"그냥 가기 서운한데, 아침 값 진하게 지불하면 안 될까?"

"늦었어요."

신발을 신으면서 너스레를 떠는 그를 밀며, 채원은 어서 출근하라는 말로 재촉을 했다. 그는 저녁 때 보자는 말을 남기고 엘리베이터에 올랐다. 채원은 문을 열고 선 채, 이미 그가 사라진 곳에서 눈을 떼지 못했다. 그러다 뭔가 생각이 난 듯 문을 닫고 달려 베란다 창 앞에 얼굴을 붙였다.

높은 곳이라 현기증이 일었지만, 주차장을 응시하며 그의 차가 나오길 기대했다. 파란색의 자동차가 햇살 아래 나타났다, 차량에 묻혀 사라졌다. 채원은 베란다 창에 손을 댄 채 먼 허공을 응시했다.

이제 정말 끝이 났다. 완전히.

남양주.

시골적인 풍경과 어울리지 않게 입주를 시작한 아파트 단지가 모처럼 사람들로 붐볐다. 드르르 귀청을 때리는 이삿짐을 올리는 소리와, 내부의 인테리어를 뜯어내고 새로 하는 공사의 소음이 뒤섞여 귀가 따가울 지경이었다. 채원은 베란다 문까지 꼼꼼하게 닫아걸고, 소음을 차단하기 위해 애를 썼다.

이모의 극성으로 이사 전에 들러본 단지는 생각보다 훨씬 깨끗하고 맘에 들었다. 서울에서 얼마 떨어지지 않은 곳이기도 했지만 한적한 풍경이 맘에 들어 선택했는데 다른 집들의 입주가 끝나야 그녀의 기대를 이룰 수 있을 것 같다. 이곳으로 이사 온 지 겨우 한 달 정도밖에 안 지났지만 오는 순간부터 소음에 시

달렸다. 두 달은 지나야 잠잠하다고 하니, 그저 답답할 따름이
었다.

　채원은 휴대전화 번호도 바꾸고, 차도 폐차했다. 주민등록지
의 주소도 아직 옮기지 않은 이유는 혹시나 건휘가 저를 찾을
까 걱정이 됐기 때문이다. 이모의 이름으로 집을 계약하는 것
으로 그의 추적을 완벽하게 따돌렸다고 확신했다. 주방에서 부
지런히 음식을 만드는 이모에게는 미안하지만 벌써 냄새가 고
역스러웠다.

　병원에 다녀와야 하나!

　벌써 사흘 동안 음식을 제대로 못 넘기고 있었다. 구역질이
자꾸 나는 것은 위염증세라며 이모가 걱정을 했다. 하긴 신경
을 많이 썼으니 몸이 고장나는 것은 당연했다.

　"채원아, 간 좀 볼래?"

　"이모, 제발!"

　"큰일이다. 수면 내시경이라도 예약해서 검사해. 한참 젊은 애
가 위병으로 고생하느라 밥을 못 먹는다는 것이 말이 돼?"

　"맞아. 말이 안 되는 소리지."

　"시간 맞춰 밥 먹는 것이 가장 큰 보약이다. 이젠 이모가 확실
하게 챙길 테니까, 몸조리 좀 하자."

　"이모 산모 아니거든요!"

　"처녀가 애 배면 큰일 나지! 넌 무슨 말을 그렇게 섬뜩하게 하
냐? 놀라게스리."

　이모의 말에 그녀의 표정이 굳어졌다.

설마!

아닐 거다! 아니어야 했다.

손가락으로 마지막 생리를 했던 날짜를 꼽았다. 아무리 운이 나빠도, 그런 일은 벌어지지 않을 것이다.

"아닐 거야. 위가 아픈 증상이라잖아."

채원은 불안함을 잠식시키듯 작게 중얼거렸다.

"채원아, 나 불렀어?"

"아니에요, 이모."

"난 또 무슨 소리가 나기에 부른 줄 알았다."

"나 방에서 쉴게요. 이모, 반찬 한 것 이모부도 가져다 드리세요. 혼자 먹기에 너무 많아. 매번 버리는 것도 아깝잖아!"

"그럼 나야 좋지."

채원은 방으로 들어갔다. 옆집에서 공사를 하는지 방까지 시끄러운 소리가 들렸지만 투정조차 하지 않고 침대에 누웠다. 계속되는 부인의 말에도 이상하게 손은 배로 향했다. 부쩍 살이 빠진 배는 편편했지만 느낌은 영 께름칙했다.

아닐 거야!

그녀의 중얼거림은 좀 더 커져 있었다.

"야, 인마!"

시끄럽게 그를 부르는 소리에 감았던 눈이 힘겹게 올려졌다. 두 개, 세 개로 겹쳐 보이는 사람의 잔상, 그는 좀 더 신경을 집중했다.

"얼마나 마신 거야?"

"쿡, 윤…… 상진."

"그래, 나야. 정신 좀 차려."

세상이 빙그르 도는데 정신을 차릴 이유가 뭔가. 엿 같던 기분도 술을 마시면 나아진다. 구질구질한 처지를 잊기에 술만 한 친구가 또 있을까. 웨이터와 뭔가를 얘기하는 상진의 목소리가 들렸다 끊겼다를 반복했다.

"대리 좀 부탁합니다."

상진은 정신을 차리지 못하고 낄낄대는 건휘를 걱정스런 눈빛으로 쳐다보았다. 주중에는 그래도 사람 꼴을 하는데, 주말이면 건휘는 영락없이 주정꾼으로 돌변했다. 제 몸도 가누지 못하는 건휘 때문에 웨이터가 통화목록을 보고 연락을 했기에 망정이지, 이 모습을 다른 누가 본다면 입줄에 오르내릴 만한 문제였다.

"최건휘, 일어나자!"

그는 건휘의 어깻죽지에 머리를 끼우고 힘겹게 부축을 했다. 휘청거리는 놈을 부축하다 하마터면 넘어질 뻔했다. 위태롭게 흔들리는 녀석과 함께 술집을 나오자 옷이 땀으로 축축하게 젖었다. 대리기사에게 키를 건네주며, 밤바람에 흘러내린 땀을 식혔다.

"상……지나."

"왜!"

"보고 시퍼 죽겠다."

"지랄! 도망간 여자 보고 싶다고 술이 떡이 되게 마시냐? 잊어, 잊고 말아. 그깟 여자 하나 때문에 안 하던 짓까지 해야 쓰겠냐?"

"닥……쳐!"

상진은 대리기사가 차를 가져오자, 다시 건휘를 부축하며 차에 태웠다. 미친 듯이 날뛰지 않으니 다행이지, 여기에 주사까지 있었다면 그도 감당 못 할 정도로 취해 있었다. 이채원이 소리 소문도 없이 건휘를 떠날 줄이야!

어느 날 갑자기 증발해버렸다. 건휘가 미친 듯이 찾아다닐 것을 뻔히 알면서 제 몸을 숨긴 것이다.

차라리 이별을 선언하고 떠났다면 이 녀석은 방황을 하지 않았을 것이다. 하긴 떠난다고 두고 볼 놈도 아니었지만.

어쨌건 이채원이 사라진 이후, 건휘는 이성을 잃었다. 어느 때보다 중요한 시점에서 이채원이 제대로 한 방을 먹인 셈이다. 상진 역시 채원에게 배신감을 느꼈다. 친구의 사랑을 흐뭇하게 바라보았는데 뒤통수를 때리고 도망간 여자에게 가질 호의란 전혀 없었다.

"채……워나."

"미친놈! 떠난 여자 이름은 뭐 하러 불러!"

핀잔을 주며 차에 올랐다. 건휘가 몸을 지탱하지 못하고 그에게 기대며 쓰러지자, 핀잔을 주던 말문도 막혀버렸다.

한 달 새 건휘 꼴은 말이 아니었다. 어느 순간에도 냉정함을 잃지 않던 녀석이 술을 주식으로 먹고 산다.

"잊어, 자식아!"

수없이 한 말이었지만 진심이기도 했다. 사람까지 풀어 그녀를 찾기 위해 백방으로 수소문하는 것도 모자라, 퇴근을 하면 차를 몰고 시내 곳곳을 누볐다. 근 한 달의 생활이 같은 패턴이었다.

"주차장 안으로 들어갈까요?"

"그래주세요."

대리기사에게 줄 돈을 꺼내며, 그는 곯아떨어진 건휘를 바라보았다. 약하게 코까지 고는 녀석의 모습이 왠지 측은해 보였다.

"얼맙니까?"

차는 주차장 안으로 들어섰고, 그는 대리기사에게 돈을 건넸다. 혼자 부축하기 힘든 건휘를 함께 옮겨주겠다며 호의를 베푼 기사에게 감사의 인사를 하며 엘리베이터에 함께 올랐다. 장신의 건휘를 두 남자가 부축했지만, 쉽지 않은 일이었다. 아파트 문이 열리고 엉망진창이 되어버린 건휘의 집이 두 사람 앞에 펼쳐졌다.

"미친놈!"

완전히 엉망진창인 거실에 신발도 벗지 못하고 들어선 상진의 입에서 흘러나온 말이었다. 이 정도일 줄은 몰랐는데!

건휘의 생활은 완전히 피폐해졌다. 한 여자 때문에. 고작 여자 하나로 이토록 흔들리는 건휘를 이해할 수는 없었다. 지독한 사랑이라는 감정을 가져본 적이 없으니 이해의 폭은 더욱 좁았다. 하지만 이 정도로 치열한 사랑이라면 상진은 노 땡큐였다. 적어도 건휘가 하는 사랑은 겪지 않고 싶었다.

진심으로.

"으."

머리가 깨질 정도로 아파왔다. 완전히 떠지지 않은 눈 새로 빛이 들어오자 얼굴도 일그러졌다. 속이 울렁거렸고, 온몸이 쑤시듯 아파왔다.

"정신이 좀 드냐?"

상진의 목소리가 들렸다. 잔뜩 골이 난 목소리에 가까스로 눈꺼풀을 들어 올렸지만, 흔들리는 머리 때문인지 사물이 제대로 보이지 않았다.

"물 좀."

"가지가지한다. 아무튼."

툴툴거리기는 했지만 상진은 드링크제를 가져와 침대에 던졌다. 손으로 더듬더듬 유리병을 잡은 건휘는 뚜껑을 비틀어 따고 갈증이 나는 목을 축였다.

"일어나, 해장국 먹으러 가게."

"됐어."

"속 버려서 일내지 말고 빨리 일어나기나 해."

무뚝뚝한 음성에는 그에 대한 걱정이 서려 있었다. 건휘는 지끈거리는 통증 때문에 인상을 찌푸렸다. 심한 과음의 부작용에 몸이 버텨내지 못한다는 것을 누구보다 잘 알지만, 술도 아니면 지금의 현실을 이겨낼 자신이 없었다.

나약한 놈!

상진의 말처럼 그깟 여자 하나 때문에 이 지경이 될 줄이야. 잊어버리자고 왜 독한 마음을 먹지 못하는지 스스로도 이해가 되지 않았다.

"안 일어날 거야!"

버럭 소리를 지르는 상진이 놈 때문에 머리가 더 지끈거리는 것 같았다. 끙 소리를 내며 침대를 손으로 짚고 일어났지만, 곧 비틀거리고 말았다.

"잘한다, 미친놈!"

살면서 누구한테 이토록 욕을 많이 얻어먹은 적은 없을 것이다. 들을 만한 욕이었기에 참고는 있지만 가슴속에서 들끓는 울분은 표출할 통로를 잃은 듯 그를 괴롭혔다.

"언제까지 이럴 건데?"

"나도…… 몰라."

"잘한다. 네가 지금 이럴 때야!"

"시끄러우니까 그만 해."

"그럼 제대로 살든가!"

"너, 가라."

건휘는 비틀거리며 욕실로 향했다. 다 귀찮았다. 먹는 것도, 말하는 것도, 회사 일도……. 그냥 아무 생각 없이 숙면에 취할 수만 있었으면 좋겠다. 잠을 못 자는 것이 가장 곤혹스러운 일이었다. 자려고 누우면 여지없이 떠오르는 한 여자 때문에 그는 심한 불면증에 시달리고 있었다.

찬물이 나오는 샤워기 밑에서 옷도 벗지 않고 서 있었다. 머리부터 떨어지는 물줄기는 간밤의 과음의 흔적을 깨끗이 씻어 줄 것이다. 그는 고개를 숙인 채, 한 손으로 벽을 짚고 물줄기 밑에서 한참을 있었다. 머리가 쩡 울릴 것처럼 차가운 물줄기가 기억까지 사라지게 해줄 수만 있다면 더 바랄 것이 없을 것이다.

이대로 놓아야 하는 것일까.

매번 드는 생각이었지만, 절대 인정하고 싶지 않았다. 놓을 수가 없었다. 어떻게든 찾아내서 이유라도 들어야 했다. 말간 얼굴로 다녀오라고 안심을 시켜놓고 어디론가 사라진 이채원을 그의 손으로 반드시 찾아낼 것이다.

"죽여버릴 거다. 내 눈에 띄면."

증오가 서린 목소리는 음산했다. 믿게 만들어 놓고, 유일하게 기댈 수 있는 사람처럼 굴다가 그의 뒤통수를 호되게 치고 사라졌다.

그래서 용서할 수 없었다. 사랑한다는 고백조차 하지 않고 그를 이토록 휘두른 여자를 사무치게 그리워하는 자신도.

"이채원 씨, 들어오세요."

내시경을 하기 위해 내과를 들렀지만, 먼저 산부인과 진료부터 받아보라는 의사의 권유에 떠밀리듯 온 곳에서 그녀의 이름이 불렸다. 배가 부른 여자들 틈바구니에 끼어 어색하게 앉아 있던 채원이 간호사가 안내하는 진료실로 들어갔다.

"이채원 씨?"

"네."

"소변검사 결과로는 임신이네요. 축하드려요!"

의사의 딱딱한 말투를 그녀는 진실이라고 받아들일 수 없었다. 아닐 거라고 수도 없이 되뇌며 산부인과 검사를 받았는데, 그런 노력이 허망하게 임신이라는 단어를 들먹이는 의사가 원망스러웠다.

"뭐가 잘못됐나요?"

의사의 말에 채원은 흔들리는 눈동자를 손으로 가렸다. 얼굴을 손에 묻고 생각이라는 것을 하기 위해 애를 썼다. 아이, 아이라고? 제 손으로 잔인하게 잘라버린 인연이었다. 그를 생각한다는 말은 어쩌면 변명일지도 모르겠다. 그의 옆에서 힘들고 싶지 않았다. 아버지의 죽음과 그의 아버지가 엮여 있다는 현실을 피하기 위해 도망쳐 왔는데!

이렇게 잡히는 건가!

아이를 핑계로 그를 잡고 싶지 않았다. 어떻게 그러나. 어떻게 떠나왔는데! 채원은 얼굴을 가린 손을 내려 슬그머니 배에 가져다 댔다.

듣지 마!

아직 감정도 없고 감각도 없으며, 인지하지도 못한다고 믿고 싶었다. 제 잔인함이 치 떨리게 싫었지만 그럼에도 어쩔 수 없었다. 그를 사랑한다는 이유만 가지고 아이를 낳을 용기가 없었다. 거기다 최원석 회장의 손자라는 생각이 들자, 그녀의 눈에 눈물이 차올랐다.

"……수술하고 싶습니다."

채원은 모진소리를 하고 말았다. 낳아서 키울 생각이 없으니, 어쩌면 당연한 반응이겠지만 의사는 그녀를 빤히 바라보기만 할 뿐 대답이 없었다. 그녀의 잘못을 지적하듯 침묵을 고수하는 의사에게 채원은 온 힘을 다해 긁어모은 모진 마음이 흔들릴까 봐 빠르게 말을 했다.

"수술해주세요, 선생님."

"강간당하셨습니까?"

"네?"

전혀 뜻밖의 질문이었다. 감정조차 섞이지 않은 단순한 질문에 그녀는 천천히 고개를 가로저었다.

"아니면 낙태를 해야만 하는 특별한 이유라도 있습니까?"

"서, 선생님!"

"낙태는 현행법으로 불법입니다. 저희 병원에서는 법이 허용하는 이유 말고는 낙태수술을 해드릴 수 없습니다."

잔인할 정도로 매정한 말에 채원은 눈앞이 아찔했다.

"성관계를 가지면 아이가 생긴다는 기초적인 상식도 없었나요? 아이를 가지기 싫었다면 피임을 철저하게 하셨어야죠!"

"아, 안 될까요?"

"안 됩니다."

의사는 동정심조차 보이지 않고 딱 잘라 거부했다. 두말도 붙이지 못하게 매몰찬 어조에 그녀의 고개가 밑으로 떨어졌다.

"임신 7주입니다. 나가시면 간호사가 산모수첩을 줄 테니, 정기적으로 검사받으러 오세요. 아이 지울 생각부터 하지 마시고, 아이 아빠와 상의해보세요. 그럼 다음 환자!"

낙태라는 말을 꺼내서인가.

의사선생님은 처음부터 끝까지 그녀를 냉담한 눈길로 바라보았다. 더는 사정도 할 수 없었고, 채원은 넋이 반쯤 나간 표정으로 진료실을 나왔다.

벌을 받는 건가?

이게 그를 매몰차게 버린 대가라면…… 기꺼이 받겠다는 착한 마음이라도 들었으면 좋겠다. 하지만 현실은 가혹했다. 정작 죄를 저지른 사람들은 아무렇지 않게 잘 사는데, 왜 자신만 진창에서 굴러야 하나 원망스럽기만 했다.

이럴 수 없는 거잖아요.

채원은 병원에서 나와 푸른 하늘을 올려다보며 원망을 쏟아냈다.

나한테 더 가혹하냐고요! 대체!

아직 건휘에 대한 감정도 정리가 되지 않아 힘든데, 아이라니! 이미 7주로 접어든 아이를 뱃속에 넣고 자신을 비난하는 말을 꺼내야 하는 현실이 싫었다. 채원은 그 자리에 무너지듯 쓰러져 어깨를 들썩이며 오열했다. 제가 자른 인연인데…… 새로운 인연이 생겨났다. 마치 그녀의 행동에 책임이라도 지라는 듯. 아픈 사랑도 그녀를 버겁게 만드는데, 아이를 받아들이라는 말은 그녀에게는 너무도 가혹했다.

　채원은 하염없이 흘러내리던 눈물을 닦고 원망을 하듯 한껏 목을 젖혀 하늘을 노려보았다.

2권에서 계속